유쾌하게 떠나
명랑하게 돌아오는
독서 여행

매일 조금씩 넓어지는 삶에 대해

서민 지음

유쾌하게 떠나   명랑하게 돌아오는

독서 여행

인물과
사상사

뻔뻔한 서문

책을 읽고 쓴 감상문*을 모아 책으로 내는 것은 저자가 되는 가장 쉬운 길이다. 이런 종류의 책이 넘쳐나는 것도 그 때문인데, 그렇다고 누구나 쓸 수 있는 것은 아니다. 감상문 모음이 주목을 받는 게 힘들기 때문이다. 유명인이거나 이미 화제를 모은 저자라면 모를까, 초짜에게 이런 책을 내주는 출판사는, 설사 그 내용이 훌륭하다 해도, 거의 없다. 인물과사상사의 배려 덕분에 나는 5년 전에 『집 나간 책』이라는 감상문 모음을 냈다. 대단한 유명인도 아닌 내가 이런 책을 낼 수 있었던 비결은, 내 입으로 이런 이야기를 하는 것이 쑥스럽지만, 내 글이 재미있다고 생각하는 독자가 몇 명 있어서였다.

왜 갑자기 자뻑에 빠졌냐고 할까봐 그 증거를 제시하겠

---

* 서평과 감상문은 엄연히 다른 장르고, 내가 썼던 글을 서평으로 분류하는 독자도 있지만, 나는 그냥 감상문이라고 쓰련다.

(4)

다. 2009년부터 나는 『월간 인물과사상』에 감상문을 연재했다. 그러던 중 공사다망해지는 바람에 연재를 그만두었고, 다른 분이 그 지면을 이어받았다. 그런데 독자들이 "안 되겠다. 서민 데려와라!"고 아우성을 쳤고, 결국 인물과사상사는 내게 다시 돌아와 달라고 요청할 수밖에 없었다.

주인공이 나여서 그런 것도 있지만, 이는 굉장히 감동적인 사건이었다. 『월간 인물과사상』 독자들이 나를 그렇게 사랑했다는 것에 가슴이 뭉클했는데, 여기에 더해 내가 감상문 쓰는 데 일가견이 있다는 자신감도 갖게 되었다. 원래 나는 매우 소극적으로, 예를 들면 "이 책의 주제는 기생충을 먹자는 것일 수도 있고, 사랑을 하자는 것일 수도 있지 않을까 싶다"라는 식으로 글을 썼지만, 그 사건 이후에는 매우 카리스마 있게 쓰기 시작한다. "이 책은 우리더러 사랑하자고 말한다. 맞다. 사랑 안 할 거면, 꺼지시라!" 자신감이 넘치는 글을 쓰자 인기가 더 높아졌다.

안타까운 것은 내 글을 본 독자가 그리 많지 않다는 점이다. 출판사에서는 내 글이 이대로 묻히는 것을 안타까워했고, 결국 연재한 글 중 괜찮은 것들을 묶어 책으로 내자고 제안한다. 이 책이 세상에 나오게 된 배경이다. 여기에 인터넷 교보문고에 연재했던 글들을 추가했다.

내 팬을 자처하는 독자가 말하기를, 내 감상문은 책과 동

떨어질 때 빛이 난단다. 그 독자가 평소 허튼소리를 하는 분이 아니니만큼, 이 책의 가장 큰 재미는 3장에 있다고 해도 과언이 아니다. 이 부분에는 책 내용만 말하는 글은 거의 없다시피 하고, 대신 책을 빙자한 내 이야기를 잔뜩 해놓았다. 그렇다고 1장과 2장이 엉망이라는 이야기는 아니다. 원고 후보가 워낙 많았는데, 책에 들어갈 원고를 추리면서 '아니, 이걸 어떻게 버려?'라며 탄식한 적이 여러 번이었다는 정도만 말씀드린다.

걱정되는 점이 두 가지 있긴 하다. 첫째는 이 글들이 쓰인 시기가 2015년부터 2019년까지라는 점이다. 감상문을 쓰다보면 그 시대의 이야기가 들어가기 마련이며, 그중에는 정치적인 이야기도 있다. 그래서 박근혜 전 대통령에 대한 이야기도 몇 번 나오며, 부정적인 내용이 대부분이다. 감옥까지 간 분을 다시 욕하는 것이 잔인해 보일 테지만, 글을 쓸 당시 대통령이었다는 점에서 너그러운 양해를 부탁드린다.

둘째는 2장이 페미니즘책들로 채워졌다는 점이다. 2018년 초 시작된 미투 운동을 계기로 페미니즘이 사회의 가장 큰 이슈가 되었던 그 시절, 나는 연재 원고의 대부분을 페미니즘책에 할애했다. 미투 운동이 사그라들고 '페미니즘=사회악'을 외치는 이들이 늘어난 지금, 책이 잘 안 팔려 출판사에 손해를 끼치면 어떻게 하나 걱정이 된다. 페미니즘은 여성뿐 아니라 남성에게도 도움이 된다고 믿기에, 잘못된 편견에 굴복해 침묵하기보다는 그냥 할 말을 하기로 했다. 읽어보면 다 수긍이 될 만한 내용이니, 이 책을 통해 페미니즘이 무엇인지 배운다면 좋지 않겠는가?

끝으로 이 책의 좋은 점을 한 가지만 더 말하자. 감상문 모음의 좋은 점은 재미있는 책을 소개해준다는 것이다. 이 책도 당연히 그 기능을 하지만, 더 잘 선택할 수 있도록 다음과 같은 장치를 추가했다. 책 내용을 한 문장으로 요약해서 소개해주고, 글 말미에 추가로 읽을 만한 책을 두세 권씩 소개해준다는 점이다. 공치사를 하는 것 같지만, 추가로 읽을 책 목록을 정하느라 꽤 많은 시간을 들였다. 저자는 할 만큼 했으니 이제 남은 것은 독자의 몫이다.

감상문 모음은 잘 안 팔린다는 통념이 이 책으로 인해 깨지면 좋겠다. 그간 냈던 책으로는 이루지 못했던 꿈인 '마당 있는 집'을 살 수 있게 해주시라. 이것은 나 혼자 잘되자고 하는 것이 아니라, 내가 기르는 개 여섯 마리의 행복을 위해서니, 대승적으로 협조해주시면 고맙겠다.

2020년 1월 26일
마당을 그리워하다 지친 개 여섯 마리 옆에서
서민

°차례

첫 번째 여행 이상한 나라에서 책 읽기

첫 번째 여행

이상한 나라에서 ⋯⋯⋯ 책 읽기

김승섭, 「아픔이 길이 되려면」

더
아픈 사람이 있는
이유

"그러나 차별을 겪고도
자신은 해당 사항이 없다고
말한 여성 노동자들은 차별을
경험했다고 스스로
말할 수 있는 사람들보다
더 많이 아팠습니다."

책에 나오는 통계들은
'가난하면 더 많이 아프다'는,
다들 알지만 쉬쉬하던 비밀을
그대로 드러내준다.
그 사실을 안타까워하는
저자의 진심이 느껴진다는 것도
이 책의 미덕이다.

우리나라는 제왕절개 수술을 많이 하는 나라다. 2013년 통계에 의하면 전체 분만의 36퍼센트가 제왕절개 수술로 이루어졌다. 중국(47퍼센트)처럼 우리나라보다 높은 나라도 있긴 하지만, OECD 평균(25.8퍼센트)을 감안하면 높은 편이다. 이유가 무엇일까? 자연분만보다 제왕절개 수술이 비싸니 '의사가 돈을 더 벌기 위해서'라고 생각할지 모르겠다.

하지만 근본적인 이유는 따로 있다. 자연분만할 때 태아가 잘못될 확률은 제왕절개 수술을 할 때보다 훨씬 크다. 좁은 출구를 통해 태아가 나오다 보니 수술로 꺼내는 것보다 위험하지 않겠는가? 문제는 여기서 발생한다. 아이가 잘못되면 아이의 가족은 의사를 상대로 소송을 건다. 법원은 대부분 제왕절개 수술을 했다면 의사의 과실은 없지만, 자연분만을 했다면 의사에게도 일부 책임이 있다고 판결한다. 이렇게 본다면 의사가 제왕절개 수술을 선호하는 것은 지극히 합리적인 선택이다.

확률이 낮긴 하지만 제왕절개 수술을 해도 산모나 태아에게 안 좋은 결과가 나올 수 있다. 법적으로는 무죄가 나올지라도, 산모가 "내 아이를 살려내라!"라는 피켓을 들고 병원 앞에서 시위를 한다면 어떨까? 서울아산병원이나 서울대학교병원처럼 큰 병원이라면 그런 일이 생긴다고 병원 평판이 떨어지지는 않겠지만, 작은 병원에는 치명적이다. 그런 소문이 난 병원에 올 산모는 없을 테니, 합의금으로 거액을 지불하거나 병원 문을 닫는 것이 의사가 할 수 있는 유일한 선택이다. 이런 일이 잦아지면 작은 병원들은 분만 자체를 꺼리게 된다.

이는 실제 벌어지고 있는 일로, 지금 개인 병원 산부인과는 물론이고 중소 병원들도 웬만하면 분만을 하지 않는다. 이 현상이 가져온 결과는 참혹했다. 큰 병원이 몰려 있는 수도권과 달리 지방의 작은 산부인과는 분만을 잘 하지 않고, 그러다 보니 분만 때 생기는 응급 상황에 제대로 대처하지 못한다.

강원도 태백에 살던 여성이 분만 도중 자궁이 파열되었을 때, 그 상황을 해결해줄 병원이 근처에 없었다. 결국 여성은 130킬로미터를 달려 원주로 가다가 사망하고 만다. 출생아 10만 명당 아이를 낳다 숨지는 산모의 수를 모성사망비라고 하며, 이것은 한 나라의 건강 상태를 측정하는 중요한 지표다. 수명이나 병원 이용 횟수 등 의료에 관한 각종 지표가 톱클래스인 우리나라지만, 모성사망비만큼은 OECD 평균에 미치지 못한다. 2013년 OECD 평균 모성사망비는 7명인데, 우리나라는 11.5명이었다. 지역별로 나누면 심각성이 더 커진다. 다음 뉴스를 보자. "서울은 3.2명인데 제주와 경북은 각각 16.7명과 16.2명을 기록했고, 강원도는 서울의 10배인 32명으로 중국이나 스리랑카와 비슷한 수준입니다."● 우리나라의 잘못된 의료 문화가 환자에게도 피해를 주고 있다는 이야기다.

　　이런 문제의식이 있던 터라, 김승섭이 쓴『아픔이 길이 되려면』이 반가울 수밖에 없었다. 의대를 나와 현재 보건대학교 교수인 그는 이 책에서 질병은 의료 제도와 문화가 만들어낸 측면이 있으며, 개인을 치료하기보다 제도를 손보아야 한다고 역설한다.

　　이왕 산부인과 이야기를 했으니, 책에 나온 사례 중 낙태 이야기를 소개한다. 1966년 루마니아 대통령 차우세스쿠는 출산율이 줄어드는 것에 위기감을 느끼고 강력한 낙태금지법을 시행한다. 아이가 4명 있거나 산모 나이가 45세를 넘지 않으면 낙태를 하지 못하게 한 것이다. 무려 23년간 지속된 이 정책은 참담한 실패로 끝났다. 우선 출산율이 높아지지 않았다. "아이를 키우는 데 충분한 경제적 지원이 없는 상황에서 사람들은 살아남기 위해 법을 피하는 길을 찾아야 했으니까요."(33쪽) 낙태를 하지 못한 여성들로 인해 고아원 등 시설에서 자라나는 아이 수가 증가했다. 가장 큰 비극은 모성사망비가 높아졌다는

● 윤나라, 「지방 산부인과가 사라진다…산모 사망률 심각」, 『SBS 뉴스』, 2015년 3월 19일.

점이다. "경제적으로 어려운 여성들은 의사의 도움 없이 유산하기 위해 위험한 방법을 선택했습니다."(33쪽) 낙태금지법이 시행되기 전인 1966년에 비해 1983년 루마니아의 모성사망비는 7배 높아졌고, 이는 경제 수준이 비슷한 불가리아나 체코보다 9배나 높은 수치였다. 이 수치는 결국 1989년 혁명과 더불어 낙태금지법이 철폐되면서 이전으로 돌아갔다.

이는 낙태금지법이 출산율을 높이는 수단이 되지 못함을 잘 보여주는 사례지만, 안타깝게도 우리나라는 여기서 교훈을 얻지 못했다. 낙태를 저출산의 주범으로 지목하고 낙태한 여성과 의사를 처벌하려 하니 말이다(2019년 4월 11일 헌법재판소는 낙태죄에 대해 헌법불합치 판정을 내렸다. 낙태법은 2020년까지 수정되어야 하는데, 이를 두고도 많은 논란이 있다). 그 결과 불법적인 방법으로 낙태를 하려던 여성이 사망하는 사건이 벌어지기도 했는데, 태아도 생명이라고 입에 거품을 물던 분들이 산모의 목숨이 위험해지는 현실에 눈감는 것은 이해하기 힘들다. 정말 저출산이 문제라면 아이를 낳아 잘 기를 수 있도록 제도적인 뒷받침을 하는 것이 먼저 아닐까?

김승섭은 이 밖에도 가난이 사람을 병들게 한다면서 사회안전망 확충을 주장하고, 근무 중 부상당한 소방공무원이 평가에 불이익이 있을까봐 대부분 자기 돈으로 치료를 받는다는 슬픈 연구 결과도 알려준다. 좋은 책의 조건 중 하나는 깨달음을 주는 것이다. 병원에서 근무하는 전공의들이 제대로 잠도 못 자고 일한다는 이야기를 들으면 대부분 "그렇게 고생하면 나중에 돈 많이 벌잖아"라고 말할 것이다. 나 또한 그렇게만 생각했다. 하지만 저자는 다음과 같이 묻는다. "전공의들이 지금처럼 일할 때, 과연 그들이 진료하는 환자는 안전할 수 있을까?"(135쪽) 실제로 연구 결과 수면 부족에 시달리는 전공의일수록 의료 과실의 위험이 커진다고 한다.

책을 읽다 보니 제도와 문화가 질병을 유발하는 측면이 있다는 것을 십분 이해하게 되었는데, 저자가 하는 연구가 자본을 비롯해 소위 '가진 자'들에게 불편한 것이라 걱정이 된다. 저자는 삼성반도체의 작업환경과 쌍용자동차 해고 노동자의 건강을 이야기하고, 세월호 참사에 대한 국가의 2차 가해를 비판한다. 또한 비정규직 확대가 우리 사회의 자살률을 높이는 잔인한 짓이라고 비판하기도 한다. 과연 그가 앞으로도 연구를 계속할 수 있을까? 제발 그랬으면 좋겠다. 그가 활발히 연구하면 할수록, 우리 사회가 더 좋아질 수 있으니까.

이 책이 마음에 들었다면 이 책도

- 마이클 마멋, 김승진 옮김, 『건강 격차』(동녘, 2017)
- 김창엽·김명희·손정인·이태진, 『한국의 건강 불평등』(서울대학교출판문화원, 2015)

찰스 모리스, 『테슬라 모터스』

우리는
왜 음모론에
빠져들까?

"사람들이 음모론 운운하면,
저는 EV1을 죽이기 위한
음모론 같은 건
없다고 말합니다."

음모론이 먹히는 이유는
대부분의 사람이 해당 분야에
대한 지식이 없기 때문이다.
『테슬라 모터스』는 해당 분야에
대한 책을 읽는 것이야말로
음모론에서 탈출할 수 있는
방법임을 입증해준다.

약 10년 전, 다큐멘터리 영화 〈전기자동차를 누가 죽였나?Who Killed the Electric Car?〉를 참 재미있게 보았다. 당시 구독하던 『씨네21』에서 추천하기에 보았는데, 전혀 생각하지 못했던 사실을 알려주었다. 영화는 다음과 같이 시작된다. 전기차 위에 조화가 놓여 있고, 검은 양복을 입은 남자 넷이 공손한 자세로 서 있다. 전기차의 장례식 장면이다.

그다음에 GM이 만든 EV1이라는 전기차가 출시되어 인기를 모으다 갑작스럽게 폐기되는 슬픈 역사가 나온다. 차를 빼앗긴 사람들은 GM에 찾아가 항의하지만, 그들의 눈앞에 펼쳐진 광경은 납작해져버린 EV1들의 무덤이었다. 영화는 누가 전기차를 죽였느냐고 묻고, 친절하게 그 답을 제시해준다. 석유를 팔아 이익을 남기는 거대 석유 회사와 그 로비에 넘어간 정부가 범인이라고.

가솔린차는 대기오염의 주범이고 이산화탄소를 다량 배출해 지구온난화를 가속화시키는 '악의 화신'이다. 게다가 석유는 점점 고갈되어가니 이를 대체할 에너지원이 필요하다. 전기차는 이에 대한 최선의 대안일 수 있다. 기술이 부족한 것도 아니다. 전기차가 한 번 충전해서 갈 수 있는 거리가 100킬로미터 정도에 불과하긴 하지만, 영화에 등장한 EV1 마니아 톰 행크스는 이렇게 말한다. "저는 그 정도 거리면 충분합니다." 배터리 성능이 개선된다면 1회 충전으로 갈 수 있는 거리는 더 늘어날 터, 전기차가 왜 대중화되지 않을까 가끔 의아했는데, 이런 내막이 있었던 거였다. 영화를 보고 난 뒤 마음이 아팠다. 우리나라나 미국이나 힘센 사람들의 입김에 좌우되는 것은 마찬가지라는 것을 확인해서였다. 이것과는 무관하지만 내 미움은 우리나라 대형 정유 회사에까지 확대되었다.

　　그렇게 10년간 나는 정유 회사를 미워하며 하루하루를 보냈다. 항상 그들을 생각한 것은 아니었지만, 매스컴에 '전기차'가 나올 때마다 조건반사적으로 "정유 회사 나쁜 놈"이라는 말이 내 입에서 튀어나오곤 했으니까. 그런데 그 영화는 정말 진실을 말하고 있었을까? 지금 생각하면 그 음모론에는 허점이 있었다. GM이라는 거대 기업의 EV1을 전량 폐기할 만큼 힘센 정유 회사들이 그 뒤 만들어진 로드스터나 모델S 같은, 일론 머스크Elon Musk가 만든 전기차는 왜 그냥 보고만 있는 것일까? 이 차들에 대한 사람들의 열광은 소수의 마니아만 탔던 EV1 시절과는 비교도 안 되는데 말이다. 음모론에 있기 마련인 이 커다란 구멍을 난 애써 외면한 채 "정유 회사 나빠"를 주문처럼 외웠다.

　진실은 책 속에 있다고, 『테슬라 모터스』를 읽고 난 뒤에야 그 사건의 진상을 알 수 있었다. GM이 EV1에 가혹했던 것은 맞다. "팔지 않고 임대했던 EV1 모델들을 하나하나 수거한 뒤 거의 다 폐기 처분해버린 것이다."(31쪽) 전기차 지지자들에게 GM의 이런 만행은 음모론을 유포하기에 충분했다. 하지만 EV1의 마케팅 책임자였던 존 데이블스John Dabels는 2013년 인터뷰에서 이런 말을 한다. "저는 GM의 결정에 전적으로 공감합니다."(32쪽) 이유가 뭘까? "누군가 공식 허가를 받은 미국 내 대리점에서 자동차를 구입할 경우 제조업체 입장에서는 10년간 그 자동차에 대한 부품 및 서비스 제공을 보증해줘야 하거든요.……사람들이 음모론 운운하면, 저는 EV1을 죽이기 위한 음모론 같은 건 없다고 말합니다."(32쪽)

　이 구절을 읽으니 비로소 이해가 된다. 몇 대 되지도 않는 전기차 때문에 10년간 대리점을 운영하며 애프터서비스를 한다는 것은 자동차 회사 입장에서는 배보다 배꼽이 큰 경우다. 혹시라도 중고차로 팔릴까봐 GM은 차를 수거해 박살을 냈고, 박물관에 기증한 것도 구동장치를 쓸 수 없게 해서 보냈다.

　다시금 의문이 생긴다. 이게 사실이라면 GM은 왜 EV1을 만든 것일까? 석유 회사의 로비가 얼마나 셌는지는 모르지만, 이렇게 쉽게 굴복할 거라면 아예 시작도 하지 않았어야 하는 것이 맞지 않나? 답은 캘리포니아주의 대기자원위원회에 있었다. "캘리포니아주에서 자동차를 판매하는 업체들은 배출가스가 전혀 없는 무공해 자동차를 일정 수만큼 생산해야 한다는 규정을 만든 것이다."(30쪽) 그래서 GM뿐 아니라 포드, 도요타, 혼다 등 다른 자동차 회사들도 어쩔 수 없이 전기자동차를 만들어냈다.

그렇게 많은 회사에서 전기차를 만들어냈는데, 전기차의 시대가 열리지 않은 이유는 무엇이었을까? 머스크가 로드스터를 만들기 전까지 전기차의 성능은 한심 그 자체였다. 비교적 괜찮다는 EV1도 10시간 가까이 충전해야 겨우 100킬로미터를 달리는 데다 디자인도 자동차보다 장난감에 가까웠다. 거기에 가격까지 비쌌으니 행크스처럼 환경을 생각하는 소수 마니아에게만 어필했을 뿐이었다. 이 좁은 시장에 여러 업체가 우후죽순 격으로 전기차를 만들었다면, 수익을 기대하기 어려웠을 것이다. 때문에 자동차 업체들은 캘리포니아주의 무공해자동차생산규정을 없애려고 노력했고, 그것이 없어지자마자 출시한 전기차를 모아 폐기했던 것이다.

10년간 나를 지배했던 음모론은, 음모론이 다 그렇듯 실체가 없는 것이었다. 〈전기자동차를 누가 죽였나?〉가 정말 공정하려면 전기차를 만들게 된 이유인 캘리포니아주의 규제에 대해 설명했어야 하지만, 영화는 공정에는 관심이 없었던 모양이다.

그렇다고 해서 석유 재벌 음모론이 그 영화만의 잘못은 아니다. 물론 음모론이 유포되는 데 큰 공헌을 했지만, EV1이 폐기될 때 마니아 사이에 비슷한 내용의 음모론이 회자되고 있었다. 받아들이는 쪽의 문제도 있었다. 규제의 신설과 폐지 문제로 보기보다는 석유 재벌의 로비라고 생각하는 것이 훨씬 그럴듯하고 흥미진진하다. 우리 마음속에는 재벌처럼 힘 있는 자들을 욕하려는 욕망이 꿈틀대고 있으니 말이다.

재미있게 음모론을 설파하는 이 영화는 우리나라에서 별로 흥행하지 않은 채 사라졌다. 블록버스터가 아닌 것이 그 이유지만, 다른 이유도 있다. 날이면 날마다 스릴 넘치는 음모론이 만들어지는 나라에서 전기차 정도의 음모론이 맥을 못 추는 것은 당연한 일인지도 모른다.

이 책이 마음에 들었다면 이 책도

- 김유진·오컴·전진환·편석준, 『전기차 시대가 온다』(미래의창, 2018)
- 강주원·이진구, 『EV 전기자동차』(골든벨, 2019)

앤디 위어, 『마션』

우리나라
사람이 화성에
남았다면?

"그들은
화성으로
돌아갈 것이다."

저자는 자신이 한번도 가보지
않은 화성의 모습을 우리에게
생생하게 전달해준다.
하지만 이 책이 더 감동적인 것은
한 사람의 생명이 돈보다 훨씬
중요하다는 저자의 주장이었다.
스포일러지만, 마크가 무사히
구조되는 마지막 장면은
읽을 때마다 눈물이 난다.

화성 탐사를 간 대원들이 임무 수행 중 엄청난 모래 폭풍을 만난다. 임무를 포기하고 지구로 귀환하라는 명령이 떨어졌는데, 그 과정에서 마크라는 대원이 불의의 사고를 당해 모래 폭풍 속으로 사라진다. 그가 죽었다고 판단한 대원들은 그를 버려두고 지구로 귀환하는 헤르메스호를 탄다. 영화로도 만들어진 앤디 위어Andy Weir의 『마션』 줄거리다. 이를 책으로 읽는 과정은 그리 만만치 않았는데, 그 이야기를 잠시 해보자.

모두의 예상과 달리 마크는 죽지 않았다. 식물학자였던 그는 자기가 아는 지식을 총동원해 화성에서 삶을 영위한다. 대변으로 배출된 세균을 이용해 감자를 키우는 것은 그가 식물학자라는 점에서 이해할 수 있지만, 방사선 동위원소를 이용해 실내 온도를 높인다든지 사막에 묻혀 있는 무인 착륙선 패스파인더를 찾아 지구와 연락을 시도하는 일 등은 '절망적인 상황에서 저런 아이디어를 낼 수 있을까?'라는 의구심이 들게 했다. 아무튼 마크는 이런 식으로 1년 이상 화성에서 버틸 수 있는 자원을 확보하는데, 책의 초반부가 지루했던 것은 자신이 하는 일에 대한 마크의 설명이 주를 이루었기 때문이다.

"나의 계획은 대략 600리터의 물을 만드는 것이다. 그러려면 액체 O_2 300리터가 필요하다. O_2는 어렵지 않게 조달할수 있다. MAV 연료설비를 이용해 CO_2를 10리터들이 탱크에 채우는 데엔 20시간이 걸린다. 산소 발생기를 이용해 그것을 O_2로 전환하면……."(55쪽)

나를 힘들게 한 것은 이런 과학적 설명들만이 아니었다. 기압을 유지해주는 에어로크가 어떻게 생겼는지, 로버라는 이름의 차는 또 어떤 모양인지, 책을 읽으며 그 모습을 상상하려니 머리가 아플 지경이었다. 책과 영화의 차이는 이런 데서 발생한다. 책은 저자의 묘사에 집중하고 머리도 써야 하는 반면, 로버와 에어로크가 그대로 화면에 등장하는 영화는 팝콘을 먹으면서 편하게 감상하면 된다. 시간 때우기 측면이 더 강한 영화와 달리 책은 독자의 상상력을 키워주는데, 박근혜 전 대통령이 뜬금없이 역사 교과서 국정화 카드를 꺼냈던 것도 여름휴가 때 열심히 책을 읽은 것과 무관하지 않아 보인다. '요즘 좌파가 많은 것은 교과서가 좌편향되었기 때문이다'라는 발상은 어지간히 책을 읽지 않으면 할 수 없는, 놀라운 상상력의 결정체다.

『마션』을 읽는 게 재미있어진 것은 지구에서 화성을 관찰하던 민디라는 직원이 마크가 살아 있다는 사실을 확인하면서부터였다. 마크를 화성에 보낸 미국은 물론이고 전 세계가 마크의 귀환을 손꼽아 기다린다. 심지어 중국은 비밀리에 개발 중인 로켓을 마크를 구하는 데 내놓기까지 한다. 가장 가슴 뭉클하게 했던 것은 마크와 같이 화성에 갔던 대원들이었다. 마크가 살아 있다는 것을 알고 지구로 귀환하던 헤르메스호 대원들은 우주선의 방향을 돌린다. 대장이 말한다.

"나사에서 확실하게 반대한 일이잖아. 그러니까 반란이 될 거야……. 만장일치로 찬성하지 않으면 하지 않을 거야."(346쪽)

모두가 찬성하자 대장은 다시 한 번 묻는다.

"억지로 하는 건 원치 않는다. 24시간 동안 기다려보지. 그동안 마음이 바뀌는 사람도 있을 거야. 나한테 와서 조용히 얘기하거나 메일을 보내줘. 그럼 이 일은 없던 걸로 할 거고, 그 사람이 누구였는지는 아무에게도 말하지 않을게."(349쪽)

나를 울게 한 것은 다음 구절이었다.

"그녀(대장)는 그들이 미소를 지으며 나가는 모습을 보았다. 화성을 떠나온 후 처음으로 그들은 예전 모습으로 돌아갔다. 그 순간 그녀는 아무도 마음을 바꾸지 않으리라는 것을 알았다. 그들은 화성으로 돌아갈 것이다."(349쪽)

예상하겠지만, 결국 마크는 구조된다. 이 과정에서 들어간 비용은 수십억 달러에 달한다. 어찌 보면 한 명의 식물학자에 불과한 그를 구하기 위해 그 많은 돈과 인력을 동원하는 것은 경제적이지 않다. 왜 그를 구해야 할까? 마크는 말한다.

"나는 그 답을 알고 있다.……모든 인간이 기본적으로 타인을 도우려는 본능을 갖고 있기 때문이다."(597쪽)

이 구절을 읽으면서 세월호 사건을 떠올렸다. 배가 침몰해 아이들이 바다에 갇혔지만 해경은 그들을 구하지 않았다. 304명이 죽거나 실종되었다. 당시 집권 여당은 이 사건을 교통사고라고 했다. 진상 규명을 위해 애쓰겠다던 대통령은 유가족을 다시 만나주지 않았다. 유가족들은 왜 해경이 아이들을 구조하지 않았는지 진상을 알고 싶어 했지만, 사람들은 돈을 더 받으려고 떼를 쓴다고 유가족을 욕했다. 세월호 특별위원회는 아무 일도 하지 못했다. 선체는 1,000일도 더 지난 2017년 3월 23일에야 인양되었다. 마크가 이런 우리나라에서 태어났다면 구조될 수 있을까?

처음에는 "마크를 구하자"는 여론이 압도적일 것이다. 대통령은 식염수를 눈가에 찍으며 마크를 꼭 구하겠다고 담화문을 발표한다. 마크 구조위원회가 화려하게 출범한다. 하지만 한 달쯤 지나자 여론이 바뀌기 시작한다. 일단 정치권이 앞장선다. 자유한국당 의원은 "마크는 크게 봐서 조난자이며, 조난당하는 사람이 한둘이 아닌데 왜 마크만 특별대우를 하느냐?"고 한다. 전前 경남지사 겸 보수 유튜버는 이렇게 말한다. "애들

밥 먹일 돈도 없는 판국에 마크를 구하다니, 말이 되느냐?" 어버이연합은 가스통을 들고 거리로 나와 다음과 같은 구호를 외친다. "마크 때문에 나라 살림이 거덜난다." 마크 부모에게 협박장이 날아온다. 네티즌은 마크 기사마다 댓글을 단다. "화성 갈 땐 원래 죽음을 각오하는 거다", "마크야, 네가 살기 위해 나라가 망해도 좋으냐? 이런 이기주의자 같으니."

대통령은 마크의 부모를 만나주지 않는다. 마크 구조위원회 예산이 대폭 삭감된다. 이러는 사이 1년이 지난다. 굶주림에 시달리던 마크는 결국 자살을 택한다. 내 생각이 너무 부정적이라고? 이게 다 내가 국정교과서로 역사를 배웠기 때문이다.

이 책이 마음에 들었다면 이 책도 ~~~~~~~~~~~~~~~~~~~~~~~~~~~~

■ 크리스 임피·홀리 헨리, 김학영 옮김, 『스페이스 미션』(플루토, 2016)
■ 크리스 임피, 전대호 옮김, 『우주 생명 오디세이』(까치, 2009)
■ 아서 C. 클라크, 김승욱 옮김, 『2001 스페이스 오디세이』(황금가지, 2004)

°'갑질 돌려막기'의
이유

"대한민국은
전형적인
모욕사회다."

가뭄에 콩 나듯, 개천에서 용이
나온다. 기득권층은 말한다.
"거봐, 기회는 누구에게나 열려
있는데, 너희들이 노력을 안 하는
거야. 그러니 너희들은 갑질을
당해도 싸."
저자는 모두가 용이 되려고 하는
사회가 비정상적임을 역설한다.
저자의 주장에 전적으로
동의하지만, "모두가 용이 될
필요는 없다"고 한 어느 분 때문에
이 책이 진의가 왜곡되는 것은
아닌가 싶어 안타깝다.

이른 저녁, 앞집 아저씨를 만났다. 아웃도어 매장을 운영하는 아저씨는 평소 아침 일찍 나갔다가 밤 10시가 되어야 집에 들어온다. 이렇게 일찍 어쩐 일이냐고 했더니 가게를 닫았단다. 장사가 아주 안 되는 것도 아닌데 그렇게 한 이유는 스트레스 때문이었다.

"옷을 사가지고 간 다음에 며칠 있다가 옷이 마음에 안 든다고 바꾸어달라는 고객이 많아요. 한 번도 안 입었다고 우기지만, 옷에서 삼겹살 냄새가 나더라고요. 김치 국물 같은 게 묻어 있는 경우도 있고요."

"안 바꾸어주면 되잖아요."

"고객이 홈페이지에 글을 올리면 본사에서 저한테 뭐라고 합니다. 그러니 울며 겨자 먹기로 바꾸어주어야 해요."

대한항공 '땅콩 회항'이 벌어졌을 때, 우리 사회는 조현아가 한 짓에 분노했다. 그녀가 사소한 의전 문제를 빌미로 비행기를 돌린 이유는 자신의 권력으로 그 정도는 충분히 할 수 있다고 생각해서일 것이다. 자신의 권력으로 다른 사람을 겁박

하는 것을 갑질이라고 한다면, 조현아의 행동은 전형적인 갑질이었다. 그 후 경기도 부천의 한 백화점에서 아르바이트생을 무릎 꿇린 모녀 이야기가 화제가 되면서 갑질에 대한 성토가 줄을 이었다. 하지만 두 사건을 대하는 우리 사회의 태도는 좀 아쉬웠다.

사람들은 갑질이 소수 특권층의 전유물이라는 듯 사건 주인공들을 비난했지만, 차이는 있을지언정 많은 사람이 갑질을 하고 있으니 말이다. 앞에서 언급한 아웃도어 매장 고객의 행동 역시 손님이 갑이라는 점을 십분 활용한 갑질이지만, 비슷한 일들은 지금도 우리 사회 곳곳에서 벌어지고 있다. 『개천에서 용 나면 안 된다』에는 택시 기사, 대리 기사, 편의점 아르바이트생, 아파트 경비원 등등 갑질 때문에 서러운 몇몇 사례가 소개되어 있는데, 읽다 보면 이런 생각이 든다. 저 사람들이 조현아의 위치에 있었다면 비행기가 뜬 다음에 사무장을 내리게 했을지도 모르겠다고.

도대체 우리는 왜 이러는 걸까? 이 책에 답이 있다. "대한민국은 전형적인 모욕사회다. 남에게 모욕을 주는 걸 자신의 인정욕구 충족이나 존재감의 확인 수단으로 이용하는 것이 일상화된 사회다."(42쪽) 책에 소개된 JTBC 〈뉴스룸〉 앵커 손석희의 말도 음미해볼 가치가 있다.

"자신이 누구인지를 남에게 확인받아야 하는, 그래야 직성이 풀리는 자기과시의 심리. 그러나 그것은 어찌 보면 온전한 자기 자신에 대한 확신이 없어서인지도 모르겠습니다."(82쪽)

강자에게 굴종하면서 받는 스트레스를 자기보다 약한 사람을 짓밟으면서 푸는 사회니만큼, "'하나의 인간으로서 존중받고 있다'고 느끼는 사람의 비율이 미국과 유럽 국가들에선 90퍼센트대에 이른 반면 한국에선 절반밖에 안 되었다"(25쪽)라거나 화병을 앓은 직장인의 비율이 9할 이상인(39쪽) 통계가 나오는 것은 당연해 보인다. 그러니 '땅콩 회항' 때 조현아에게만 분노를 쏟아낼 것이 아니라 자신이 했던 갑질을 성찰하는 게 옳은 방향이었지만, 대부분의 사람은 자신은 갑질과 무관하다고 여겼다.

갑질에 대한 성찰 이외에도 이 책이 내게 준 선물은 비정규직에 대해 발상의 전환을 하게 해주었다는 점이다. 책에 소개된 김대호의 말을 들어보자. 그는 '철밥통 트랙(정년 보장 트랙)'과 '플라스틱 트랙(기간제 혹은 파트타임 트랙)'을 같이 만들어야 한다고 주장한다. "플라스틱 트랙으로 사는 사람에 대해서는 노동의 질과 양이 같으면 임금을 더 높여줘야 하는 것이고요. 그다음에 이 사람이 고용이 단절되는 기간에 충격을 완화해주는 좀더 두터운 고용보험을 만들 수도 있어요."(273쪽)비정규직에게 임금을 더 주자니, 정말 신선하지 않은가? 다음말은 정신을 확 들게 한다.

"비정규직 자체를 없어져야 할 존재로 생각해버리면 비정규직으로도 행복하게 살 수 있는 건 고민 안 하죠. 왜냐하면 비정규직이면 행복하게 살 수 없다고 생각하니까. 정규직이 되어야 행복하게 살 수 있다고 생각한단 말입니다. 굉장히 나쁜 콘셉트잖아요."(273쪽)

나를 비롯해서 '굉장히 나쁜 콘셉트'에 빠져 있었던 분들이여, 반성하자. 그런데 비정규직에게 임금을 더 주는 것이 과연 가능할까?

"실제로 비정규직 임금이 더 높은 나라들이 많이 있어요. 덴마크 등 북유럽 국가와 호주, 뉴질랜드, 캐나다 등 영어권 국가들 대부분이 정규직에 비해 비정규직의 급여가 많다고 해요."(272쪽)

이런 식이면 비정규직도 행복할 수 있겠다 싶다. 하지만 이렇게 하면 회사에서 지불하는 임금이 너무 많아진다는 문제가 생긴다. 여기에 대한 이 책의 해법은 정규직이 누리는 혜택을 줄이자는 것이다.

"우리가 생각하는 좋은 일자리가 1인당 GDP의 2배 이상을 받는 것인데, 선진국에서는 괜찮은 일자리라고 하면 1인당 GDP의 1배짜리라는 것이다."(276쪽), "정규직의 고용안정성과 비정규직의 고임금을 양자택일할 수 있게 한다면, (〈미생〉의) 장그래도 정규직이 되고 싶다고 그렇게 처절하게 절규하진

않았을 것이다."(278쪽)

실제로 네덜란드에서는 벽돌공과 교수의 수입이 비슷해, 장래 희망을 벽돌공이라고 말하는 아이도 있단다.(279쪽) 이 시스템의 장점은 학문에 뜻이 없는 사람들까지 대학에 가지 않아도 되며, 인간의 존엄성을 훼손하는 갑질이 줄어들 수 있다는 점이다. 다음과 같은 대화를 상상해보자.

편의점 손님: 야, 이거 얼마야?

편의점 아르바이트생: 왜 반말이야?

손님: 아니, 이게? 너 얼마 벌어?

아르바이트생: 너보다는 더 벌어.

왠지 시원하지 않은가? 물론 정규직을 비롯한 여러 계층의 양보가 있어야 하고 과정도 결코 쉽지 않겠지만, 이 책이 많이 읽힌다면 가능할 수도 있을 것 같다. 이 책을 읽자. 그리고 주위에 권하자. 모든 이가 존중받으며 살 수 있는 사회를 위해서.

이 책이 마음에 들었다면 이 책도

- 이철환, 『을의 눈물』(새빛, 2019)
- 장강명, 『산 자들』(민음사, 2019)
- 김민섭, 『대리사회』(와이즈베리, 2016)

목수정, 『아무도 무릎 꿇지 않은 밤』

다른 세계가
필요한
이유

"질투는 결단코
인간의 본능이 아니며,
자본주의에 의해 학습된
어리석은 태도일 뿐이다."

우리나라의 1인당 GDP가
프랑스를 넘을 수는 있을지라도,
프랑스보다 좋은 나라가 될 수는
없다는 것을 이 책은 잘 보여준다.
아무리 어린 자녀라 해도
프랑스 부모들은 무조건
강요하기보다는 스스로 생각하고
결정하게 하니 말이다.
궁금하다.
우리가 프랑스 같은 환경이라도
박빠나 문빠가 나올지.

외모에 대한 이야기는 자주 우려먹었지만, 그나마 신선한 이야기를 해보겠다. 어릴 적 나는 내가 못생겼다는 것을 몰랐다. 정도의 차이는 있을지언정 부모님을 비롯해 2남 2녀가 모두 비슷하게 못생겨서였다. 누나 정도면 예쁜 얼굴인 줄 알았고 남동생은 평균 이상, 나는 평균이라고 생각했다. 진실이 드러난 것은 학교에 가서 다른 아이들을 만났을 때였다. 자신의 진면목을 알려면 다른 세계를 만날 필요가 있다.

꽤 오랫동안 프랑스는 한국의 민낯을 드러내는 거울이었다. 남민전 사건으로 프랑스로 피신한 홍세화는 『나는 빠리의 택시운전사』를 통해 택시 운전을 하며 경험한 프랑스를 우리에게 알려주었다. 프랑스는 자유와 관용이 넘치는 나라였다. 알제리가 프랑스 식민지에서 벗어나고자 독립운동을 했을 때, 프랑스의 대문호 장 폴 사르트르Jean-Paul Sartre는 알제리 독립을 지지하고 심지어 알제리에 자금을 전달하기도 했다. 당시 대통령이던 샤를 드골Charles de Gaulle에게 측근이 사르트르를 손봐야 하지 않겠냐고 물었다. 드골은 이렇게 대답했다. "그냥 놔두게. 그도 프랑스야."

우리나라였다면 어땠을까? 대통령이 입을 연다. "알제리를 추종하는 종從알세력이 사회를 뒤흔들고 있다. 종알에 대해서는 어떠한 관용이 있어서도 안 된다." 비서실장은 메모를 한다. '종알세력→무관용→일벌백계.' 검찰은 다짐한다. "종알세력을 철저히 수사해 발본색원하겠다." 사르트르는 곧 종알·자금 세탁·불법 자금 유출 등 11가지 혐의로 구속된다. 『TV조선』은 여론조사를 한다. 사르트르의 구속이 옳다는 여론이 81퍼센트에 달한다.

『나는 빠리의 택시운전사』가 나온 지 20여 년이 지났다. 그동안 약간 변화가 있었다. 프랑스라고 해서 언제나 아름답지는 않다는 것을 알게 된 것이다. 다른 나라 사람들을 쫓아내자는 극우 국민전선이 한때 정당 지지율 1위를 기록하기도 했다. 경제가 어렵고 실업률이 치솟은 결과일 테지만, 그렇다고 극우를 지지한다는 것은 실망스러웠다. 도박을 해보면 인간성을 안다고, 한 나라의 진짜 모습도 경제가 어려울 때 드러난다. 그렇다고 해서 프랑스에서 배울 것이 없다는 것은 아니다. 예전만못한 것은 사실이지만, 우리나라도 이명박-박근혜 정권 사이자유와 관용의 가치에서 훨씬 더 멀어졌기 때문이다. 어쩌면홍세화가 프랑스를 본받자고 주장하던 1995년보다 격차가 커졌을지도 모르겠다.

파리에 거주 중인 소설가 목수정은 홍세화의 뒤를 이어 프랑스를 역설한다. 『파리의 생활 좌파들』이라는 책을 읽고 프랑스의 저력을 십분 느꼈는데, 『아무도 무릎 꿇지 않은 밤』을 읽으면서 다시금 프랑스에 감탄했다. 목수정의 열 살 난 딸 칼리가 받아쓰기하는 장면을 보자. 목수정이 읽는다. "로빈 후드는 부자들의 돈을 훔쳐 가난한 사람들에게 나누어주었습니다." 칼리는 다음과 같이 받아쓴다. "로빈 후드는 부자들이 가난한 사람들에게 가져간 돈을 훔쳐, 다시 가난한 사람들에게 나누어주었습니다." 목수정이 다시금 읽는다. "크리스토퍼 콜럼버스는 그에게 필요한 금을 찾아 신세계를 향해 떠났습니다." 칼리는 이렇게 쓴다. "크리스토퍼 콜럼버스는 그에게 필요하지도 않은 금을 찾아 신세계를 향해 떠났습니다."(52쪽) 받아쓰기를 자기 의도대로 바꾸어 쓰는 아이의 행동도 경이롭지만, 그 내용이 우리나라로 따지면 좌파로 분류될 만하다는 게 더 놀랍다. 우리나라에는 자기 자식이 이러면 머리를 싸매고 드러누울 부모가 많지 않을까?

　　칼리는 도대체 어디서 이런 사상을 주입받았을까? 진보정당 당원인 목수정일까? 그녀의 말을 들어보자. "내 기억으로는 아이에게 이런 내용을 이토록 단단하게 주입한 적도 없거니와, 주입한다고 주입당할 아이도 아니었다."(53쪽) 어떻게 이런 생각을 했냐고 물으니 칼리는 "난 원래 다 알아"라고 대답한다.『왜 부자들은 점점 더 부자가 되고, 가난한 자들은 점점 더 가난해지는가?』라는 책을 읽은 덕분이었다. 이런 책을 읽으면 세상을 보는 눈이 달라진다. 칼리는 달라진 눈으로 세상을 보기 시작했고, 우리 눈에는 당연해 보이는 문장을 바꾸어버리는 '경지'에 도달했다.

하지만 칼리가 특별한 것은 아니었다. 칼리의 담임선생님이 허리가 아파 일주일간 결근하는 일이 있었다. '좌파'인 목수정은 이렇게 생각했단다. "허리 좀 아프다고 일주일이나 결근을?" 그런데 다른 학부모들은 달랐다. 그들은 담임선생님이 아플 때 "그를 대신할 선생이 없다는 사실을 지적했다. 사르코지 때 교원 수를 대폭 축소한 여파가 아직도 극복되지 않은 것에 대한 불만이었다."(32쪽) 당연히 그들의 불만은 허리가 아픈 담임선생님에게 향하지 않는다. "아픈 교사에게 유능한 의사의 주소를 가르쳐주자는 논의까지 나온다."(32쪽) 아픈 허리를 무릅쓰고 직장에 나오는 것을 당연하게 여기는 우리나라에서는 상상도 못할 의견이다.

프랑스에서는 어려서부터 자본주의의 본질에 의문을 갖는 게 당연하지만, 우리나라에서는 가난한 것은 개인의 노력이 부족해서니 청소부가 되지 않으려면 열심히 공부해야 한다고 강요한다. 그러니 사회구성원에 대한 배려를 기대하는 것은 불가능하다. 우리는 질투가 당연한 인간의 본성이라고 생각한다.

남이 가진 것을 부러워해야 자기 발전에도 도움이 되고, 사회 발전도 가능하다는 것이 우리 사회의 철칙이다. 하지만 목수정에 따르면 "질투는 결단코 인간의 본능이 아니"며, "자본주의에 의해 학습된 어리석은 태도일 뿐"이다.(39쪽)

칼리에게 깨달음을 준 『왜 부자들은 점점 더 부자가 되고, 가난한 자들은 점점 더 가난해지는가?』는 우리나라에도 『부와 가난은 어떻게 만들어지나요?』로 번역되어 나왔다. 그림도 많고 분량도 부담스럽지 않은 이 책은, 당연한 이야기지만, 거의 팔리지 않았다. 노벨 과학상을 타는 이야기나 영어 잘하는 법에 대한 책을 사주는 것은 문제가 안 되나, 자본주의를 다시 생각해보는 책은 불온하다고 여기기 때문일 것이다. 프랑스에서 인생이 "자연을 누리고 이웃과 어울려 서로를 경배하고 축복하는 향연"인 반면, 우리나라에서 인생은 "하나의 목적지를 향해 쉼 없이 달려가는 경주"(39쪽)가 될 수밖에 없는 이유도 여기에 있다.

이 책이 마음에 들었다면 이 책도 ⎯⎯⎯⎯⎯⎯⎯⎯⎯⎯⎯⎯⎯⎯⎯

- 목수정, 『칼리의 프랑스 학교 이야기』(생각정원, 2018)
- 패멀라 드러커먼, 이주혜 옮김, 『프랑스 아이처럼』(북하이브, 2012)

백민석, 『장원의 심부름꾼 소년』

너는
왜 그러고
사니?

"나는 우리 모두가 정상이야,
아무도 잘못되지 않았어,
아주 행복하지는 않지만
그럭저럭 행복하게 살고 있다고,
하고 중얼거렸다."

가끔은 개정판이 필요할 때가 있다.
2001년 출간된 이 책이 14년 만에
개정판으로 나오지 않았다면,
내 안의 선민의식을 성찰할
기회가 없었을 테니 말이다.
한 사람의 과거를 빌미로
그의 미래를 함부로 예단하지
말지어다!

"왜 기생충학을 하셨나요?"

대학을 졸업한 뒤 이런 질문을 수도 없이 받았다. 처음에는 이렇게 대답했다.

"그게요, 제가 학생 때 〈킬리만자로의 회충〉이라는 방송 드라마를 썼거든요. 회충이 인간을 공격해 노예로 부린다는 이야긴데요……."

어느 정도 사실이다. 이 드라마로 인해 기생충학 교수님이 나한테 관심을 두게 되었으니까. 하지만 같은 질문을 너무 많이 받다 보니 똑같은 답변을 하는 것이 멀미가 날 지경이었다. 그래서 답변을 좀 바꾸었다.

"그게요, 제가 외모가 좀 달리잖아요. 그래서 오해를 많이 받았어요. 바보인 줄 알았다든지, 성격이 비뚤어졌을 것 같다든지. 그런데 기생충을 보니까 제 생각이 나는 거예요. 그래서 기생충을 좀 변명해주려고……."

어느 정도 사실이다. 기생충을 보면서 연민을 느낀 것도 기생충을 전공하게 된 이유 중 하나니까.

문제는 이 답변 역시 너무 남발하다 보니 지겨워졌다는 점이었다. 그래서 요즘에는 이렇게 대답하고 있다.

　　"본과 4학년 때 선택의학이라고, 원하는 교수님 밑에서 3주를 보내는 과정이 있거든요. 제가 그때 기생충학 교수님을 선택한 게 제 운명을 결정지었어요. 왜 하필 기생충학 교수님이었냐고요? 그분이 밥을 잘 사주셨거든요."

　　따지고 보면 이게 결정적인 이유였다. 나 역시 기생충학과가 대변검사를 하는 곳이라고 생각했는데, 그 3주 동안 일을 해보면서 그게 아니란 것을 알았고, 그래서 기생충학을 선택했으니 말이다. 왜 처음부터 이렇게 말하지 않았을까 살짝 후회가 되는데, 이 답변 역시 자꾸 하다 보니 슬슬 지겨워지고 있다.

　　기생충학을 전공한 이유를 이제 그만 좀 물어보라는 것은 아니다. 다만 사람들이 왜 유독 나에게만 그런 질문을 던지는지 생각 해보자는 거다. 예를 들어 내 연구실 옆방에 있는 남 모 선생은 대장항문외과 전공으로, 하루에 수십 명의 항문을 본다. 반면 나는 사람들 생각과 달리 대변을 만지면서 살지 않으며, 다른 이의 항문은커녕 내 항문도 본 적이 없다. 그런데도 남 모 선생에게는 "왜 그런 전공을 택하셨나요?"라고 묻지 않는 것을 보면, 사람들은 기생충학이 꽤 비천한 직업이라고 생각하는가보다. "의대씩이나 나와서 그런 일을 하다니, 그게 말이나 돼?"라는 것이 내게 그런 질문을 던지는 사람들의 솔직한 심경이리라.

소설가 백민석이 쓴 『장원의 심부름꾼 소년』은 나와 정반대의 상황이다. 이 소설의 주인공 '나'는 오갈 데가 없던 어린 시절 아주 큰 부잣집에 들어가 잔심부름을 하면서 먹고산 적이 있다. 그랬던 '내'가 나중에 몰락해버린 장원에 인사차 들른다. 그때 있던 사람들은 거의 다 떠났지만, 마님은 여전히 남아 있다. 마님이 '내' 근황을 묻는다. '나'는 인력 관리 회사를 열심히, 잘하고 있다고 한다.

마님: 무슨 회사?

나: 이런저런 일에 사람들을 빌려주는 회사예요. 그러니까……
　　집사 같은 일이지요.

마님: 파출부, 그런 거?

나: 뭐, 예.

마님: 그럼 네가 남자 파출부가 됐냐? 그거 유망 직종이라고 하
　　더라.(67~68쪽)

주인공의 푸념이 이어진다. "나는 그 말씀이 옳다고, 고개를 끄덕였다. 낯익은 반응이었다. 내가 어렸을 적 어떻게 살았는지 알고 있는 사람들을 만나면, 항상 보게 되는 반응이었다. 회사에 다닌다고 하면 외판원인 줄 알고, 공장에 다닌다고 하

면 기계공인 줄 알고, 건설 일을 한다고 하면 일용 잡부인 줄 안다. 나는 그들의 그런 편견들에 아무 저항 없이 따랐다."(68쪽)

우리나라는 직업의 서열이 엄격한 나라다. 네덜란드에서는 중학생이 장래 희망을 벽돌공이라고 자신 있게 말한다는데, 여기서는 그런 일은 상상도 할 수 없다. 몸을 쓰는 일은 머리를 쓰는 일에 비해 격이 떨어진다고 여기니까. 그럼 이런 일은 누가 할까? 출신이 안 좋고 배움이 없는 사람이 한다는 것이 우리 사회의 뿌리 깊은 믿음이다. 반대로 말해서 가방끈이 짧은 사람이 높은 서열의 직업을 갖는 것도 용납되지 않는다. 용역 회사를 한다는 '나'에게 파출부냐고 묻는 것은 "우리 집에서 심부름이나 하던 못 배워먹은 녀석에게는 파출부가 딱이야"라는 말에 다름 아니다. '내'가 할머니 친구를 만났을 때도 같은 일이 벌어진다.

할머니: 대학 졸업하고는 뭘 했니?

나: 책 만드는 일을 했어요.

할머니: 아, 인쇄소에 다녔니?(103쪽)

심지어 대학을 나왔다고 하면 전문대학이냐고 물어본다니, 소설이기는 하지만 그 고충을 알 만하다. 한번 머슴은 영원한 머슴이어야 한다는 이데올로기가 위험한 이유는 젊을 때 잠시 실패한 이가 그 뒤 노력한 결과는 송두리째 부정되며, 이 결과 기득권을 쥔 이들이 '그들만의 리그'를 만들어 패권을 강화하기 마련이기 때문이다.

그래서 우리가 꿈꾸는 사회는 역전이 얼마든지 장려되는 사회여야 한다. 수입에 기반한 직업의 서열이 깨지는 것이 궁극적인 목표겠지만 말이다.

이 책이 마음에 들었다면 이 책도 ～～～～～～～～～～

- 백민석, 『혀 끝의 남자』(문학과지성사, 2013)
- 김애란, 『달려라, 아비』(창비, 2005)
- 이기호 글, 박선경 그림, 『웬만해선 아무렇지 않다』(마음산책, 2016)

'정상'이 아니어도
괜찮지
않을까요?

"지난 2주 동안 14번이나
'왜 결혼하지 않아?'라는
질문을 받았다.
'왜 아르바이트를 해?'라는
질문은 12번 받았다."

"왜 이런 일을 하지요?"
일반인 기준으로 시답잖은 일에
종사하는 사람에게
늘 따르는 질문이다.
기생충학을 전공해 대학에 있는
나 역시 이런 질문을 많이 받는다.
항문을 주로 보는
항문외과 의사에게는
이런 질문을 하지 않는데 말이다.
외우자. 범법이 아닌 한,
누군가 뭔가를 한다면
그럴 만해서 하는 것이다.

무라타 사야카村田沙耶香의 책『편의점 인간』의 주인공 후루쿠라는 어릴 적부터 약간 정상에서 벗어난 여자애였다. 싸움을 말린답시고 머리를 삽으로 후려친 것을 보면 분명 독특하긴 하다. 그랬던 후루쿠라가 18살 때 편의점 아르바이트를 시작하자 부모님은 크게 기뻐한다. 일자리를 갖고 돈을 번다는 것은 정상인이 되는 보편적인 방법이니까. 그런데 대학을 졸업한 후에도 계속 편의점에서 일하자 사람들의 시선은 조금씩 달라진다. 정상적인 사람은 졸업하고 나면 아르바이트가 아닌, 제대로 된 직장을 알아보기 마련이니까.

편의점 아르바이트 19년차를 맞은 후루쿠라도 비정상으로 비추어지는 것이 부담스럽다. 그녀는 변명을 준비한다. "고향 친구를 만날 때는 몸이 약해서, 일하는 곳에서는 부모님이 병약해서 보살펴야 하기 때문에 아르바이트를 한다"(47쪽)라고 하는 것이다. 사실 이 변명은 그녀를 딱하게 여긴 여동생이 마련해 준 것이다.

사실 편의점에서 일하는 것이 꼭 이상한 것만은 아니다.

식사를 편의점에서 해결하는 것이 가능하고, 한가한 시간대가 있어서 그동안 다른 일도 할 수 있다. 일본에서는 편의점 아르바이트로 어느 정도 생활도 가능한데다 다른 장점도 있으니 이 일을 오래 한다고 뭐라 할 것은 아니다. 하지만 '정상'과 '비정상'을 구분하려는 사람들의 의지가 워낙 굳건한지라 다음과 같은 일이 수시로 벌어진다.

> 고향 친구1: 설마, 지금도 아르바이트?
>
> 주인공: 응, 실은 그래.
>
> 고향 친구1: 몸이 별로 튼튼하지 못해서 지금도 아르바이트를 하는구나!(46쪽)

문제는 부부 동반 모임 때 일어났다.

> 고향 친구2: 아직도 아르바이트를 해?
>
> 주인공: 응, 나는 몸이…….
>
> 고향 친구1: 그래, 얘는 몸이 약해. 그래서 아르바이트를 하고 있어.
>
> 고향 친구2의 남편: 예? 하지만 편의점은 서서 일하잖아요? 몸이 약한데?(94~95쪽)

그래서 후루쿠라는 여동생에게 더 좋은 변명거리를 준비해 달라고 부탁하기도 한다. '정상'에 속하지 않는다는 것은 이렇게 피곤하다.

일자리 이외에도 정상을 구분 짓는 강력한 기준이 하나 더 있는데, 연애와 결혼이다. 정상적인 여자 혹은 남자라면 애인이나 배우자가 있어야 하며, 그것만 갖춘다면 편의점 아르바이트 정도는 용서될 수 있다. 그런데 공교롭게도 후루쿠라는 단 한 번도 연애를 해본 적이 없는지라 아르바이트에 관한 질문과 더불어 결혼 여부에 대한 질문도 수시로 받는다. "지난 2주 동안 14번이나 '왜 결혼하지 않아?'라는 질문을 받았다. '왜 아르바이트를 해?'라는 질문은 12번 받았다."(113쪽)

비정상에 속하는 이가 정상인에게 '왜 결혼했어?'라고 따져 묻는 경우는 없다. 질문할 권리는 오직 정상인에게만 있으니까. 불행한 결혼이 속출하는 원인도 결혼을 안 하고 있을 때 겪어야 하는 사회적 질타가 두려워서 이것저것 따지지 않고 결혼의 길로 접어들기 때문이 아닐까?

내가 아내에게 고마워하는 이유도 아내가 나를 '비정상'의 늪에서 구해주었기 때문이다. 첫 결혼의 실패 후 난 다시는 결혼하지 않으려고 마음먹는다. 결혼은 내 적성에 맞지 않았고, 1년도 채 버티지 못하고 집을 나와버린 것은 그것을 뒷받침하는 증거였다. 그렇게 비정상의 일원이 되자 나는 정상인들이 행여 그 사실을 알아챌까 두려워했고, 내가 이혼했다는 사실을 철저히 숨겼다. 하지만 정상인들은 주변 사람이 정상이라는 것을 확인하려는지 다음과 같은 질문을 끊임없이 던졌다. "너 결혼했지? 애는 있고?" 정말 궁금해서가 아니라 할 말이 없으니 그냥 하는 말일 테지만, 이 질문에 대답하는 것은 무척 힘들었다. 남의 사생활에 대해 가볍게 던지는 말이 누군가에게는 폭력이 될 수 있다는 것을 그때 처음으로 알았다.

친한 친구들은 내가 돌싱이라는 것을 알았기에 대하기 편했다. 하지만 그들은 정상에서 벗어난 나를 가엾게 여겼다. "그래, 마누라도 없고 네가 무슨 낙이 있겠니?" 그렇다고 정상인 그들이 행복한 것은 아니었다. 배우자와 사이가 좋은 부부는 그리 많지 않았고, 아이들 때문에 골머리를 앓는 이도 꽤 많았다. 반면 나는 원하는 것을 다 하면서 나름대로 재미있게 살아가고 있었는데, 대체 그들은 왜 나를 불쌍하게 보는 것일까? 심지어 "서민은 고자다"라는 소문까지 돌았으니, 내가 얼마나 억울했겠는가?

스포일러이긴 하지만 후루쿠라는 결혼하지 않아서 받는 온갖 모욕에서 탈출하려고 딱 보아도 한심한 남자를 집에 들이는데, 다행히 난 그렇게 할 필요는 없었다. 어머니가 일당을 준다고 해서 나간 선 자리에서 아내를 만나서다. 그로부터 반년이 지나 난 아내와 결혼했고, 다시 정상인의 범주에 들어갈 수 있었다.

　그렇다고 해서 내가 완전하게 정상이 된 것은 아니다. 내 외모를 대물림하기 싫어 아내와 아이를 낳지 말자고 약속했는데, 이것은 엄연한 정상인 결격사유였다. 요즘에는 아이들이 외국에 나가 있는 경우가 많다 보니 아이의 존재 유무가 전만큼 문제가 되지는 않지만, 별로 친하지 않은 사람들에게 이런 이야기를 듣는 것은 감수해야 한다. "그래도 애는 낳아야지!", "나이 들어 외로우면 어쩌려고 그래?"

　하지만 이런 소리가 무서워서 아이를 낳을 마음은 없다. 아이가 있으면 공부는 잘하냐고 물을 테고, 대학은 어디 갔는지, 직장은 어딘지, 결혼은 했는지 등등 아이로 인해 파생되는 끝없는 질문에 시달릴 테니까. 그러고 보면 정상인은 이렇게 정의될 수 있을 것 같다. '사생활에 관한 반복적인 질문을 통해 서로 간의 정상성을 확인하고, 그럼으로써 안도하는 사람'.

　그분들에게 이렇게 호소한다. "정상인 여러분, 비정상을 그냥 좀 내버려둡시다! 비정상이라 힘든 게 아니라 당신들 때문에 힘들다고요."

이 책이 마음에 들었다면 이 책도

■ 오쿠다 히데오, 양윤옥 옮김, 『남쪽으로 튀어!』(은행나무, 2006)
■ 레나 모제, 이주영 옮김, 『인간증발』(책세상, 2017)

혐오에 빠지지 않고 두려움에 맞서는 법

"어쩌면 중요한 건 사람들이
사실을 올바로 알고 있는가
아닌가가 아니라 사람들이
두려워하는가 아닌가일지도
모른다."

의학자라는 한계 때문일 테지만,
나는 그간 백신 반대자들을
미신 신봉자로만 취급해왔다.
하지만 인문학자인 저자는
시적 은유와 신화를 동원해
백신을 설명하고,
이를 반대하는 데는 원초적인
이유가 있음을 말해준다.
그래도 백신은 맞아야 한다고
설득하는 저자의 균형 잡힌
스탠스도 이 책의 미덕이다.

"네 살이 어린이는 2년 전 갑자기 거품을 물고 발작을 일으켜 응급실로 옮겨졌습니다.……전날 맞았던 일본뇌염 예방접종이 원인으로 보인다는 것이 인근 대학 병원의 진단입니다."* 이것 말고도 백신 부작용 소식은 차고 넘친다. 그렇다 보니 아이에게 백신을 맞게 해야 할지 걱정하는 부모가 늘었다. "질병관리본부가 2012년 출생한 어린이가 생후 3년까지 예방접종한 전체 기록을 바탕으로 예방접종률을 지난해(2016년) 발표한 결과, 한국 어린이의 예방접종률이 첫돌 이전엔 94.3퍼센트, 만 세 살 이전은 88.3퍼센트 등으로 상당히 높았다. 하지만 2012년 출생 이후 접종력이 한 건도 없는 접종누락자가 1,870명에 달했다."** 대부분 해외에 거주하느라 접종을 못 한 것(74퍼센트)이었지만, 의도적인 거부도 19.2퍼센트나 되었다. 접종을 거부하는 이유 중 하나는 백신의 효과, 그러니까 백신

● 전종환, 「속출하는 예방접종 부작용, 보상은?」, 『MBC 뉴스데스크』, 2017년 3월 4일.
●● 정희원, 「'안아키族' 백신 부작용이 아이 망친다?…어쩌면 '건강 무임승차'」, 『브릿지경제』, 2017년 2월 23일.

이 질병을 정말 예방했는지 알기 어렵기 때문이다. 반면 백신을 맞고 하루 이틀 사이에 발생하는 부작용은 금방 티가 난다.

대중이 백신을 의심하게 된 계기는 유명 학술지『랜싯The Lancet』에 게재된 논문이었다. 소아과 의사인 앤드루 웨이크필드Andrew Wakefield는 자폐증에 걸린 아동 12명을 조사해 그중 8명이 MMR, 즉 홍역Measles · 볼거리Mumps · 풍진Rubella 백신을 맞은 직후에 발병했다고 발표했다. 이런 주장을 하려면 MMR 백신을 맞은 아이와 안 맞은 아이(대조군)를 놓고 발병률을 조사해야 했지만, 웨이크필드는 연구의 기본인 대조군 설정을 하지 않았다. 이런 글이『랜싯』에 실린 이유가 짐작 가지 않는데, 어쩌면 주장이 너무 충격적이어서 심사 위원들이 놀란 탓일지도 모르겠다. 하지만 일부 아이들이 MMR 백신을 맞기 전부터 자폐증 증상이 나타난 사실을 웨이크필드가 고의로 누락했다는 것이 드러났다. 이는 과학에서 절대 금하는 데이터 조작이어서 『랜싯』은 논문을 철회했고, 웨이크필드는 의사 면허를 박탈당했다. 하지만 그를 지지하는 촛불은 꺼지지 않았으니, 영국과 미국을 중심으로 대규모 백신 반대 운동이 벌어진 것이다. 이들은『랜싯』이 웨이크필드의 논문을 철회한 것도 백신을 만드는 제약 회사의 압력 때문이라고 주장했다.

백신을 기피하는 사람들 때문에 오래전에 사라졌다고 여겨지는 병이 다시 유행하기도 한다. 2014년 미국에서는 디즈

니랜드를 찾은 방문객에게서 시작된 홍역으로 무려 150명이 감염되었다. 예방접종을 하지 않은 사람이 100만 명이 넘는 영국에서는 2013년에만 2,000명이 넘는 홍역 환자가 발생했다. 우리나라는 백신 접종률이 높은 편이지만, 예방접종을 거부하는 이가 점점 늘고 있어 우려스럽다.

『면역에 관하여』가 반가웠던 것은 백신을 맞아야 하는 이유뿐 아니라 백신을 기피하는 원인까지도 담담하게 설명하기 때문이다. 저자는 그리스신화에 나오는 아킬레우스가 발뒤꿈치에 독화살을 맞아서 죽은 것을 면역에 빗대서 설명한다. "그때 그녀(아킬레우스의 어머니)가 아기의 발뒤꿈치를 잡고 (스틱스강의) 물에 담갔기 때문에, 이번에도 역시 치명적인 취약점이 한 군데 남고 말았다."(9쪽) 이 대목을 읽으면서 나는 '그러니까 완벽하게 물에 담갔으면 안 죽었지!'라고 생각했다. 하지만 저자의 해석은 달랐다. "면역은 신화라고, 어떤 유한한 목숨의 인간도 취약하지 않은 몸을 갖게 될 순 없다고, 이 이야기들은 말해준다."(12쪽)

나는 의학을 배우면서 백신이야말로 인류의 구세주라고 여기게 되었지만, 이런 도그마에서 자유로운 저자는 백신에 반대하지 않지만 백신 반대자를 함부로 폄훼하지도 않으며, 그들을 이해하려고 애쓴다. "어쩌면 중요한 건 사람들이 사실을 올바로 알고 있는가 아닌가가 아니라 사람들이 두려워하는가 아

닌가일지도 모른다.”(61쪽)

이게 무슨 말일까? 유해한 화학물질을 먹으면 죽을 수 있다. 하지만 물도 아주 많이 먹으면 죽을 수 있다. 그런데도 사람들은 물을 마시는 것을 두려워하지 않는다. 화학물질에 잠깐 노출된다고 죽는 것도 아니지만 사람들은 물을 많이 마시는 것보다 화학물질에 잠깐 노출되는 것을 훨씬 해롭게 생각한다. ‘천연’은 안전하다고 믿는 본능 때문이다. 기생충 감염 확률이 높아지는데도 비싼 유기농을 선호하는 것도 그 때문이다. 그렇다면 사람들이 면역을 거부하는 것도 이해된다. 병에 걸려서 얻어지는 면역이 ‘천연’이라면 인공적으로 변형된 병원체를 주사하는 백신은 “본질적으로 부자연스러운 것”(67쪽)이기 때문이다.

게다가 백신을 보존하기 위해 첨가하는 티메로살Thimerosal에는 수은 성분이 들어 있다. 메틸수은은 신경을 퇴화시켜, 시력과 청력이 감퇴하고 사지가 뒤틀리게 하는 무서운 금속이다. 일본의 어촌 미나마타 주민들이 수은에 오염된 어패류를 먹고 단체로 이 병에 걸려 ‘미나마타병’이라고 알려지기도 했다. 사정이 이러니 몸에 수은이 들어간다는 것은 양이 아무리 적더라도 걱정하지 않을 수 없다. 저자는 그런 백신 반대자들의 불안감을 이해하고, 차분하게 그들을 설득한다. 신경에 해를 주는 것은 메틸수은인 반면 티메로살에 들어 있는 수은은 에틸수은으로, 충분히 안전하다고 말이다.

나도 마찬가지지만, 지금까지 의사들은 백신 반대자들을 무지와 편견에 사로잡힌 사람으로 취급하기 바빴고, 그들 역시 자녀를 건강하게 키우고 싶어 하는 사람이라는 것을 이해하지 못했다. 부작용의 비율이 아무리 낮더라도 그것을 겪는 이에게는 100퍼센트가 아닌가? 백신에 관해 토론하던 중 한 면역학자가 저자에게 "당신이 우리 편이란 걸 압니다"(79쪽)라고 말했을 때 저자가 동의하지 않은 것도 그 때문이다.

의사에게 백신을 둘러싼 싸움은 "무지한 어머니들과 교육받은 의사들……혹은 비합리적인 어머니들과 합리적인 의사들"(80쪽) 간의 싸움이지만, 저자는 어머니들의 행동도 충분히 이해 가능하다고 본다. 백신이 더 건강해지는 길이라면 반대하는 사람들을 무조건 배척할 게 아니라 백신에 대한 두려움을 없애기 위해 노력하는 게 맞다. '백신 의무화' 같은 정책에 묻어갈 것이 아니라, 백신의 부작용을 충분히 설명하고, 부작용이 발생했을 때 신속히 처리해서 신뢰를 얻어야 한다. 타인의 입장을 이해하는 힘이야말로 이 책이 선사하는 미덕이다.

이 책이 마음에 들었다면 이 책도

■ 스튜어트 블룸, 추선영 옮김, 『두 얼굴의 백신』(박하, 2018)
■ 찰스 그레이버, 강병철 옮김, 『암치료의 혁신, 면역항암제가 온다』(김영사, 2019)
■ 아보 도오루, 이정환 옮김, 『면역혁명』(부광, 2018)

데이비드 발다치, 『모든 것을 기억하는 남자』

서번트 증후군을 원하는 사회

"나는 과잉기억증후군을
앓고 있다.
아무것도 잊지 못한다는
뜻이다."

사람들은 자신의 기억력을
탓하지만, 우리가 평범한
일상생활을 영위하는 비결은
인간이 망각의 동물이기 때문이다.
어릴 적 팬티에 소변을 지린
기억이 머리에서 떠나지 않는다면
제대로 살 수 있겠는가?
과잉기억증후군에 시달리는
주인공의 삶을 들여다본다면
나의 빈약한 기억력에
안도하게 될 것이다.

『모든 것을 기억하는 남자』. 제목만 봐도 흥미가 동한다. 기억력이 아주 비상한 남자가 능력을 발휘해 사건을 해결하는 내용이 아닐까 싶었는데, 정말 그랬다. 최근 20년간 일어난 모든 것을 기억하고, 필요하면 그 장면을 불러내 머릿속에서 확인할 수 있는 비상한 능력을 지닌 데커라는 남자가 주인공이다. 얼핏 생각하면 '야, 그거 정말 좋겠다!' 싶지만, 꼭 좋지만은 않을 것이다.

나만 해도 살면서 부끄러운 짓을 한 적이 수십, 아니 수백 번이다. 20대에는 술에 취해 버스 운전기사와 험한 말을 하면서 싸운 적도 있는데, 콕 찍어서 이 사례만 소개하는 이유는 이게 그나마 덜 부끄러운 짓이기 때문이다. 그런데도 내가 마치 사회정의의 수호자인 양 신문에 칼럼을 쓰고 책을 낼 수 있는 비결은 내게 불리한 것은 죄다 잊어버리는 놀라운 망각 능력 덕분이다. 과거의 기억들이 사라지지 않고 그대로 날 압박한다면 머리를 깎고 산으로 올라가야지 않을까?

하지만 나같이 막산 사람이 아니라면 기억력이 좋은 편

이 훨씬 유리할 것이다. 에듀윌의 도움 없이도 공무원 시험에 합격할 수 있고, 각종 자격증 취득은 물론 사법고시나 행정고시에 붙는 것도 남보다 쉬우리라.

이 책의 주인공 데커도 경찰 시험에 수석으로 합격한다. 그 뒤에도 그의 기억력은 빛을 발한다. 각종 단서를 토대로 범인을 추격하는 것이 경찰의 임무인데, 비상한 기억력이 있다면 훨씬 유리하지 않겠는가?

하지만 데커에게 쓰라린 시련이 닥친다. 누군가 딸과 아내를 무참히 살해한 것이다. 비상한 기억력 탓에 그 당시 상황이 계속 떠오르니 정상적인 삶을 사는 것이 불가능하다. 결국 데커는 경찰을 그만두고 폐인 상태로 살고 있다. 그랬던 데커가 다시금 심기일전해 15개월 전 그의 가족을 죽인 범인을 쫓는다는 것이 이 책의 주요 내용이다.

데커가 범인을 잡느냐 마느냐(물론 잡긴 하지만)보다 여기서 집중할 것은 '서번트 증후군Savant Syndrome'이다. 의대를 나왔는데도 나는 서번트에 대해 잘 몰랐다. 심지어 그 단어조차 모르고 있어서, 언젠가 어느 분이 "혹시 서번트 아닌가요?"라고 물었을 때 "저는 서민인데요"라고 대답하기도 했다. 그분이 더 답변을 안 하기에 혹시나 싶어 검색해보니 자폐증과 관련된 단어가 나와서, '아, 이분은 내가 대인 관계에 문제가 있다고 생각하는구나'라고 정리하고 말았다.

『모든 것을 기억하는 남자』에 의하면 서번트 증후군은 뇌 기능 장애가 있는 사람이 의사소통 등 일상생활은 정상적으로 영위하지만 특정 분야에 있어서는 일반인이 도달할 수 없는 천재성을 보이는 경우를 지칭한다. 내게 "혹시 서번트 아닌가요?"라고 물었던 분은, 내 글을 칭찬한 것이었지만, 칭찬도 아는 사람에게 해야 의미가 있다.

인터넷 검색을 해보니 '서번트'는 프랑스어로, '박학다식한 바보'라는 뜻이다. 1887년 존 랭던 다운John Langdon Down이 지능은 낮지만 기억력이 유난히 뛰어난 사람을 기술하려고 이 단어를 처음 사용했다. 우리나라에 서번트 증후군이 알려진 것은 더스틴 호프먼이 주연한 〈레인 맨Rain Man〉이라는 영화가 개봉하면서다. 호프먼은 천재적인 기억력을 지닌 자폐증 환자로 나왔는데, 도박장에서 카드의 순서를 외워 큰돈을 번다.

〈레인 맨〉은 서번트 증후군에 대해 알려주긴 했지만, 자폐증 환자에 대한 왜곡된 견해를 심어주었다. 자폐성 장애 중 아주 극소수만이 이런 능력이 있기 때문이다. 모든 자폐증 환자가 서번트 증후군은 아니다. 하지만 이 영화 탓에 자폐증 환아의 부모는 "우리 아이가 혹시 비상한 기억력이 있는 것은 아닐까?"라는 기대를 하고, 그로 인해 더 큰 실망을 하기도 했다.

내가 몰랐던 또 하나는 후천적 장애로 서번트 증후군이 될 수도 있다는 점이었다. 책의 주인공 데커는 미식축구 도중 상대 선수와 충돌해 나가떨어졌고, 그 이후 서번트 증후군이 되었다. 책에는 후천적으로 서번트 증후군이 된 실제 사례를 소개하고 있다.

"올랜도 서렐도 후천적 서번트 증후군이었다. 열 살 때 농구공에 머리를 맞은 후 탁월한 시간 계산 능력이 생겼고 모든 날의 날씨와 특정한 날 어디에서 무엇을 했는지에 대한 완벽한 기억을 갖게 되었다. 대니얼 타멧은 어릴 때 간질 발작으로 죽을 고비를 넘긴 뒤 세기의 천재가 되었다. 원주율을 2만 2,000자릿수까지 나열할 수 있었고, 일주일 만에 여러 언어를 완벽하게 익혔다."(181쪽)

대체 어떤 원리로 이런 일이 생기는 것일까? 책에는 이렇게 나와 있다.

"그의 두뇌가 두 가지 변화를 일으켰다고 결론지었다. 첫째, 그의 머리에는 배수관 같은 경로가 뚫렸고 그 경로로 정보가 훨씬 더 원활히 흐르게 되었다. 둘째, 그의 머리를 가로지르는 새로운 전기회로망이 열려 채색된 숫자들을 보는 능력이 생겼다."(182쪽)

채색된 숫자라는 것은 서번트 증후군 중 일부가 공共감각이 있기 때문인데, 데커 역시 그랬다.

"감각신경의 통로들이 교차했는지 숫자와 색깔이 연결되었고 시간도 그림처럼 보인다. 색깔들이 불쑥불쑥 생각 속으로 끼어든다. 나 같은 사람들을 공감각자라고 부른다. 나는 숫자와 색깔을 연결 지어 생각하고 시간을 본다. 사람이나 사물을 색깔로 인식한다."(40쪽)

여기까지 읽고 나면 서번트 증후군이 과연 좋은 것인지 회의가 들지도 모르겠다. 완벽한 기억력도 숨이 막힐 텐데, 거기에 색깔까지 끼어든다고? 그런데도 막상 서번트 증후군으로 만들어주는 수술법이 나온다면 그 수술을 받을 이가 한둘이 아닐 것이다. 부끄러운 기억이 남는 단점보다 각종 시험에서 우수한 성적을 거둘 수 있다는 장점이 훨씬 크게 보일 테니 말이다. 취업이 어려워 구직을 포기하는 청년이 늘어나는 시대를 감안하면, 아무리 비싸도 수술을 받겠다는 사람이 줄을 서지 않을까? 서번트 증후군으로 가득 채워진 사회를 상상하니 왠지 좀 오싹해진다. 서번트 증후군의 비밀이 차라리 밝혀지지 않기를 바라는 이유다.

이 책이 마음에 들었다면 이 책도

▪ 알렉스 마이클리디스, 남명성 옮김, 『사일런트 페이션트』(해냄, 2019)
▪ 폴라 호킨스, 이영아 옮김, 『걸 온 더 트레인』(북폴리오, 2015)
▪ T. M. 로건, 천화영 옮김, 『29초』(아르테, 2019)

미야베 미유키, 『비둘기피리 꽃』

어느 날
초능력이
생긴다면

"이제
이 힘에 의지하는 데
너무 익숙해졌어요."

영화 〈엑스맨〉 덕분에
영원히 죽지 않거나 다친 몸이
순식간에 재생되고,
눈에서 레이저가 나가는
초능력이 아름답지만은 않다는
것을 알게 되었지만,
이 책은 초능력이 유용한 것이며,
그런 능력이 있으면 성공하기
쉽다는 사실을 알려준다.
어쩌면 〈엑스맨〉은 그 능력을
이기적으로 쓰지 말라는,
혹시 있을지 모르는 초능력자들에
대한 경고일지도 모르겠다.

1984년, 한국은 난데없는 초능력 열풍에 휩싸였다. 초능력자로 이름을 날리던 유리 겔러Uri Geller가 우리나라에 왔기 때문이었다. 그의 특기는 숟가락을 구부리는 것이었다. 그가 바라보기만 해도 쇠로 된 숟가락이 엿가락처럼 휘어졌다. 그의 능력 덕분에 고장 난 시계를 고쳤다는 친구도 꽤 많았다. 그다음 날부터 식당에 가면 숟가락을 구부리겠다며 뚫어지게 바라보는 사람들을 지겹게 볼 수 있었는데, 그 후 오랫동안 겔러는 한국인에게 초능력의 대명사로 군림했다. 하지만 그게 다 사기극이었다는 것이 드러났다. 그가 사기꾼이라고 주장한 마술사 제임스 랜디James Randi 앞에서 겔러는 진땀을 흘리다 결국 숟가락을 구부리는 데 실패하고 말았다. 랜디는 다음과 같은 명언을 남겼다.

"숟가락을 그렇게 어렵게 구부리는 놈은 처음이네."

랜디에게 소송을 걸었다 패한 후 겔러는 자신의 초능력이 사실은 속임수였음을 인정해야 했다. 그렇다 하더라도 초능력자에 대한 열망이 완전히 사라진 것은 아니다. 〈슈퍼맨〉을 비롯해 〈스파이더맨〉, 〈캡틴 아메리카〉 등 히어로물이 꾸준히 인기를 얻는 것도 우리 마음속에 초능력에 대한 동경이 있기 때문이 아닐까?

미야베 미유키宮部みゆき의 『비둘기피리 꽃』은 3편의 단편으로 이루어져 있는데, 3편 다 초능력이 있는 주인공이 나온다. 불을 지를 수 있는 능력자, 꿈을 통해 미래를 볼 수 있는 능력자, 그리고 마음을 읽을 수 있는 능력자다. 그중 표제작인 「비둘기피리 꽃」의 주인공 다카코는 강력반 형사로, 당사자나 그가 쓰던 물건에 손을 대면 그의 마음을 읽어낼 수 있다.

"다카코는 몇 번인가 세상을 떠들썩하게 만든 초능력 붐을 경험했다. 최근에 다시 그런 방면에 대한 관심이 높아지는 듯하다.……다카코가 아직 교통과의 여자 경관이었을 때 함께 순찰하던 동료가 그런 방송을 봤다면서 은근슬쩍 중얼거린 적이 있다. 만약 내게 그런 힘이 있다면 텔레비전 같은 데 나가느니 힘이 있다는 사실을 숨긴 채 어려운 사건을 척척 해결해서 본청의 수사1과에 배속받겠다고."(209쪽)

이 말을 들은 다카코는 마음속으로 속삭인다. "그래, 네가 옳다. 실제로 나는 그렇게 하고 있으니까."(209쪽)

히어로의 대표 격인 슈퍼맨은 평소 기자로 일하다 일이 생기면 변신해 사람들을 구해낸다. 그로 인한 찬사는 오로지 슈퍼맨에게 주어질 뿐, 기자 클라크에게는 아무런 이득도 없다. 마치 '초능력은 이렇게 쓰여야 한다'고 강요하는 듯하다. 스파이더맨은 한술 더 뜨는데 "큰 힘에는 큰 책임이 따른다"라고 대놓고 훈계한다.

그렇다면 사람들은 초능력이 생기면 그 힘을 인류를 위해 쓸까? 2015년 4월, 취업 포털사이트 커리어가 직장인 396명을 대상으로 한 설문 조사 결과는 그리 긍정적이지 않다. 가장 갖고 싶은 초능력은 33.3퍼센트가 선택한 '예지력'이었다. 이유가 무엇일까? 당연히 로또 당첨 번호를 알아내기 위해서다. 그다음으로 선택한 능력은 '순간 이동(22.7퍼센트)'으로, 출퇴근 길이 막히거나 늦잠을 잤을 때 편하게 출퇴근을 하기 위해서다. '독심술(18.2퍼센트)' 역시 지구를 구하는 것과는 크게 상관이 없다. 6.1퍼센트가 선택한 투시 능력은 어떤 목적인지 알 만하다. 대부분의 직장인이 초능력을 개인의 영달을 위해 쓰겠다고 답한 것을 보면 초능력자의 존재는 평범한 사람들에게 오히려 피해가 될 확률이 높다.

「비둘기피리 꽃」의 다카코는 어땠을까? 그녀는 피해자의 물건을 만지는 것만으로 범인의 얼굴을 알아낼 수 있었고, 덕분에 형사로 승승장구했다. 자신의 능력을 발설하지 않았기에 다른 이들은 다카코가 '감이 좋다'고만 생각한다. 형사라는 직업적 특성상 공익을 위한 것이라고 할 수 있지만, 다카코는 자신의 능력을 알리지 않음으로써 더 많은 도움을 줄 수 있는 기회를 차단하고, 자신의 승진을 위해서만 능력을 쓴다.

스포일러지만, 다카코는 점점 자신의 능력이 희미해져가는 것을 느낀다. 초능력만으로 어느 자리에 오른 사람이 그 능력을 잃어갈 때 얼마나 두려움에 휩싸이겠는가? 실제로 다카코는 자신이 더는 경찰직을 수행하지 못할 거라고 여기며 좌절한다. 뒤늦게 다카코의 능력을 알게 된 동료 형사는 "그게 없더라도 넌 좋은 형사야"라며 위로하지만, 다카코는 동료에게 자신과 같은 능력이 있는 사람을 만났던 경험을 이야기한다. 손이 닿자마자 둘 다 서로 초능력이 있다는 것을 알아챘는데, 그 중년 남성은 초능력 덕분에 호텔 벨 보이에서 지배인으로 성공했다며 이렇게 말했다. "저는 이 힘으로 세상을 헤쳐온 몸이니까요. 없어지면 살아갈 수 없을지도 모르겠군요. 이제 이 힘에 의지하는 데 너무 익숙해졌어요."(315쪽)

비록 소설이기는 해도 다카코의 사례는, 앞에서 예로 든 직장인 설문 조사도 그랬지만, 공익만을 위하는 히어로의 존재는 그저 판타지라는 것을 보여준다. 다들 초능력을 숨기고, 자신의 영달을 위해서만 그 능력을 사용할 테니까 말이다.

그렇다면 방송에 나와서 초능력이 있다고 떠드는 사람들은 뭘까? 개중에는 진짜 비범한 능력을 가진 이도 있을지 모르지만, 대부분은 방송으로 부와 명성을 얻겠다는 의도가 있는 가짜일 것이다. 예컨대 대선에 출마했던 어떤 분은 공중 부양을 할 수 있다면서 매스컴을 탔지만, 그 어떤 곳에서도 공중에 떠 있었던 적이 없다. 이건 책도 마찬가지인지라, '부자가 되는 법'을 소개한다는 책의 저자는 하나같이 부자가 아니다. 정말 그 방법을 안다면 책으로 다른 사람과 부자가 되는 비법을 공유하기보다는 스스로 부자가 되지 않겠는가?

그렇기는 해도 가끔은 초능력을 가진 누군가가 간절할 때가 있다. 2014년 4월 16일이 그랬다. 학생과 일반인을 포함해 459명의 승객이 탄 배가 뒤집힌, 그래서 304명이 목숨을 잃은 그 참사를 보면서 '지금이라도 슈퍼맨이 나타나 저 배를 번쩍 들어 가까운 공터에 옮겨놓을 수 있다면 얼마나 좋을까?'를 생각한 사람이 한둘은 아닐 것이다. 규모는 이보다 작을지라도 이런 참사는 이따금씩 발생한다. 이것이 바로 히어로물이 앞으로도 계속 인기를 끌 수밖에 없는 이유가 아닐까?

이 책이 마음에 들었다면 이 책도

- 김영탁, 『곰탕』(아르테, 2018)
- 미야베 미유키, 김소연 옮김, 『삼귀』(북스피어, 2018)

어떤
토론을
좋아하세요?

"점심 메뉴를 선택하거나,
가계의 여유 자금을 어디에 쓸
것인가를 결정할 때처럼
여러분이 일상적으로 취하는
훌륭한 토론의 자세가 필요한
것입니다."

여러 작가의 이야기를 담은
옴니버스 책은 특별한 경우가
아니면 환영받지 못한다.
하지만 7명의 저자가 혼신을 다해
강의한 내용을 정리한 이 책은,
6장을 제외한다면,
삶에 도움이 되는 좋은 말들로
점철되어 있다.
0에 수렴하는 판매고가 아쉽다.

상대가 무슨 말을 하든지 자기 할 말만 한다, 상대가 말하는 중간에 끼어들어 말을 끊는다, 주제와 동떨어진 이야기가 난무한다, 상대가 말하는데 어이없다는 듯 웃는다…… 우리가 흔히 보는 토론의 모습이다. 토론은 특정 사안에 대해 의견을 나누면서 합의점을 찾아가고, 더 나은 대안을 마련하는 것이어야 할진대 왜 우리는 이런 토론을 할 수 없는 것일까? 어쩌면 이상적인 토론은 교과서 속에만 존재하는 것이고, 현실에서는 불가능하다고 생각할지 모르겠다. 하지만 토론 프로그램 사회자로 이름난 정관용은 『상실의 시대』에서 우리가 이상적이라 부를 만한 토론이 일상적으로 일어나고 있다고 말한다. 정말일까?

점심을 먹으러 두 친구가 식당가를 향해 걸어갑니다. 둘이 나누는 대화를 제가 옮겨볼게요.

"점심 뭐 먹을까?", "음, 짜장면 어때?", "아, 나는 오늘 설렁탕이 당기는데", "너 우리 회사 뒤에 중국성이라고 새로 생긴 중국집이 있는데, 가봤어?", "아니, 안 가봤는데?", "2주 전에 생겼는데 짜장면이 진짜 맛있어. 내가 사줄게 가자", "그런데 말이야⋯⋯내가 어제 동창을 만나 술을 잔뜩 먹어서, 오늘은 도저히 짜장면은 못 먹겠어. 설렁탕은 내가 살게", "그래, 그렇게 속이 안 좋으면 어쩔 수 없지."(122쪽)

이게 무슨 토론이냐고 할지 모르겠지만 이것은 분명 토론이다. 점심 식사를 어디서 할 것인지가 주제고, 설렁탕을 주장하는 이와 짜장면을 주장하는 이가 각각의 장단점을 이야기하며 자기가 원하는 쪽으로 이끌고 있지 않은가? 전날 술을 마신 자신의 입장을 살펴달라는 하소연이 나오고, 자기주장에 동의하도록 '내가 사줄게'라는 당근을 제시하기도 한다. 이 모든 것이 점심 식사 메뉴 정하기의 틀을 벗어나지 않고, 합의에 이르는 과정도 합리적이다. 어떤가, 교과서에 나오는 이상적인 토론이 바로 이런 것이 아닌가. 이런 토론이 가능한 이유는 두 사람이 자기주장만 늘어놓는 대신 상대방의 주장을 경청하고, 반드시 자기가 원하는 것을 관철시키려 하기보다는 상대방의 의견이 타당하다면 기꺼이 자기 의견을 철회할 마음이 있기 때문이다.

이걸 안다면 텔레비전 토론이 왜 교과서적인 토론처럼 되지 않는지도 알 수 있다. 일단 토론에 나오는 이들은 상대방을 내가 원하는 쪽으로 이끌려는 마음 자체가 없다. 어차피 이야기해보았자 마음을 바꿀 사람들도 아니니 말해 무엇하겠는가? 그보다는 내가 야심차게 준비한 말을 해서 영웅이 되는 게 낫다. 정관용의 말을 다시 들어보자.

"패널들은 어떤 집단을 대표해서 나오는 겁니다. 그래서 자기가 소속된 집단에서 박수를 받고 싶어해요. 내가 어제 토론 프로그램에 나왔는데, 다음 날 출근하면 야, 너 어제 토론프로그램에서 아주 끝내줬어, 이런 칭찬을 받고 싶죠. 칭찬을 받아야 정치인들은 공천이 잘 되고, 노조 위원장은 다음번에 당선되고 그런 것 아니겠습니까?"(127쪽)

합의나 대안 따위는 멀찌감치 던져버린 토론에서 남는 것은 승패뿐이다. 당연히 상대를 더 세게 몰아붙인 사람이 승자다. 내가 많이 말해야 하니 상대방 말을 들을 마음이 없어지고, 상대방 말을 자르고 끼어드는 경우도 많아진다. 자극적인 말을 퍼붓는 것도 필요하다. 이쯤 되면 토론은 말싸움과 구별이 애매해진다.

나는 이게 다 패널의 책임이라고 생각지는 않는다. 시청자들은 "서로 화합하는 토론이 좋다"고 말하지만, 실제로는 불꽃 튀는 말싸움을 좋아한다. 과거 유시민과 전여옥의 대결이 인기를 끈 것도 시청자가 자기가 응원하는 패널이 상대방을 납작하게 눌러주기를 바랐기 때문이다. 시청자의 기대대로 둘은 만나기만 하면 화끈한 설전을 펼치곤 했다. 전여옥이 인기를 끈 것은 논리로 무장한 유시민에게 감정으로 맞섰다는 것이었다(하지만 나는 감정을 폄하하지 않는다. 감정 역시 토론의 좋은 무기가 될 수 있다. 예컨대 전원책은 논리가 그다지 뛰어나지 않지만 "군대 가면 아무리 많이 먹어도 배고프다"라는 말로 군 전역자의 감정을 자극했고, 그 덕분에 보수 측 토론의 아이콘이 되었다). 2004년 고故 노무현 전 대통령의 탄핵안이 가결되었을 때 열린 토론은 둘의 특징이 잘 드러난다.

전여옥은 "이번 탄핵은 자연 치유가 불가능한 병에 대한 수술이었다고 생각했습니다"라고 말했다. 불가능한 병에 대한 수술이라니, 노무현 전 대통령을 싫어하는 사람이라면 감동할 언사 아닌가? 여기서 유시민은 "마음에 들지 않는 대통령을 응징하는 방법으로 탄핵 소추가 정당한가"라고 반문하지만, 전여옥의 답변은 다음과 같았다. "국민들이 얼마나 많은 고통을 감내했는지 생각해보십시오. 어제 한 가장이 충격과 사회적인 모멸감을 참지 못하고 한강에 투신자살을 했습니다." 그 뒤에도 둘의 대결은 불꽃을 튀긴다.

전여옥: 국민의 한 사람으로서…….

유시민: 국민의 한 사람이라는 것 다 아니까요. 전여옥 씨 생각을 이야기하세요. 대통령 나가라 그 이야기 아닙니까?

전여옥: 네, 그렇습니다.

유시민: 저도 국민이니까요. 저는 대통령 절대 나가면 안 된다는 입장입니다.

전여옥: 유 의원은 그렇게 생각하는 것을 저는 또 받아들입니다. 유 의원은 그렇게 생각하고, 나는 또 이렇게 생각하고…….

유시민: 그러니까 국민을 빙자하지 마시고, 전여옥이 노무현 퇴진을 요구한다 이렇게 이야기해야죠.

정말 재미있지 않은가? 이것 외에도 전여옥의 그 유명한 '인큐베이터' 발언이 나오고, 유시민은 여기에 대해 "비열한 인용입니다"라고 맞받아쳤다.

우리 좀 솔직해지자. 짜장면과 설렁탕을 놓고 벌인 앞의 토론을 보고 싶은가, 아니면 유시민과 전여옥의 대결을 보고 싶은가? 난 당연히 후자다. 그때 둘이 토론에 나온다고 하면 만사 제치고 본방을 사수했던 기억이 난다. 나만 그랬을까? 둘의 토론은 늘 시청률이 높았고, 방송사 역시 어떻게 하면 둘이 나오게 할지 고민했다.

이제 텔레비전에서 보는 토론이 왜 말싸움으로 일관했는지 알 것이다. 말싸움을 보고 싶은 우리 안의 욕망이 지금과 같은 토론 문화를 만든 것이다. 그러니 좀더 솔직해질 필요가 있다. "싸우는 토론은 짜증나요"라고 마음에 없는 소리 하지 말고, "화끈한 토론이 좋아요"라고 인정하자.

이 책이 마음에 들었다면 이 책도

- 바이런 케이티·스티븐 미첼, 김윤 옮김, 『네 가지 질문』(침묵의향기, 2013)
- 최인철, 『굿 라이프』(21세기북스, 2018)
- 로버트 치알디니·노아 골드스타인·스티브 마틴, 박여진 옮김, 『웃는 얼굴로 구워삶는 기술』(위즈덤하우스, 2019)

에드윈 L. 바티스텔라, 『공개 사과의 기술』

사과라도
잘해야죠

"진실성 없는 사과는
굴욕을 냉소적으로 가장한
경우가 많다."

"내 책임은 아니지만 사과드린다",
"정말 죄송하다는 말씀을 드리고
싶습니다."
우리 사회에 난무하는,
사과 같지 않은 사과들을 보면
짜증이 난다. 사과의 아이콘인
시모토아라는 기생충도 있는 판에
왜들 이렇게 사과를 하지 못할까?
억지로 하는 사과라 해도
이왕 하는 것 잘 하면 더 좋다는 데
동의한다면, 이 책을 읽자.
당신도 인간계의 시모토아로
거듭날 수 있다!

『공개 사과의 기술』을 재미있게 읽었다. 특히 가슴에 와 닿은 대목을 옮겨 쓰려 했지만, 그 책을 어디다 두었는지 도대체 찾을 수가 없다. 1,000권이 넘는 책이 기준 없이 뒤죽박죽 꽂혀 있는 내 책꽂이를 필사적으로 뒤졌지만 책은 보이지 않았다. 할 수 없이 인터넷에 나와 있는, 그 책의 핵심에 해당하는 '사과의 5가지 요인'만 옮겨본다.

① 사과하는 이의 수치심과 유감 표명
② 특정한 규칙 위반의 인정과 그에 따른 비판 수용
③ 잘못된 행위의 명시적 인정과 자책
④ 앞으로 바른 행동을 하겠다는 약속
⑤ 속죄와 배상 제시

이 잣대에 비추어보면 탄핵 전 박근혜 전 대통령의 3차례에 걸친 사과가 왜 국민의 공감을 얻지 못했는지 알 수 있다. 예를 들어 두 번째 담화에서 박근혜 전 대통령은 "내가 이러려고 대통령을 했나 하는 자괴감이 든다"라는 말을 했는데, 이 말은 사과의 주체인 대통령이 할 말은 아니다. 게다가 대통령은 '③ 잘못된 행위의 명시적 인정'도 지키지 않았다. 자신은 10원 한 장 사적으로 챙긴 적이 없고, 최순실이 이권을 챙기는 것을 전혀 몰랐다는데, 이럴 거면 굳이 사과를 할 필요가 뭐가 있을까?

하지만 앞에 나열한 것을 모두 지켰다 하더라도 사과가 완성되는 것은 아니다. 받는 이가 사과를 수용하지 않으면 아무 소용이 없기 때문이다. 내가 경험한 사건을 하나 이야기해 보겠다.

2016년 말, 모 고등학교에 강연을 갔다. 그곳 선생님 한 분이 글쓰기에 관심이 많으셨다. 내가 쓴 글쓰기 책도 읽은 터라 자신이 쓴 글을 보아달라고 부탁했다. 이미 지역 신문에 칼럼을 기고할 정도라 굳이 내 지도가 필요한지 의문이었지만, 나는 그러겠다고 했다.

그 뒤 선생님은 수시로 자신이 쓴 글을 휴대폰 문자로 보내주셨다. 그때마다 난 글을 읽고 내 의견과 더불어 고쳤으면 하는 점을 적어 답장을 드렸다. 문제는 내가 문자를 보낼 때 손으로 글자를 입력하는 대신 말을 하면 문자로 찍혀 나오는 '음성-문자 변환 장치'를 애용한다는 점이다. 이 장치를 사용하면 손으로 치는 것보다 훨씬 빠르고, 보행 중이나 산만한 상황에서도 문자 전송이 가능하다.

빛이 있으면 그림자가 있기 마련, 이 장치에도 나름의 단점이 있었다. 택시 안에서 "감사합니다"라는 문자를 음성으로 보냈더니 기사님이 "뭘요"라고 한 것은 그림자 축에도 못 드는 해프닝이다. 이 장치의 진짜 단점은 내 발음을 알아듣지 못하고 엉뚱하게 받아 적는다는 점이다. 물론 과거에 비하면 요즘 스마트폰의 문자 변환 정확도는 놀라운 수준이지만, 헷갈리는 단어를 말할 때면 '이게 과연 무슨 말일까?' 싶은 글이 되기도 한다. 대표적인 예가 스마트폰에 대고 방귀를 뀌었을 때다. 라디오 〈두시탈출 컬투쇼〉에 소개된 사연에 의하면 방귀 소리는 다음과 같이 변환된단다. "포항포항", "우크라이나", "북악터널".

내가 지금까지 다른 이에게 보낸 오타도 이 수준이었다. "서민입니다"가 "서민이다"로 가는 바람에 민망한 적이 있었고, "제가 집이 천안이라서요"가 "제 집이 2천원이라서요"로 가서 어이없어하기도 했다. 하지만 이로 인해 문제가 생긴 적은 없었다.

앞에서 예로 든 것이 '어이없음'에 불과했다면, 내가 그 선생님께 보낸 문자는 참사 수준이었다. 운명의 그날 그 선생님이 보낸 글은 손석희 아나운서에 관한 내용이었다. 그는 몇 가지 일화를 통해 손석희가 아주 멋진 사람이라고 주장했다. 구구절절 공감이 갔다. 그때 나는 밖에 있었고, 아침나절이라 눈이 부실 정도로 강한 햇빛이 내리쬐고 있었다. 늘 그랬던 것처럼 말로 문자를 보냈다. 한참 있다 답장이 왔다.

"고맙습니다. 손석희 건은 좀 어렵네요."

이게 무슨 말일까? 뭐가 어렵다는 것인지 궁금해, 내가 보낸 문자를 다시 읽어보았다. 그리고 난 내가 큰 실수를 저질렀다는 것을 알았다.

"손석희의글은 일단 세가모르던 내용이라 3동하게 됩니다 좆도 안 손석희가족 그 쪽으로 가는 거에 회의적인 입장이 여기에 공감이 더 갑니다."

다른 부분에도 오타가 많지만, 이 문자가 참사가 된 것은 '좆도'라는 단어 때문이었다. 울릉도와 독도 사이에 있다는 환상의 섬 이름이기도 한 이 단어가 갑자기 왜 나왔을까? 내가 원래 하려던 말은 다음과 같았다.

"손석희 글은 일단 제가 모르던 내용이라 감동하게 됩니다. 저 또한 손석희가 그쪽(JTBC)으로 가는 것에 회의적인 입장이었기에 공감이 더 갑니다."

그러니까 '저 또한'이 '좆도 안'으로 간 것이다! 나는 사건을 인지하자마자 사과했다. 정말 죄송하다, 일부러 그런 것이 아니라 음성을 문자로 보내는 과정에서 발생한 실수였다, 확인하지 않고 문자를 보내서 정말 죄송하다, 앞으로는 꼭 꼼꼼히 확인하고 문자를 보내겠다, 그러니 그전처럼 글을 보내달라 등등 내가 할 수 있는 최대한 사과를 했다.

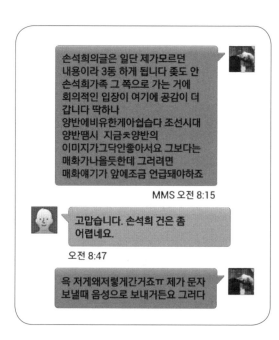

손석희의글은 일단 제가모르던
내용이라 3동 하게 됩니다 좆도 안
손석희가족 그 쪽으로 가는 거에
회의적인 입장이 여기에 공감이 더
갑니다 딱하나
양반에비유한게아쉽습다 조선시대
양반땜시 지금초양반의
이미지가그닥안좋아서요 그보다는
매화가나올듯한데 그러려면
매화얘기가 앞에조금 언급돼야하죠

MMS 오전 8:15

고맙습니다. 손석희 건은 좀
어렵네요.

오전 8:47

윽 저게왜저렇게간거죠ㅠ 제가 문자
보낼때 음성으로 보내거든요 그러다

이 사과는 앞에 언급한 ①~④이 다 담겨 있고, 앞으로도
열심히 글을 보아드리겠다고 했으니 ⑤도 포함되었다고 볼 수
있다. 선생님은 "잘 알겠다"고 하시긴 했지만, 다시는 내게 글
을 보내지 않으셨다.

할 수 없이 전화를 드렸다. 그 일로 기분이 나빠지신 건
아니냐고 하고 정말 죄송하다고 했다. 선생님은 그런 일로 삐
치지 않는다며, 바빠서 글을 못 썼다고 하셨다. 전화를 끊고 난
뒤 선생님은 글 한 편을 보내오셨다. 그리고 난 거기에 대한 의

견을 적어 보냈다. 다들 짐작하겠지만 그 글은 선생님이 내게 보낸 마지막 글이었다. 아무리 완벽한 사과라 해도 '좆도'의 충격을 극복하기에는 모자랐던 모양이다.

그 뒤로 난 문자를 보내기 전 꼼꼼히 확인을 한다. 생각보다 오타가 많았다. 통계에 의하면 이 장치의 정확성은 85퍼센트 정도라니, 확인도 안 하고 문자를 보내는 것은 만용이었다. 장치의 성능이 더 좋아져서 내 짧은 혀로도 오타 없이 문자를 보낼 그날이 빨리 왔으면 좋겠다. 선생님, 거듭 죄송합니다.

이 책이 마음에 들었다면 이 책도

■ 김호·정재승, 『쿨하게 사과하라』(어크로스, 2011)
■ 이기호, 『사과는 잘해요』(현대문학, 2009)
■ 해리엇 러너, 이상원 옮김, 『당신 왜 사과하지 않나요』(저스트북스, 2017)

좋은 도시를
만드는
비결

"좋은 건축물은
소주가 아니라
포도주와 같다."

〈알쓸신잡〉의 스타 유현준은
건축에 의해 인간이 행복해질
수도 있지만, 더 피폐해질 수도
있다고 경고한다.
서울이 왜 걷고 싶은 도시가
아닌지를 설명해주는 대목이
하이라이트인데,
이 책을 읽고 나면 건축가는
집을 튼튼하게 짓는 공학자만이
아니라 인문학자이기도 해야
한다는 것을 알게 된다.

서울 홍대 앞에 있는 어머니 집에 가려면 좁은 인도를 통과해야 한다. 그런데 몇 년 전부터 그 인도에 빨간색 프라이드 한 대가 세워져 있다. 안 그래도 좁은 길에 차까지 있으니 지나가려면 애를 먹을 수밖에 없다. 어머니 집을 오갈 때마다 그 차 욕을 수십 번씩 했다. 그런데 요즘에는 한술 더 떠서 그 차 앞에 또 다른 차가 서 있는 것이 아닌가? 어머니한테 왜 신고하지 않느냐고 하자 첫째, 전화를 걸었을 때 구청 직원이 심드렁한 반응을 보였으며, 둘째, 역경을 딛고 신고했다가 차주에게 보복을 당하지 않을까 걱정이 된단다. 두 번째 항목이 특히 설득력이 있어 나도 신고하는 대신 조금 멀지만 빙 둘러서 어머니 집을 오가고 있다. 차 때문에 걷기 힘들게 된 곳은 비단 어머니 집 근처만이 아니다. 오죽하면 프랑스의 한 사진작가가 "서울은 자동차에 살해된 도시 같다"라고 말했겠는가?

　　하지만 『도시는 무엇으로 사는가』를 읽어보니 서울이 걷기 힘든 도시가 된 것은 꼭 인도에 차가 주차되어 있기 때문만은 아니었다. 예컨대 사람이 많이 다니는 대표적인 거리인 명동이나 홍대 앞은 작은 가게들이 줄지어 들어서 있는 반면, 세종로는 별로 걷고 싶지 않은 이유는 "주변에 가게가 너무 없다는 점을 들 수 있다."(43쪽)

이 논리가 충격적이었던 것은 주차된 차가 보행을 방해하는 것처럼, 길거리에 가게가 많으면 인도가 지저분해진다고 생각해왔던 탓이다. 그래서 나는 잡다한 가게들을 싹 정리하고 초대형 건물을 세우는 것을 '도시의 발전' 혹은 '환경 미화'로 여겼다. 하지만 그게 걷고 싶지 않은 거리를 만드는 지름길이란다. 왜 그럴까? "수동적으로 고정된 채널의 TV를 보기보다는 여러 개의 채널을 돌려가면서 보는 것을 더 즐겨하며, 인터넷상에서 웹 서핑을 하면서 본인들이 보고 싶은 내용을 주도적으로 선택해나가는 것을 더 좋아하는 것이다."(26쪽)

즉, 길가에 큰 건물 하나만 달랑 있으면 보행자는 그냥 걷거나 그 건물에 들어가는 것 외에 별다른 선택권이 없지만, 작은 가게가 많이 있으면 잠시 들렀다 갈 수도 있고, 멈춰서 구경하는 등 여러 가지 선택을 할 수 있다는 이야기다. 세종로를 보라. 길 중간에 세종대왕 동상 등 약간의 볼거리가 있는 것을 제외하면 죄다 큰 건물만 있지 않은가? 저자는 세종로가 정치적 시위 공간이 된 이유를 다음과 같이 설명한다.

"주변에 바라볼 것이 없으니 가운데를 보게 되고, 남들에게 노출되고 싶은 사람들이 그 공간을 점유하는 것이다."(43쪽)

세종로가 시위 공간에서 벗어나려면 "건축물 앞에 한 줄로 가게를 설치하고 인도 위에는 버스 정류장 외에도 노천카페를 설치하여 전체적인 공간의 속도를 낮추어주어야 한다."(43쪽) 정부가 이런 전략 대신 전경 버스만 자꾸 배치했던 것을 보면 정부 각료 중 이 책을 읽은 이가 없는가 보다.

다시 어머니 집 이야기로 돌아가자. 내가 홍대 앞에 살게 된 것은 1970년대부터였다. 결혼해서 당산동에 집을 구하기 전까지 그 집에서 산 세월이 30년에 달한다. 홍대 앞에 사는 것은 나쁘지 않았다. 그런데 1980년대 말부터 강남이 뜨기 시작하더니, 이웃이 하나둘 강남으로 이사를 갔다. 나중에 보니 홍대 앞에 남아 있는 집은 우리뿐이었다. 아버지가 수원까지 매일 출퇴근하셨으니 강남으로 이사를 가면 더 편했을 터였지만, 보수적인 아버지는 강남으로 갈 생각을 전혀 하지 않으셨다.

그로부터 몇 년이 지나자 강남 아파트는 이미 값이 너무 올라 옮기고 싶어도 옮길 수가 없게 되었다. 홍대 앞에 사는 것은 여전히 나쁘지 않았지만, 강남에 사는 친구들을 만날 때면 박탈감이 드는 것은 어쩔 수 없었다. 그런데 기적이 일어났다. 어느 시점부터 홍대 앞이 뜨기 시작한 것이다. 과거 번화가였던 곳만 아니라 주택가였던 골목길까지 술집이 들어섰고, 무엇보다 사람이 미어터졌다. 이게 내가 바라던 '발전'인지는 잘 모르겠지만, 다음 문장은 강남에 못 간 내 박탈감을 해소해주었다. "결과적으로 지금의 홍대 앞 땅값은 약 30년 전에 비하면 수십 배가 올랐다."(100쪽) 이 대목을 읽다가 어머니한테 전화를 걸어 이렇게 말했다.

"어머니, 홍대 앞을 사수하신 게 다 오늘의 영광을 보기 위함이었나 봐요."

그런데 홍대 앞은 왜 갑자기 뜬 것일까? 지인에게 물어보니 중국 관광객이 많이 와서 그런 거란다. 어쩐지, 홍대 앞을 아무리 다녀도 사람들이 나를 못 알아보는 이유가 거기 있었군. 하지만 이 책에 의하면 그것만이 이유는 아니었다. "홍대 앞 부동산이 오른 결정적인 이유 중 하나는 당인리 발전소가 연료를 석탄에서 천연가스로 바꾸면서 석탄재가 떨어지지 않는 청정지역으로 변모했다는 점도 간과해서는 안 될 점이다. 하지만 누가 뭐래도 홍대 앞은 예술가들이 홍대 앞 문화를 만들었고, 사람이 모이고, 그것이 지역사회의 정체성이 되어서 부동산 가격을 올렸다는 점은 누구도 무시할 수 없는 점이다."(100쪽) 아쉬운 점은 이 지역을 좋게 만들어준 예술가들이 비싼 임대료를 감당 못한 채 다른 곳으로 떠나고 있다는 것이다. 소위 젠트리피케이션Gentrification인데, 토사구팽은 인간 사회에서도 흔히 일어난다는 것을 새삼 깨닫게 된다.

이렇듯 주옥같은 정보를 제공하는 것 외에도 이 책의 장점은 한둘이 아닌데, 그중 가장 강조하고픈 것이 저자의 뛰어난 비유력이다. 다음을 보자. "좋은 건축물은 소주가 아니라 포도주와 같다."(147쪽) 무슨 말일까? 소주는 공장에서 대량생산하는 술이지만, 포도주는 종자에 따라, 또 생산되는 땅에 따라, 그해의 기후에 따라, 포도를 담그는 사람에 따라 맛이 다르며, 그 결과 "세상에 한 종류밖에 없는 포도주가 완성되는 것이다."(148쪽) 저자는 말한다. 건축도 포도주처럼 세상에 하나밖에 없는 것이 되어야 한다고. 이 비유력이야말로 다소 딱딱한 건축책을 술술 읽히게 만드는 원인이다. 책을 읽다 보면 '우리도 포도주 같은 건축물에 살고 싶다'는 절규가 저절로 나온다. 우리나라 도시들이 외국처럼 자랑할 만한 도시가 되었으면 좋겠는가? 더 많은 사람이 『도시는 무엇으로 사는가』를 읽는다면, 꼭 어려운 일만은 아니다.

이 책이 마음에 들었다면 이 책도

- 김석철, 『건축과 도시의 인문학』(돌베개, 2011)
- 유현준, 『어디서 살 것인가』(을유문화사, 2018)
- 서현, 『건축, 음악처럼 듣고 미술처럼 보다』(효형출판, 2004)

과학자에게
정치가
중요한 이유

"과학자들은
간혹
무모한 선택을 한다."

이정모 관장이 우리 삶에서
접하는 과학 이야기를 재미있게
풀어낸 책이다. 웃기기 어려운
소재를 갖고 웃음을 유발하는
이를 '실력자'라 한다면,
이정모는 최고의 실력자다.
거기에 라돈 침대나 글루텐 프리
음식 등 각종 사이비에 속지 않게
해주니, '세상에 이런 책이!'라는
탄성이 절로 나온다.
1권이 정치 이야기가 많아
호불호가 갈렸다면, 과학만 말하는
2권은 안심하고 읽을 수 있다.

서대문자연사박물관 관장을 지낸 이정모 서울시립과학관 관장은 원래 과학 커뮤니케이터다. 어려운 과학 지식을 대중에게 알기 쉽게 설명해주는 분이라는 이야기다. 좋은 과학 커뮤니케이터가 되려면 일단 과학에 해박해야 한다. 자신이 뭘 알아야 남에게 설명해줄 수 있으니 말이다. 하지만 더 중요한 것은 언변과 글쓰기 실력이다. 그래야 다른 사람에게 알아듣게 설명해줄 수 있지 않겠는가? 이 조건을 갖춘 과학 커뮤니케이터가 여럿 있지만, 이정모 관장은 그중에서도 독보적이다. 공저가 포함되어 있기는 하지만 그의 저서는 무려 60권이 넘는다. 여기서는 『저도 과학은 어렵습니다만 2』를 보자.

'2'라는 숫자가 의미하듯 이 책은 전작에 이은 속편으로 4년간 『한국일보』에 쓴 과학 칼럼을 묶은 것이다. 원래 칼럼 모음은 그다지 인기가 없다. 인터넷에서 다 볼 수 있기도 하지만, 칼럼이란 시의성이 있어야 하므로 시간이 지나서 보면 그 맛이 사라진다. 하지만 『저도 과학은 어렵습니다만』에 실린 칼럼들은 시의성에 구애받지 않는다. 정치와 달리 과학은 그렇게까지

시의성이 중요하지 않은 데다, 과학 지식을 우리네 삶과 연결하는 저자의 솜씨가 기가 막히기 때문이다.

『저도 과학은 어렵습니다만 1』은 인터넷 서점 종합 베스트셀러 100위 안에 6주간이나 등재되기도 했다. 하지만 책을 읽은 사람이 다 만족한 것은 아니었다. 이의를 제기한 평을 2개만 보자. "한 챕터의 끝마다 정치적 이야기가 어찌나 많은지. 과학책을 구입한 건지 작가의 정치색을 알고자 구입한 건지 모를 정도이다", "이 정도면 책 제목을 '저도 박근혜는 싫습니다만'으로 지었어야 한다."

그래서일까? 1년여 뒤에 나온 『저도 과학은 어렵습니다만 2』는 『저도 과학은 어렵습니다만 1』에 비하면 판매가 부진하다. 물론 속편이 전편보다 덜 팔리는 것은 어제오늘의 일은 아니다. 하지만 『저도 과학은 어렵습니다만 2』의 판매량이 아쉬운 이유는, 이 책은 전작보다 훨씬 재미있기 때문이다. "노벨상 수상자가 발표되는 10월이 되면 방송에 출연해 노벨상 수상 연구를 소개해달라는 요청을 받는다. 이때마다 반복되는 황당한 요구가 있다. '초등학생도 이해할 수 있도록 쉽게 설명해주세요.' 아니 초등학생도 들어서 이해할 수 있는 과학적 성과에 누가 노벨상을 주겠는가!"(40쪽)

우리가 실생활에서 꼭 알아야 할 상식도 풍부하다. "고혈압약 원료로 발암 가능 물질이 사용되었을지도 모른다는 보도가 나오자 고혈압약 복용을 즉시 멈춘 사람이 많았다. 그 안에 발암물질이 얼마나 들어 있고 어떤 영향을 끼쳤는지 확실하지 않지만, 고혈압약 복용을 중단하면 어떤 일이 생길지 뻔한데 말이다."(145쪽)

저자의 뛰어난 글 실력을 보여주는 대목도 있다. 「일반과 특수」에서 저자는 갈비탕을 주문할 때 '보통'과 '특' 중 어느 것을 주문하겠느냐고 물어보는 가게보다 군말 없이 갈비탕을 주는 집이 잘하는 집이라고 한다. 그런 집일수록 '보통'도 자신 있다는 뜻이기 때문이라고 한다. 그다음에 저자는 아인슈타인의 상대성이론에 대한 설명을 늘어놓는다. 우리는 특수상대성이론이 더 어렵다고 생각하지만, 특수상대성이론은 특수한 조건에만 적용되는 이론인 반면, 일반상대성이론은 일반 조건에도 적용된다. 둘 다 어렵기는 해도, 굳이 따지자면 일반상대성이론이 더 어렵다. 아인슈타인이 일반상대성이론을 특수상대성이론이 발표된 지 10년 뒤에 발표한 이유도 여기에 있다. 갈비탕에서 상대성이론까지, 도대체 저자는 무슨 이야기를 하고 싶은 것일까? 결말 부분에 다다르면 이 모든 것이 하나로 어우러진다.

"특수상대성이론을 발표한 아인슈타인보다 일반상대성이론을 발표한 아인슈타인이 더 뛰어난 과학자다. 마찬가지로 꼭 '특'을 먹어야 하는 갈비탕집보다 '보통'을 먹어도 만족할 수 있는 갈비탕집이 더 좋은 집이다. 법은 어떨까? 굳이 특별법을 만들어야 하는 상황보다는 일반법으로 해결되는 상황이 더 안정적인 상황일 것이다. 검찰도 마찬가지다. 특검이 구성되어야 하는 상황은 불행한 상황이다.……2018년 2월, 이재용 삼성전자 부회장이 풀려났다.……대한민국 법원은 일반 국민은 이해하지 못하는 판결을 내리는 특수한 법원인가?"(35쪽)

갈비탕→상대성이론→특검으로 이어지는 흐름이 무릎을 치게 하지 않는가? 이 책에 실린 글은 대부분 재미있다. 저자가 『저도 과학은 어렵습니다만 1』에 비해 자신의 유머 감각을 훨씬 잘 발휘한 덕분이다. 비결이 무엇일까? 답은 『저도 과학은 어렵습니다만 1』이 박근혜 정부 시절에 쓴 칼럼을 모았다는 데 있다.

벌써 옛날처럼 느껴지지만, 박근혜 정부 때는 정치가 없다시피 했다. 아무것도 모르는 대통령 대신 최순실이라는 탐욕스러운 자가 국정을 좌지우지했던 결과다. 정치가 없는 시대에 칼럼니스트는 정치에 대해 이야기하지 않을 수 없다. 과학 칼럼일지라도 시의성을 완전히 외면할 수 없기 때문이다. 이정모 관장의 탁월한 유머가 냉소로 변한 것은 필연이었다. 책 말미에 나온 저자 인터뷰를 보자. "저도 모르게 '기승전-박근혜'가 되더군요."(281쪽) 칼럼을 쓸 때마다 정치 이야기를 안 하려고 다짐했지만, 시대가 워낙 처참해서 잘 안 되었단다. 반면 『저도 과학은 어렵습니다만 2』는 정권 교체가 일어난 뒤에 쓴 글들을 묶었다. 정치가 안정되고 나자 이정모 관장의 글은 원래의 재미를 되찾았다.

책을 덮고 나자 웬만한 사람은 다 아는 중국 일화가 떠올랐다. 중국 최고의 성군이라 알려진 요임금이 민가 시찰을 나갔다. 길에서 늙은 농부와 마주친 요임금이 요즘 생활이 어떠냐고 묻자 그가 이렇게 노래를 부른다. "해 뜨면 일하고 해 지면 쉬는데 임금의 덕이 내게 무슨 소용이냐" 훗날 격양가擊壤歌로 불리게 된 이 노래는 정치가 있음을 전혀 느끼지 못하게 하는 정치가 위대한 정치라는 의미로 후대에 전해진다. 과학자가 과학 글을 재미있게 쓸 수 있는 세상, 그런 세상이 모든 이가 정치에 매몰된 세상보다 훨씬 나은 곳이리라.

이 책이 마음에 들었다면 이 책도

■ 정재승, 『열두 발자국』(어크로스, 2018)
■ 김범준, 『관계의 과학』(동아시아, 2019)
■ 빌 브라이슨, 이덕환 옮김, 『거의 모든 것의 역사』(까치, 2003)

김민섭, 『나는 지방대 시간강사다』

교수를
조심하세요!

" '대학'은
그 자체로 하나의 거대한
괴물이다."

교수는 조교의 생살여탈권을
쥔 존재, 그래서 조교는 교수에게
저항하지 못하며, 이런 상황에서
갑질이 생긴다.
시간강사로 일했던 김민섭은
그 갑질을 세상에 폭로한 인물이다.
김민섭이 발을 디딘 곳이
길이 되어서 보다 많은 이가 뒤를
이을 때, 대학 사회는 비로소
인간다운 곳이 될 것이다.

선거가 끝나면 좋은 일은 선거기간이라 하지 못했던 말을 할 수 있다는 것이다. 2017년 19대 대선이 끝나고서는 안철수 후보의 부인 김미경 교수에 대해 마음껏 말할 수 있게 되었다. '1+1'이라고 보도된 김미경 교수의 서울대학교 임용 특혜 논란은 언급하고 싶지 않다. 선발 과정에 대해 아는 게 전혀 없기 때문이다. 원래 전공했던 병리과가 아니라 의아했긴 하지만, 미국에서 법학박사 학위를 받은 흔치 않은 경력이니 그럴 수도 있다고 생각한다. 실제로 지적재산권이나 생명공학법은 의대생에게 필요하지만 적임자가 없었던 분야기는 하다. 내가 김미경 교수에 대해 문제의식을 가진 것은 안철수 후보의 보좌관들에게 사적인 일을 시켜서였다.

"김미경 교수가 2015년 안철수 의원의 의원실 한 보좌진에게 보낸 메일입니다. 서울과 여수 왕복 일정을 통보합니다. 보좌진은 그대로 기차표 예매 등을 챙겼습니다. 보좌진은 김 교수의 지시로 대학 강연 강의료 관련 서류도 챙겼습니다. 김 교수는 일정뿐 아니라 본인의 강의 자료 검토도 지시한 것으로 나타났습니다. 강의 때 이용할 자료 검색을 지시했는데 외국 사례밖에 없으니 국내 사례를 찾아달라고 했습니다. 김 교수로부터 이런 지시를 받았던 보좌진은 압박이 컸다고 밝혔습니다. 의원 사무실에서 일했던 해당 직원은 '김 교수의 잡다한 일을 맡아 했는데 이런 것까지 해야 되나 싶었다'고 말했습니다."●

스마트폰 덕분에 기차표 예약은 그리 어렵지 않다. 게다가 남편이 IT 전문가인데, 왜 이런 사소한 일을 보좌관에게 시킬까? 심지어 강의 자료를 찾으라고 시키고, 장 보는 것까지 지시했다니, 갑질이 너무 심했다. 오죽했으면 보좌관들이 안철수 후보에게 항의했을까? 안철수 후보는 자신의 의정 활동을 돕기 위한 활동이라 발뺌했지만, 『뉴스타파』의 취재에 의하면 거짓말이었다.●● 부인이 지방 캠퍼스에 내려가 강의하는 것이 의정 활동과 무슨 관계가 있을까? 우리는 최순실을 욕하지만, 최순실은 어디에나 있을 수 있다. 당선이 안 되었기에 망정이지, 안철수 후보가 대통령이 되었다면 부인의 갑질이 대단하지 않았겠는가.

대선 관련 보도를 상기하다 보니 비슷한 사례가 하나 더

● 최수연, 「안철수 의원실 보좌진에…"김미경, 여러 사적인 일 지시"」, 『JTBC』, 2017년 4월 13일.
●● 조현미, 「김미경 교수의 외부강의는 사적인 일이 아니었다?」, 『뉴스타파』, 2017년 4월 27일.

있었다. 문재인 캠프에서 영입했던 전인범 전 특전사령관의 부인 성신여자대학교 심화진 총장이다. 심화진 총장은 3억 원이 넘는 학교 돈을 횡령한 것으로도 유명하지만, 남편의 행사에 업무용 차량과 교직원, 조교들을 동원한 갑질로도 유명하다.

김미경과 심화진의 공통점은 무엇일까? 답은 '교수'다. 교수에 한정한다면, 이 두 분이 특별히 예외적인 것은 아니다. 교수 중에는 그런 사람이 꽤 많으니 말이다. 『나는 지방대 시간강사다』는 교수의 실체를 잘 드러내는 르포다.

'지방대 시간 강사(이하 지방시)'인 '나'는 인문학을 더 깊이 공부하려고 대학원에 진학한다. 하지만 막상 대학원생이 되고 나니 학문과는 관계없는 일들이 일상을 지배하기 시작한다. 등록금에 보탬이 될까 싶어 조교를 하겠다고 했는데, 선배 조교가 알려준 규칙은 다음과 같았다. "근무시간은 평일 아침 9시부터 오후 5시까지고……그런데 24시간 언제라도 지도 교수에게 전화가 와서 뭘 찾거나 너를 호출할 수 있다. 그때 만약 전화를 못 받았다, 뭐 네가 알아서 상상해라."(33쪽) 이외에도 그는 학술지 수백 권을 때마다 발송하고, 각종 허드렛일을 했다. 그래서 그가 받은 돈은 얼마나 될까? "주말도 잘 거르지 않고 주 5일 이상 꾸준히 출근했던 연구소에서 내가 3년간 받은 보수의 총액은 360만 원이 전부다."(36쪽) 그래서 '나'는 맥도날드 아르바이트를 비롯해 물류 창고 아르바이트 등 각종 아르바이트를 하며 등록금을 대고, 모자라는 금액은 대출을 받는다.

어차피 깊이 공부하기 위한 거였으니, 박봉의 노동을 견딜 수 있었다고 치자. 하지만 자신을 인간으로 보지 않는 교수의 처사는 견디기 힘들었다. 연구소 회의 때 자기소개를 하는데, '나'의 차례가 왔을 때 교수인 연구소장은 이렇게 말했다. "아, 저기는 그냥 연구소 잡일 돕는 아이입니다. 회의 시작합시다."(34쪽)

지도 교수도 뒤지지 않는다. 술자리에서 연구소 보수를 묻기에 "한 학기에 60만 원입니다"라고 답했더니 고개를 끄덕이며 이렇게 말한다. "그래, 한 달에 60만 원이면 생활할 만했겠구나."(36쪽) 지도 교수가 자기 학생이 받는 보수도 모르고 있는 데다, 귀까지 어둡다니 이건 좀 심하다. 게다가 한 달 60만 원이 생활할 만하다니, 세상 물정도 모르는 걸까?

교수들은 연구비를 '따오는' 경우가 있다. 연구비 중 일부는 그 연구를 수행한 대학원생에게 돌아가는 게 맞다. 연구비에도 그렇게 하라고 '인건비'가 잡혀 있다. 하지만 다른 항목으로 배정된 돈을 착복하는 것이 어려워지다 보니, 교수들은 인건비로 눈을 돌린다. 학생의 통장을 아예 자신이 관리하면서 인건비를 가로채는 것이다.

'나'도 비슷한 처지였다. 박사 과정 4학기 때 지도 교수의 연구원으로 등록되어 인건비를 지급받기로 되어 있었지만, 실제로는 한 푼도 받지 못했다. 그런데 지도 교수는 다음과 같이 말한다. "자네는 연구원으로 등록되어 있었으니 좀 지낼 만했지."(107쪽) '나'는 한 푼도 지급된 적이 없다고 말했으나 교수는 이해할 수 없다는 표정을 지었다고 한다. 이 대화를 보면 지도 교수가 인건비를 착복한 것은 아닌 듯하지만, 그렇다고 해도 문제는 남는다. 지도 교수는 왜 인건비가 지급되지 않았는지 자초지종을 알아내고, 다음부터는 제대로 인건비를 주어야 하는데, 그저 의아하다는 표정만 짓고 말았다.

조교로 일하는 동안 '나'가 목격한 것은 교수들의 실체였다. 겉으로는 지성인인 체하지만, 실상은 아랫사람에게 일말의 배려도 없는 사람이었다. 이 책을 읽고 나면 김미경 교수와 심화진 총장이 한 일도 이해가 간다. 그러니 남편이나 아내가 교수라면, 투표할 때 한 번쯤 다시 생각해보자.

이 책이 마음에 들었다면 이 책도

- 박창진, 『플라이 백』(메디치미디어, 2019)
- 김민섭, 『경계인의 시선』(인물과사상사, 2019)

개빈 뉴섬, 『투명정부』

투명함도
능력이다

"이제 시민은
조사하고,
널리 알리고,
조직할 수 있다.
심지어 혁명도
일으킬 수 있다."

누군가 뭔가를 자꾸 숨기려
한다면, 구린 구석이 있다고
의심하게 된다. 정부가 자꾸
비밀을 만들려 한다면?
뭔가 나쁜 짓을 하고 있다고
생각할 수밖에 없다.
이 책은 정부가 투명해짐으로써
비리를 줄일 수 있으며,
국민의 아이디어도 보탤 수
있다고 역설한다.
뭔가를 숨기기에 일가견이 있는
우리나라 정부가
꼭 읽어보았으면 좋겠다.

날이면 날마다 박근혜 정부의 비리가 터져나오던 2016년 11월, 이제 어지간한 이야기에는 놀라지 않겠다 싶었던 내가 놀라 입을 다물지 못했던 뉴스가 있다. 청와대에서 비아그라를 다량 구입했다는 내용이다. 대통령도 비아그라가 필요할 수 있지만, 그것을 국민 세금으로 사야 했을까? 하지만 청와대는 뜻밖의 변명을 했다. 고산병 예방 목적으로 비아그라를 샀다는 것이다. 이해할 수 없었다. 고산병 치료에 도대체 왜 비아그라를 쓸까? 고산병의 1차 예방약은 아세타졸아마이드라는 이뇨제다. 비아그라가 예방약 리스트에 있기는 하지만, 효과에 논란이 있는 데다 가격도 아세타졸아마이드보다 훨씬 비싸다.

더 어이없는 것은 그렇게 사들인 비아그라를 하나도 안 썼다는 해명이다. 2016년 5월, 박근혜는 에티오피아를 비롯한 아프리카 3개국을 순방했는데, 이 나라들은 해발 2,000미터가 넘는 고지에 있으니 고산병 치료를 위해 비아그라를 샀다면 이때 썼어야 한다. 가보니까 괜찮아서 쓰지 않았다고 할 수도 있지만, 비아그라가 예방약이라는 점에서 설득력이 떨어진다. 결국 사람들은 청와대의 해명과 별개로 청와대가 다른 목적으로 비아그라를 구입했다고 생각해버렸다.

이런 일은 그 뒤로도 계속되었다. 국정농단 사태 이후 청와대가 문서 파쇄기를 집중 구입한 것에 대해 정연국 대변인은 "노후된 파쇄기를 교체한 것"이라며 수사 단서를 파기하려 한다는 의혹을 부인했지만, 그 말을 믿는 사람은 거의 없었다. 정부가 어떤 말을 해도 믿지 않는 신뢰의 붕괴, 이는 모든 일을 비밀리에 추진했던 박근혜 정부의 행태에서 비롯되었다. 박근혜와 그 참모들에게 부족했던 것은 투명성이었다.

"유능한 정부는 비밀을 만들지 않는다"는 부제를 단 『투명정부』는 샌프란시스코 시장을 거쳐 현재 캘리포니아주 부지사로 일하는 개빈 뉴섬Gavin Newsom이 쓴 책이다. 이 책을 보면서 2가지가 부러웠다. 첫째, 뉴섬이 굉장히 글을 잘 쓴다는 점이었다. 지루할 수도 있는 내용을 아주 재미있게 풀어낸 저자의 필력에 여러 번 감탄했다. 우리나라 정치인들도 책을 많이 내지만 글을 잘 쓴다는 느낌을 받은 적은 거의 없고, 그나마도 정말 자신이 썼는지 의심 가는 경우가 많았다.

둘째, 책에서 전달하려는 메시지가 뚜렷했다. 우리나라 정치인이 쓴 책은 대개 자기 홍보가 목적이다. 홍보가 나쁠 것은 없지만, 내용이 읽는 사람의 눈살을 찌푸리게 한다는 것이 문제다. 자신은 아무 잘못이 없다고 강변하는 『전두환 회고록』

이 대표적인 예인데, 이런 분들을 위해 조지 오웰이 한 말이 있다. "자서전은 수치스러운 점을 밝힐 때만 신뢰를 얻을 수 있다. 스스로 칭찬하는 사람은 십중팔구 거짓말을 하고 있다." 뉴섬 역시 자신이 이룬 업적을 이야기하지만, 자신이 훌륭한 사람이라고 우기기만 하는 것이 아니라 일을 투명하게 처리하는 것이 왜 필요한지, 이를 통해 어떤 이득을 얻을 수 있는지 경험을 토대로 설득력 있게 이야기한다.

투명한 정부가 어떤 변화를 가져오는지 예를 하나만 보자. 2002년 샌프란시스코는 노숙인 수가 급격하게 많아졌다. 샌프란시스코는 노숙인에게 매달 400달러를 지급했기 때문이다. "노숙인 선언을 하기만 하면 매달 1일과 15일에 시내 수십여 곳에 있는 현금 지급 창구에 가서 돈을 받을 수 있었다."(55쪽) 이런 혜택은 다른 시에서는 찾아볼 수 없는 파격적인 것이라, 노숙인들이 우르르 샌프란시스코로 이주했다. 이 돈이 노숙인이 정상적인 생활로 돌아가는 데 도움이 되었다면 의미가 있겠지만, 그렇지 않다는 게 문제였다. "매달 1일과 15일……응급실은 술에 취한 사람들로 들어찼다. 일반 환자들은 병상이 없어서 다른 병원으로 가야 했다."(56쪽)

다른 시에 비해서는 파격적이지만 월 40만 원이 그리 큰돈도 아니니, 노숙인들이 술을 진탕 먹는 쪽을 택한 것도 이해는 간다. 하지만 이로 인해 건강을 해치고, 일반인에게까지 피해가 미친다는 것이 문제였다. 그래서 노숙인 만남 프로젝트가 시작되었다. 노숙인들을 만나 그들이 무엇을 원하는지 파악하기 위해 자원봉사자를 모집했다. 중요한 요건은 투명성이었다. 이 사업의 취지를 공개하고, 확보한 데이터를 인터넷에 올려 누구나 볼 수 있게 했다.

사람들은 이기적이지만, 공익을 위한 일을 하면서 보람을 느끼기도 한다. 나도 자주 애용하는 위키피디아를 보자. 위키피디아는 온라인 백과사전으로, 자원봉사자들이 작성하고 편집한다. "위키피디아에 들어간 노동시간은 약 1억 시간이다. 엄청나게 많은 인력 자원이 투자된 것이다. 그것도 모두 무보수로 말이다."(120쪽)

노숙인 프로젝트도 마찬가지였다. 데이터가 공개되자 사람들은 어떻게 하면 이 사업이 더 잘될 수 있을지 고민했고, 그 결과 공무원 몇 사람이 모여서 머리를 짜낸 것보다 훨씬 뛰어난 아이디어가 창출되었다. 결국 샌프란시스코는 노숙인에게 지급하는 현금을 줄이는 대신 주거를 포함한 직접 서비스를 제공하는 방안으로 노숙인의 40퍼센트를 줄일 수 있었다.

다시 박근혜 이야기로 돌아가서, 청와대에서 구입한 물건 목록을 공개해 누구나 볼 수 있게 했다면 어떨까? 비아그라를 예로 들어보자.

품명: 비아그라

이유: 아프리카 3개국 방문 시 고산병 예방

수량: 364정. 대통령과 각료, 수행원 등 20명 예상

이런 보고서가 존재했다면 사람들의 반응은 달랐을 것이다. "다른 약이 있는데 왜 비아그라를 사느냐?"는 의혹을 품을 수는 있을지언정, 대통령이 개인의 행복을 위해 비아그라를 샀다고 오해하는 사람은 크게 줄어들었으리라. 어떤 이가 단 "더 싼 아세타졸아마이드를 쓰세요"라는 댓글 덕분에 비아그라를 구매하지 않을 수도 있지 않았을까? 투명성은 정부가 하는 일에 시민들의 관심을 촉구하며, 정부에 대한 신뢰를 높여줄 수 있다. 혹시 박근혜가 『투명정부』를 읽었다면 탄핵에 이르지 않았을까? 그건 아니다. 투명성에는 전제가 따른다. 그것은 정부가 하는 일에 정당성이 있어야 한다는 것이다.

이 책이 마음에 들었다면 이 책도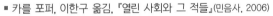

- 카를 포퍼, 이한구 옮김, 『열린 사회와 그 적들』(민음사, 2006)
- 팀 오라일리, CC KOREA 자원활동가 옮김, 『열린 정부 만들기』(에이콘출판, 2012)

김욱, 『아주 낯선 선택』

민주주의의
주적을
찾아서

"그건 호남을 인질로 삼는
 오래된
 정략일 뿐이다."

민주주의에 위기가 닥칠 때마다
그 책임을 호남에만 요구하는
우리 사회의 위선을 폭로한 책이다.
2016년 당시에는 새로운 깨달음을
준 신선한 책이라 생각했지만,
몇 년의 시간이 흐른 지금은
호남 목표가 영남 목표와 얼마나
다른지 잘 모르겠다.
어떻게 치장한들 묻지마 지지는
정치 세력의 부패를 가져오는
사회악이니 말이다.

"설명을 안 하면 그걸 모른다는 건, 아무리 설명해도 모르는 거야."

무라카미 하루키村上春樹 가 쓴 『1Q84』(2권 217쪽)에 나오는 말이다. 책을 읽을 당시에는 이 말의 의미를 알지 못했다. 치매에 걸린 사람이 하는 말이니 이해하지 못하는 것도 당연하다고 생각했다. 하지만 하루키가 허투루 저런 말을 했을 리는 없었고, 이 말은 그 이후 내가 겪는 현실을 이해하게 해주는 데 아주 유용하게 쓰였다. 김욱 교수가 쓴 『아주 낯선 상식』을 둘러싼 논쟁이 그 대표적인 예였다.

『아주 낯선 상식』의 내용은 충격 그 자체였다. 내가 한 번도 생각지 못했던 '친노패권주의'의 실체를 여지없이 파헤치고 있었기 때문이다. 저자에 따르면 친노패권주의는 노무현 전 대통령을 필두로 한 소위 친노 세력이 영남패권주의에 투항한 뒤 호남을 인질로 삼으려는 '정략'을 말한다.

이게 도대체 무슨 뜻일까? 우리나라는 영남 패권이 작동하는 나라다. 건국 이래 50년 이상을 영남 출신 대통령이 지배

하고 있다. 그러다 보니 장·차관 등 요직은 물론이고 사회 각
층의 핵심에 영남 출신이 많다. 이분들이 민주주의 원칙에 걸
맞게 국가를 운영한다면 괜찮을 수도 있지만, 박근혜 대통령의
맹활약에서 보듯 이 나라는 점점 민주주의 반대편으로 달려가
고 있다. 사정이 이렇다면 영남패권주의와 싸울 필요가 있고,
그 선봉에 서 있는 곳이 바로 영남 패권의 폐해를 온몸으로 겪
은 호남이다. 그렇다면 호남이 지금의 더불어민주당 세력에 몰
표를 던져온 것도 이해 못할 바는 아니다. 그런데 그 몰표를 받
고 당선된 노무현 전 대통령은 영남 패권과 싸우는 대신 열린
우리당 창당으로 호남 고립화에 앞장선다.

　　더 참을 수 없는 것은 더불어민주당에 표를 던진 호남인
들을 지역주의로 매도했다는 점이다. 신기한 현상은 국민의당
이 창당하고 난 뒤에 벌어졌다. 호남이 더불어민주당에 실망해
국민의당을 지지하는 경향을 보이자 소위 진보 진영이 들고일
어나서 호남을 욕했다. 더불어민주당에 표를 던지면 지역주의
로 매도하고, 다른 당을 지지하면 '민주주의가 죽는다'며 호남
에게 정신 차리라고 하는 현실이야말로 '호남을 인질로 삼으
려는 정략'이 아니고 무엇이겠는가?

　　『아주 낯선 상식』이 출간된 것은 바로 이런 현실을 개탄
하고자 함이었다. 하지만 이 책이 출간된 뒤 벌어진 논쟁은 그
다지 생산적이지 못했다. 원인은 이 책을 공격한 사람들에게

있었다. 물론『아주 낯선 상식』이 완벽한 책도 아닌바, 얼마든지 비판할 수 있다. 문제는 비판의 번지수가 틀렸다는 점이었다. 한 인터넷 서점에 올라온 100자 평을 보라. "지역 이기주의를 되지도 않는 말로 포장한 책." 소위 지식인이라고 하는 분들도 크게 다를 바 없었다. 기껏 한다는 비판이 '노무현 정부 시절 호남에 장관 자리 몇 개 안 주었다고 저러는 거 아니냐?'는 차원이다. 어쩌면 그렇게 엉뚱한 소리를 해대는지, 나도 답답했지만 저자는 나보다 몇십 배 더 답답했던 모양이다.

결국 저자는『아주 낯선 상식』출간 이후의 논쟁과 그에 대한 해명을 담은『아주 낯선 선택』을 출간했다. 책을 쓴 목적이 답답함을 해소하는 것이었던 만큼 전편보다 훨씬 이해가 잘 된다. 예를 들어보자. 저자는 호남에 '사리사욕을 버리고 더불어민주당을 찍으라'고 노골적으로 협박한 김홍걸의 말을 인용한 뒤 다음과 같이 말한다. "하나의 지역이 '악'을 막고 '선'을 실현하기 위해 분열 없는 몰표를 던져야 한다고 요구하는 것은 어디선가 '선'을 막고 '악'을 실현하기 위해 몰표를 던지는 지역이 있다는 것을 반드시 가정해야 한다.……새누리당에 투표하는 영남 유권자를 주축으로 하는 유권자 집단이다. 그렇다면 진지하게 물어야 한다. 그들이 '악'인가?……현재의 친노는 아무도 이 문제에 대해 대답하지 않는다."(121쪽)

만일 새누리당이 '악'이라면 그들의 본산인 영남에 가서

민주주의를 다 죽일 작정이냐고 따지는 것이 옳다. 왜 반민주 세력에 그렇게 몰표를 던지느냐고 물어야 한다. 하지만 친노는 물론 진보 지식인 누구도 그렇게 말하는 이가 없는 것으로 보아 그들이 진짜로 새누리당을 '악'으로 생각하는 것 같지는 않다. 만일 그렇다면 "그건 호남을 인질로 삼는 오래된 정략일 뿐이다."(124쪽) 이 경우 당연히 호남에 '민주주의를 위해 더불어민주당에 몰표를 던져라'라며 협박해선 안 된다. 그런데 실제로는 어떠했는가? "한국 민주주의가 백척간두의 위기에 섰다"고 한 『경향신문』 사설*에서 보듯, 거의 모든 진보 세력이 호남에 국민의당 대신 더불어민주당을 지지하라고 요구했다. 신성한 광주가 "권력과 분배에만 집착하는 '세속 광주'로 타락했다"(87쪽)는 비판도 서슴지 않았다. 새누리당을 찍는 영남 유권자들에게는 이런 요구를 하지 않는 것이 정말 신기하다. 제20대 국회의원 선거가 야당의 승리로 끝났으니 망정이지, 하마터면 큰일 날 뻔했다. 만일 이번 선거가 "야권의 참패와 새누리당 압승으로 끝났다고 가정해보자……부인할 수 없는 큰 책임을 뒤집어써야 할 주체는 분열적 투표를 한 호남이다."(24~25쪽)

　　『아주 낯선 상식』은 물론이고 『아주 낯선 선택』 역시 그리 어려운 내용은 아니다. 그런데도 사람들은 『아주 낯선 상

●「호남의 선택을 주목하라」, 『경향신문』, 2016년 4월 8일.

식』에 대해 번지수가 틀린 미사일을 쏘아댔다. 대체 왜 그랬을까? 논리적으로 생각해보면 다음 둘 중 하나다. 첫째, 진보 진영에 속하는 분들의 이해력이 심하게 떨어진다. 둘째, 그분들이 책을 읽지 않았다. '영남, 호남이 문제가 아니라 서울이 문제다'라는 헛소리를 한 정희준이 그 대표적인 예다.(97쪽) 하지만 모든 진보 세력이 이 책을 안 읽었을까? 여기에 하루키가 또 하나의 선택지를 제시한다.

"설명을 안 하면 그걸 모른다는 건, 아무리 설명해도 모르는 거야."

내 멋대로 해석하자면 편견에 사로잡혀 있는 이에게 아무리 이야기를 해도 알아듣기 힘들다는 뜻이다. 어쩌면 우리나라의 진보 세력은 죄다 영남패권주의에 빠져 있다 보니 영남에 책임을 묻는 것 자체가 고통스러운 게 아닌지 모르겠다. 편견을 걷고 저자의 다음 말을 경청해보자. "우리나라가 민주주의 일반을 달성할 수 없는 근원적 이유는 야권분열이 아니라 여권결집 때문이다.······책임을 묻고 싶다면 '야권분열'의 책임을 물을 일이 아니라 '여권결집'의 책임을 물어야 한다!"(175쪽)

이 책이 마음에 들었다면 이 책도

- 김욱, 『아주 낯선 상식』(개마고원, 2015)
- 조지 레이코프, 유나영 옮김, 『코끼리는 생각하지 마』(와이즈베리, 2015)
- 서중석, 『대한민국 선거 이야기』(역사비평사, 2008)

두 번째 여행

책 한 권이 사람을

바꾸진 않겠지만

정희진, 『혼자서 본 영화』

새로운
눈으로
영화 보기

"영화는
현대사회를 비추는 렌즈고,
말할 것도 없이
매우 정치적인 매체이다."

페미니스트 정희진은
우리 사회 곳곳에서 성차별의
흔적을 찾아 세상에 드러낸다.
일부 남성은 이런 행위를
불편해하고 욕도 하지만,
남녀가 더불어 잘 사는 사회가
좋은 사회라는 점에서 정희진의
행동은 존경받아 마땅하다.
영화 속에 도사린 성차별을 알고
싶다면, 이 책을 선택하시라.

파울 클레Paul Klee가 1920년에 그린 〈앙셀루스 노부스 Angelus Novus〉라는 그림이 있다. 그림을 처음 보았을 때 초등학생이 그린 줄 알았다. 그런데 이게 세계적인 명화란다. 더 어이없는 것은 작품의 제목이었다. 사자인 줄 알았는데 천사, 그것도 '새로운 천사'라니 머리가 어지러울 지경이었다. 명화의 기준에 대한 회의까지 생겼을 정도인데, 이 작품에 대한 분노가 가라앉은 것은 진중권이 쓴 동명의 책을 읽고 나서였다.

진중권은 이 작품을 다음과 같이 설명한다. 천사의 머리가 몸통과 날개를 합친 것만큼 크다. 이것은 몸에 비해 의식이 과잉 발달한 근대적 인간을 뜻한다. 천사는 날개를 펴고 있다. 천사의 날갯짓은 헛된 저항이다. 아무리 노력해도 파라다이스로 갈 수 없고, 강한 바람 때문에 날개를 접으려 해도 접히지 않는다. 이것은 우리가 저항한다고 해서 현실이 바뀌지 않지만, 그래도 저항을 포기할 수 없다는 뜻이다. 이 설명을 듣고 작품이 완전히 이해된 것은 아니지만, 그래도 그전만큼 이상해 보이지는 않았다. 이 경험이 도움이 되었는지, 다른 그림을 볼 때

파울 클레, 〈앙겔루스 노부스〉

도 나름 해석을 해보려고 한다.

'아는 만큼 보인다'는 말이 미술에만 적용되는 것은 아니다. 정희진이 쓴『페미니즘의 도전』을 읽으면서 충격을 받은 것은, 내가 평온하게 여겼던 일상이 남성 중심적인 인식으로 가득 차 있다는 사실을 알게 해주었기 때문이다. 일상에서 쓰던 '미망인未亡人'은 '죽지 않은 사람'이라는 뜻, 그러니까 남편이 죽으면 아내는 당연히 따라 죽어야 함을 내포하고 있다. 아내를 잃은 남성에게 이런 말을 쓰지 않는 것으로 보아 '미망인'은 여성을 차별하는 단어다. '삽입성교'라는 단어 역시 철저히 남성 중심적 표현으로, 여성 입장에서 본다면 '흡입성교'라고 해야 할 것이다. 우리 일상에 이런 사례는 한두 가지가 아니며, 이런 표현들은 우리의 사고에도 영향을 미쳐 여성 차별을 더 공고히 한다. 페미니즘책을 읽어야 하는 이유는, 여성의 입장에서 세상을 바라볼 수 있도록 눈을 틔워주기 때문이다.

『혼자서 본 영화』는 정희진이 썼던 영화 감상문을 묶은 책이다. 페미니즘책이 현실에 만연한 여성 차별을 드러나게 해준다면, 페미니스트가 쓴 영화 감상문은 우리가 별생각 없이 본 영화들을 페미니즘적으로 재해석함으로써 영화에 내재한 수많은 여성 차별을 드러내준다. '그깟 영화가 뭐 그리 대단해서'라고 의문을 제기할 사람이 있을까 봐 저자는 다음과 같이 말한다. "영화는 현대 사회를 비추는 렌즈고, 말할 것도 없이 매우 정치적인 매체이다.……영화라는 재현의 형식을 통해서 우리는 현실을 깨닫고, 직면하고, 생각하게 된다."(14~15쪽)

내가 10년쯤 전에 읽었던 이론서를 보자. 페미니즘에는 보수적 페미니즘, 급진적 페미니즘, 사회주의 페미니즘이 있다는 말로 시작한 그 책은 일단 재미가 없었고, 깨달음의 기쁨도 느끼게 해주지 못했다. 그렇게 본다면 현실에 맞닿아 있는 이 책이야말로 훨씬 좋은 페미니즘 교재일 수 있다.

혹자는 이 책에 실린 영화는 페미니즘 영화가 대부분일 것이라고 오해할지도 모르겠다. 〈인더컷〉처럼 그런 성향의 영화가 없는 것은 아니지만, 그렇지 않은 것이 더 많다. 배용준과 손예진의 불륜 영화 〈외출〉, 박해일이 배종옥한테 "누나, 나도 잘해요"라고 했던 〈질투는 나의 힘〉, 송강호가 야구를 하는 〈YMCA 야구단〉, 『보그』의 편집장 애나 윈터의 이야기를 담은 〈악마는 프라다를 입는다〉, 심지어 미국 야구를 다룬 〈머니볼〉도 있다. 영화를 좋아하는 사람이라면 한번쯤 봤을 법한 영화들을 정희진이 낱낱이 해부하는 광경은 그저 경이롭다.

먼저 공감 갔던 대목을 보자. 연쇄살인을 다룬 〈인더컷〉에서 저자는 팜파탈Femme Fatale을 명쾌하게 정의한다. "팜파탈은 남성이 저지르는 폭력과 파괴가 결코 남성의 잘못이 아니라는 것을 주장하는 남성 판타지의 산물이다. 남성의 성욕은 무한대라서 어디로 분출될지 모르지만, 성욕 폭발의 버튼을 누

른 사람은 남자 자신이 아니라 남자를 유혹하는 여자라는 것이
다.……팜파탈은 남성의 욕망을 맘껏 채워주면서도 남성들을
책임에서 벗어나게 해준다. 남성은 여성에게 무성적인 존재로
살아갈 것을 요구하면서도, 성적인 문제의 모든 책임은 여성에
게 떠넘긴다."(49쪽) 이 대목을 읽으니 남성들이 노상 꽃뱀 타
령을 하는 이유가 짐작되었다. 하고는 싶은데 여자가 들어주지
않으니 강제로 해야 하고, 그러자니 그에 따른 책임을 져야 하
는데 그러기는 싫으니 꽃뱀 타령을 할 수밖에.

　　〈피아니스트〉 리뷰는 새로운 깨달음을 준다. 저자는 한
국이 동성애 사회라고 한다. 동성애에 대한 반대가 끓어넘치는
한국이 동성애 사회라니, 무슨 말일까? "남자들은 접촉을 가장
한 패싸움을 즐겨 벌인다. 그렇게 격렬히 만지고 나면 세상에
서 가장 친한 친구가 된다. 남자는 자기들끼리 밀어주고 아껴
주고 키워주고 자리를 대물림한다."(53쪽) 사실 남성 간의 우정
이라는 것도 어찌 보면 동성애의 다른 표현일 수 있다. 그런데
여성들은 이 경향이 더 심하다. "여자들이 진짜 이성애자라면
남자의 벗은 몸을 보고 쾌락을 느껴야 하지 않을까? 그러나 대
부분의 이성애자 여자들에게 남자의 벗은 몸은 공포요, 폭력이
다."(54쪽) 오히려 여성들은 여성의 벗은 몸을 보고 성욕을 느
끼는데, 저자는 이것이 "남자의 안경을 너무 오래 쓴 탓에 아예
남자의 눈을 가지게 된 탓"이란다.(54쪽)

책은 손바닥에 들어올 만한 작은 크기고, 200쪽 남짓에 불과하다. 그렇다고 금방 읽겠다고 생각하면 큰 오산이다. 책 한 줄 한 줄이 저자의 통찰로 이루어져 있고, 그 말들을 받아들이는 것은 생각보다 쉬운 일은 아니었다. 하지만 마지막 장을 덮고 난 뒤 알껍데기를 한 층 벗겨낸 느낌을 받았다. 물론 아직도 까야 할 껍질이 워낙 많다 보니 언제쯤 날아오를 수 있을지 아득하기만 하지만, 그래도 이 책을 읽음으로써 비상飛上에 가까워졌다는 것이 뿌듯하다. 이렇게 정리하자. 정희진은 혼자서 영화를 보지만, 그로 인해 독자들이 각성한다.

이 책이 마음에 들었다면 이 책도

- 정희진, 『정희진처럼 읽기』(교양인, 2014)
- 바버라 크리드, 손희정 옮김, 『여성괴물, 억압과 위반 사이』(여이연, 2017)
- 주유신, 『시네페미니즘』(호밀밭, 2017)

스베틀라나 알렉시예비치, 『전쟁은 여자의 얼굴을 하지 않았다』

전쟁을
보는
여자의 눈

"우리의 승리가
당신한테는
무섭고 끔찍한 것에
불과한 거요?"

노벨 문학상 수상작이라고 하면
일반 독자가 이해하기 어려운,
난해한 소설책을 떠올렸다.
그래서 인터뷰집이 상을 받았다고
해서 조금 의아했다.
읽어보고 난 뒤에야 선정된
이유를 알았다.
이 책이 아니었다면 몰랐을,
전쟁에 대한 여성의 시각을
알 수 있었던 데다, 그 시각이
너무도 처절했으니 말이다.

스베틀라나 알렉시예비치Svetlana Alexievich가 2015년 노벨 문학상 수상자로 결정되었을 때 놀랐던 것은 그녀의 모국인 벨라루스의 알렉산드르 루카셴코Alexander Lukashenko 대통령이 축전을 보냈다는 사실이었다. 노벨상을 탔는데 대통령이 축하하는 건 당연한 일 같지만, 루카셴코는 평소 알렉시예비치에게 우호적이지 않았다. 그런데도 그가 억지 축전을 보낸 것은 대선을 며칠 앞두고 있었기 때문이다. 선거가 끝나자마자 루카셴코는 본색을 드러냈다. 노벨상을 받은 알렉시예비치는 매국노라고, 그녀의 수상을 전혀 축하하지 않는다고 말한 것이다. 알렉시예비치는 도대체 뭘 그렇게 잘못한 걸까?

알렉시예비치에게 노벨상을 쥐여준 『전쟁은 여자의 얼굴을 하지 않았다』는 제2차 세계대전 당시 독일과의 전투에 참여했던 여성 200여 명과 한 인터뷰를 정리한 책이다. 이 책이 문제가 된 것은 여성은 남성과 달리 전쟁의 이면을 볼 줄 알기 때문이다. 남성 지배층의 시각으로 보면 그 전쟁은 이렇게 정리된다. "독일이 침략했고, 러시아는 맞서 싸웠다. 그리고 이겼다." 하지만 여성들의 기억은 이와 다르다. 예를 들어보자. 독일군에게 포위당한 러시아군은 늪으로 들어가 머리만 내놓고 숨는다. 일행 중엔 출산한 지 얼마 되지 않은 통신병이 있었는데, 그녀의 아이가 배가 고파서 젖을 달라고 보챈다. 들키기라도 하면 30명이나 되는 러시아군이 몰살당할 위기에 처한다.

"결국 지휘관이 결단을 내렸어. 누구도 지휘관의 결정을 아이 엄마에게 차마 전하지 못하고 망설이는데, 그녀가 스스로 알아차리더군. 아이를 감싼 포대기를 물속에 담그더니 그대로 한참을 있었어. 아이는 더 이상 울지 않았지. 아무 소리도 내지 않았어. 우리는 차마 눈을 들 수가 없었어."(46쪽)

"둘째를 임신 중이었지. 그런데 전쟁이 난 거야. 남편은 전선으로 떠났지. 나는 친정으로 가서 수술을 했어…… 어떻게 낳아? 하염없이 눈물만 흘렸지. 전쟁이라는데, 죽음이 판치는 세상인데 어떻게 아이를 낳느냐고. 암호수 과정을 마치고 전선으로 갔어. 우리 아기를 대신해 복수하고 싶었지. 반드시 태어났어야 할 우리 딸."(116쪽)

이것도 엄연히 전쟁의 진실이건만, 남성들은 전쟁의 잔혹함을 말하는 것이 승리의 빛이 바래게 한다고 믿는 모양이다. 게다가 그 전투에 여성이 참전했다는 것도 마음이 불편하다.

"우리 남자들에게는 죄책감이 있어요. 여자들을 싸우게 했다는 죄책감."(165쪽)

그러다 보니 남성들은 이 책에 대해 다음과 같은 반응을 보였다.

"우리는 어렵게 승리를 쟁취했소. 그래서 당신은 영웅적인 사례들을 써야만 하는 거요. 그런데도 당신은 전쟁의 추악한 면만 보여주고 있소. 냄새나는 속옷만 보여줬단 말이오. 우리의 승리가 당신한테는 무섭고 끔찍한 것에 불과한 거요?"(48쪽)

그래서 이 책은 오랫동안 출간되지 못한 채 책상 위에 놓여 있어야 했다. 어렵사리 책이 출간된 후에도 사정은 나아지지 않았다. 책은 많이 팔렸지만, 저자는 전쟁의 승리를 폄하하는 매국노 취급을 받았다.

자신이 보고 싶은 것만 진실이라고 우기고, 다른 사람이 증언하는 진실은 외면하려는 태도를 우리는 지겹도록 본 적이 있다. 박정희 정부 때 일어났던 비극적인 사건들을 역사책에 기록하는 것은 다시는 그런 일이 벌어지지 않도록 하기 위함이지만, 그게 박정희에 대한 공격이라고 여긴 분이 있었던 것처럼 말이다. 그래서 그분은 멀쩡한 교과서를 없애고 자신이 믿고 싶은 내용만 담은 교과서를 새로 만들겠다고 선언했다. 그분의 말이다.

"자기 나라 역사를 모르면 혼이 없고, 잘못 배우면 혼이 비정상이 될 수밖에 없다."

정말 신기한 점은 그분이 생물학적 여성이라는 것이다.

이런 것을 보면 여성이라고 다 역사의 이면을 볼 수 있는 것은 아닌 듯한데, 이쯤 되면 그분에게 명예 남성 작위라도 드려야 하는 게 아닌지 모르겠다.

러시아 하면 미녀가 많기로 유명한 나라인데, 독일과의 전투에 나갔던 여성 중에도 미녀가 꽤 많았던 모양이다. 인터뷰하면서 "내가 참 예뻤거든"이라는 말을 한 분이 제법 많았으니 말이다. 여성 참전자의 존재는 남성 군인들에게도 긍정적인 영향을 주었던 것 같다.

"남자들이 최전선에서 여자를 만나면 얼굴이 달라졌어요. 여자는 목소리만으로도 남자를 달라지게 하는 힘이 있었죠."(289쪽)

하지만 전쟁이 끝나고 난 뒤 그 여성들은, 조국을 위해 싸웠음에도 환영받지 못한다.

"1년 후에 남편은 다른 여자한테 가버렸어. 남편이 떠나면서 그러더군. 그 여자한테서는 향수 냄새가 나지만 나한테는 군화와 발싸개 냄새가 난다고."(414쪽)

군대에서 만난 남자와 결혼을 약속한 또 다른 여성의 증언이다.

"시어머님이 내 남편을 부엌으로 데려가더니 우시는 거야. '지금 누구랑 결혼하겠다는 거냐? 전쟁터에서 데려온 여자라니.'"(549쪽)

참전하지 않은 여성들이 참전 여성을 바라보는 시선도 우호적이지 않았다.

"이웃 여자들에겐 다 남편이 있었지. 여자들이 걸핏하면 나를 모욕했어. '그러니까 거기서 남자들이랑 어땠는지 이야기 좀 해봐'라며 대놓고 비웃었지."(414쪽)

그래서 참전 여성들은 전쟁 후에도 고통을 겪어야 했다.

"앞선 전쟁만큼이나 끔찍한 또 한 번의 전쟁."(550쪽)

경우는 조금 다르지만, 병자호란 때 청나라에 끌려갔다 풀려난 여성들은 집에서 쫓겨나거나 자결을 강요당해야 했는데, 이것 역시 한국과 러시아의 공통점이 아닐까 싶다. 러시아가 그렇게 본받을 나라가 아니라는 점이 아쉬운 대목이다.

이 책이 마음에 들었다면 이 책도

- 권헌익, 홍석준·박충환·이창호 옮김, 『베트남 전쟁의 유령들』(산지니, 2016)
- 조지 오웰, 정영목 옮김, 『카탈로니아 찬가』(민음사, 2001)
- 안정효, 『하얀 전쟁』(세경, 2009)

리베카 솔닛, 『여자들은 자꾸 같은 질문을 받는다』

침묵은
우리를 보호하지
못한다

"여성에 대한 폭력은
종종
여성의 목소리와
이야기에 대한
폭력이다."

여성이 지적으로 열등하다고
간주하며 자기 말만 하는
남성이 제법 있다.
과거에는 이 현상을 설명할 단어가
없어 발을 동동 굴렀지만,
지금은 이렇게 말하면 된다.
"맨스플레인 하고 있네!"
이 책은 맨스플레인이라는 말을
만들어낸 리베카 솔닛의 후속작으로,
전편보다 훨씬 신랄한 이야기들이
독자를 즐겁게 해준다.
찬미하자 리베카 솔닛,
맞서 싸우자 맨스플레인.

"페미니즘 부흥회 같았다."

'맨스플레인Mansplain'이라는 용어를 유행시킨 페미니스트 리베카 솔닛이 『여자들은 자꾸 같은 질문을 받는다』 출간 기념으로 방한했을 때, 한 일간지가 뽑은 기사 제목이다. 그도 그럴 것이 솔닛의 방한에 우리나라 독자들이 보여준 반응은 폭발적이었다. 처음 강연을 주최한 출판사는 150석 남짓한 공간을 예약했지만, 신청이 폭주하는 바람에 급히 800석 규모의 강연장을 구해야 했는데, 전체 신청자가 1,400명이었으니 이마저 좁았다. 다음 날 다른 출판사가 주최한 유료 행사도 일찌감치 매진되었다.

"페미니즘에 관한 모든 댓글은 페미니즘을 정당화한다"(153쪽)라는 말에서 보듯 이 책 역시 그녀의 전작 못지않게 발랄하면서도 정곡을 찌르는 글들로 채워져 있는데, 그녀에 대한 우리 사회의 열광을 보고 있노라면 페미니즘이 시대의 소명처럼 느껴진다.

하지만 우리를 둘러싼 현실은 정반대다. 성추행, 성폭행,

'몰카'는 여전히 기승을 부리고, 여성이 살해당하는 일도 비일비재하다. 그런 짓을 저지르는 이는, 아주 당연한 이야기지만 거의 남성이다. 하지만 남성을 비난하는 일은 쉽지 않다. 현실은 물론 인터넷까지 남성들이 장악해버린 탓인데, 이들은 범죄를 저지른 남성을 비난하기보다는 여성이 원인을 제공했다거나 여성의 자작극이라며 여론을 호도한다. 여성이 여기에 반대하는 글을 쓰면 그녀는 욕설로 무장한 남성들의 집중포화를 받아야 한다. 이것은 미국도 별로 다르지 않은지, 원래 남성의 영역이었던 곳에 뛰어든 메리 비어드Mary Beard는 다음과 같은 협박에 시달렸다. "그 가운데 상당수는 여성을 침묵시키는 데 초점을 맞춘다. '입 닥쳐 쌍년아'는 아주 흔한 반복구다. 혹은 여성에게서 말하는 능력을 빼앗겠다고 호언하는 경우도 있다. '네년 머리를 따서 강간할 거다.' 내가 받은 트윗의 내용이다."(90쪽)

여성의 목소리를 담았던 『EBS』의 〈까칠남녀〉도 사정은 크게 다르지 않았다. 이 프로그램은 시청자 게시판이 엄청 뜨거웠다. 많게는 하루 40~50개의 글이 올라오는데, 『MBC』의 〈무한도전〉을 능가하는 수다. 시청률이 높은 것도 아닌데 어떻게 그럴 수가 있을까? 바로 10여 명쯤 되는 '여혐'의 활약 덕분이었다. 이들은 하루 종일 프로그램을 욕하는 글을 올리고, 자신과 의견이 다른 글에는 우르르 몰려가 반박 댓글을 단다.

공중파 방송 중 여성을 대변하는 프로그램은 〈까칠남녀〉 하나였고, 시청자 게시판을 눈여겨보는 이는 더욱 없지만, 그 목소리마저 없애버리는 것이 이들의 큰 꿈이다. 그렇게 본다면 남성들이 자신이 저지르지도 않은, 다른 남성의 성범죄를 옹호하는 것도 이해가 간다. 남성이 무슨 짓을 하든지 여성은 침묵해야 한다. → 그런데 성범죄가 기사화되었다는 건 피해 여성이 침묵하는 대신 밖에 나가서 떠들었다는 이야기다. → 그 여성은 '쌍년'이며, 욕을 먹어야 마땅하다. 이게 그들이 가해자에게 '빙의'하는 이유다.

그래서 여성들은 침묵을 택하지만, 그 침묵은 여성들을 더 큰 위험에 빠뜨린다. 오드리 로드Audre Lorde의 말이다. "내 침묵들은 나를 보호하지 못했습니다. 여러분의 침묵은 여러분을 보호하지 못할 겁니다."(103쪽) 솔닛도 그간 성범죄 가해자들이 무사할 수 있었던 이유를 다음과 같이 설명한다. "피해자에게 목소리와 신뢰성이 부족했기 때문에. 아니면 가해자가 피해자의 목소리와 신뢰도를 지우거나 피해자를 겁줘서 침묵시킬 수 있었기 때문에."(135쪽)

여성들이 말하기 어렵고, 용기를 내서 말해보았자 욕만 듣는다. 증언을 믿는 이가 없다 보니 '조작'이나 '꽃뱀'으로 바뀌기 십상이다. 그래서 남성이 필요하다. "백인이 아닌 사람들이 백인들의 참여를 끌어들이지 않고는 인종차별을 다룰 수 없는 것처럼, 여자들은 남자들을 끌어들이지 않고서는 성차별을 완화할 수 없다."(131쪽) 하지만 남성들은 '여혐'과 싸우기보다는 암묵적 동조를 택한다. "나는 안 그랬다", "왜 모든 남성을 잠재적 가해자 취급하느냐?"라는 남성들의 판에 박은 변명을 보라. 테주 콜Teju Cole에 따르면 이것도 나름 남성의 합리적 선택이란다. "왜냐하면 우리가 부지불식간에 앞서 달릴 수 있기 때문입니다. 우리는 강간문화가 여자들을 경주로에서 밀쳐내고 우리에게 공간을 열어주기 때문에 혜택을 입습니다.……우리는 암묵적으로 혜택을 입기 때문에 그에 대한 반대를 그다지 떠들썩하게 내지 않습니다."(157쪽) 다들 이해했겠지만 혹시나 해서 설명하면 이렇다. 너무 늦으면 귓갓길이 무서우니 여성은 일찍 퇴근한다. 그러면 야근하는 남성 직원에 비해 불리할 수밖에 없다.

여성만큼 큰 봉변을 당하지는 않지만, 여성을 편드는 것은 남성에게도 쉬운 일은 아니다. 남성들 사이에서 그 남성은 배신자이니, 그에 준하는 보복을 당한다. 『시사IN』이 메갈리아를 긍정적으로 다루었을 때, 성난 남성들은 절독 운동으로 자신의 힘이 얼마나 센지 보여주었다. 나도 그들이 두려웠다. 나는 『여성신문』에 글을 쓰고 〈까칠남녀〉에 출연한 덕분에 그전까지 없던, 수많은 안티 팬을 거느리게 되었다. 어느 분은 내 강연을 보이콧하자고 했고, 다른 분은 "니 책을 샀는데 전자책이라서 태울 수 없는 게 아쉽다"라는 글을 남기기도 했다. 그럼에도 내가 이 일을 계속하는 것은 안정된 직장이 있고, 남성의 참여가 여성에게 조금은 힘이 될 수 있지 않을까 싶어서였다.

그래서 내 청문회 형식으로 진행된 〈까칠남녀〉 16회는 내게 큰 상처였다. 패널로 같이 나온 L 교수는 내가 페미니즘을 옹호하는 이유가 '돈이 되기 때문'이라며 나를 '생계형 페미니스트'라 불렀다. 남성을 대변하는 다른 패널은 이 말에 고무되어 "방송 활동에 도움이 되기 때문에 페미니스트처럼 구는 것"이라고 했다. 교수에 건물주인 내가 돈이 아쉽다는 것도 말이 안 되고, 정말 돈이 목적이라면 그냥 침묵하는 것이 훨씬 낫다. 하지만 이 장면은 남성들 사이에 회자되면서 내가 여성 편을 드는 진짜 이유로 탈바꿈되었다. 여성 편을 든다고 칭찬해달라는 것은 아니지만, 그렇다고 돈 때문이라고 매도되는 것은 참 서운한 일이다. 페미니즘에 남성의 동참이 필요하다는 솔닛의 말이 맞는다면, 우리나라에서 여성이 동등한 권리를 갖는 것은 참 힘든 일인 것 같다.

이 책이 마음에 들었다면 이 책도 ──────────

- 리베카 솔닛, 김명남 옮김, 『남자들은 자꾸 나를 가르치려 든다』(창비, 2015)
- 이민경, 『우리에겐 언어가 필요하다』(봄알람, 2016)
- 권김현영, 『다시는 그전으로 돌아가지 않을 것이다』(휴머니스트, 2019)

서명숙, 『영초언니』

잊어버리고 지워버린
이들에 대한
기록

"이제는
완벽하게 잊혀버렸습니다.
아무도 그녀의 역사를
기록해주지 않았기
때문입니다."

지금 우리가 누리는 자유는
수많은 분의 희생으로 이루어졌다는
막연한 상식을 구체화해주는 책이다.
영초 언니는 민주주의를 위해
자신의 삶을 희생했고,
그래서 일반인 기준의 행복한 삶을
누리지 못했다.
하지만 영초 언니의 삶은 헛된
것이 아니었다. 민주주의가
어느 정도 이 땅에 뿌리내렸고,
서명숙 이사장이 책으로
언니의 삶을 기려주니 말이다.

"국정농단, 국기문란, 박근혜는 퇴진하라!" 광화문이 촛불을 든 시민들로 메워진 광경을 보며 박근혜는 무슨 생각을 했을까? 짐작이긴 하지만, 아버지가 대통령을 하던 그 시절을 떠올렸을지도 모른다. 사람들이 모이기만 하면 무조건 잡아 가두고, 대통령에 대한 모든 비판은 영장 없이 체포할 수 있었던 유신 시절 말이다. 서명숙이 쓴 『영초언니』는 바로 그 시절에 관한 이야기다.

그 시절 시위에 나서는 것은 거의 목숨을 걸어야 할 큰일이었다. 그렇지만 민주화 운동에 계속 나선 분들이 있었기에 철옹성 같던 유신에 균열이 생겼고, 마음껏 대통령을 '까도' 괜찮은 나라가 될 수 있었다. 그분들 덕에 말할 자유가 생겼다면, 우리가 할 일은 그들을 기억하고 고마운 마음을 갖는 것이겠지만, 이 책에 나오는 민주 투사 중 우리가 아는 이는 심재철과 신계륜, 유시민 등 나중에 국회의원을 지낸 사람들에 국한된다. 자신의 미래를 포기하고 스크럼을 짠 이는 이들 말고도 수두룩하지만, 그들이 누구며 어디서 무엇을 하는지 아무도 모른다.

『영초언니』의 가치는 여기에 있다. 이 책에는 그 시절 같이 민주주의를 외쳤던 이들의 행적이 고스란히 적혀 있으니 말이다.

　　무엇보다 의외인 것은 저자인 서명숙이다. 서명숙은 어려서부터 옳고 그름에 대한 태도가 분명했던 모양이다. 서명숙이 고등학교 3학년 때, 수학 선생이 2학년 교실에 가서 3학년 학생들은 수학 성적이 나빠서 명문대 입시를 통과하지 못할 거라고 흉을 보았다. 내가 이런 말을 들었다면 어떻게 했을까? 기분이 나쁠 수 있겠지만, 달리 어떻게 할 수는 없었을 것이다. 나는 학생이고 그 사람은 선생인 데다, 지금처럼 인터넷이 있는 것도 아니니 말이다.

　　하지만 서명숙은 참지 않았다. 그 선생에게 사과와 재발 방지를 요구했다. 권력자가 늘 그렇듯 선생은 거부했다. 결국 3학년 학생들이 학교 운동장에 모여 연좌데모를 하는 일대 사건이 벌어진다. 이를 시국 시위로 오인한 중앙정보부 직원들이 근처에서 비상대기까지 했다는데, 이것을 보면 서명숙에게는 불의와 타협하지 않는 강단이 있었던 것 같다. 저자는 영초 언니와의 만남이 자신을 민주 투사로 만들었다고 하지만, 그보다는 민주주의를 부르짖다 보니 영초 언니를 만날 수밖에 없었다는 것이 맞는 말 같다.

　　대학에 간 서명숙은 결국 민주화 운동을 하다가 감옥에 갇히고, 학교에서도 제적된다. 소위 '386 정치인'들은 학생운동 경력이 화려하다. 문재인 정부에서 대통령 비서실장을 지낸 임종석은 '임길동'이라 불릴 만큼 시위 현장에서 동에 번쩍 서에 번쩍했다는데, 이런 경력이 훗날 그가 정치인으로 입문하는 데 도움이 된 것은 분명하다. 이것이 나쁘다고 생각하지 않는다. 정의감에 차서 민주주의를 외치는 사람이라면, 정치를 해도 다른 사람보다 나을 수 있으니 말이다.

하지만 이 책을 읽고 보니 운동의 선봉에 서지 않았을 뿐 세상을 바꾸는 데 몸을 바친 수많은 이가 있었고, 그들은 자신의 경력을 내세우지 않은 채 살아가고 있었다. 『시사저널』 등 언론사에 오랜 기간 몸담았고, 그 후 제주도 올레길을 만들어 렌트의 땅이었던 제주도를 걷는 땅으로 변모시킨 서명숙이 학생운동으로 구속되었다는 것은 이 책을 읽지 않았다면 몰랐을 것이다.

다음으로 '영초 언니' 천영초를 보자. 네이버에 '천영초'를 치면 이 사람에 대해 나오지 않는다. 한국 토종 선인장이라는 '천연초'가 대신 나와서 좀 당황스러운데, 이렇게 묻힐 분은 아니다. 고려대학교 신문방송학과를 졸업한 데다 학점도 좋고 글도 잘 썼으며 미모도 뛰어났다고 하니, 시대가 좋았다면 메이저 언론사의 논설 주간이나 방송국 앵커 등으로 한 시대를 풍미했을 것이다. 하지만 당시는 유신 시대였고, 천영초는 제구실을 하지 못하는 언론사에 관심이 없었다. 그 대신 불우한 시대와 싸웠다. "영초 언니가 심각한 얼굴로 나를 불러 앉혔다. 혜자도 가고 주웅이도 그렇게 떠났는데, 우리도 그 뒤를 이어서 조그마한 일이라도 해야 하지 않겠느냐고 말했다."(111쪽)

천영초는 서명숙과 함께 몇 월 며칠 세종문화회관에서 모이자는 유인물을 만들어 각 대학에 배포한다. 안타깝게도 정보가 미리 새는 바람에 현장은 철저하게 차단되었고, 시위는 이루어지지 않았다. 시위가 없었다고 해도 모의는 있었기에, 천영초는 서명숙과 함께 구속된다. 8개월 후 박정희가 죽지 않았다면, 천영초는 훨씬 더 오래도록 감옥 생활을 해야 했으리라.

감옥에서 나온 후에도 천영초의 투쟁은 계속되었고, 같은 길을 걷는 남자와 결혼도 한다. 개인적으로는 이 결혼이 안타깝다. 아무리 민주주의라는 지고지순한 가치가 있다 해도, 삶을 영위하려면 어느 정도의 돈이 필요하다. 그런데 천영초의 남편은 노동자가 대접받는 세상을 바라보느라 가정은 돌보지 않았다. 영초 언니의 말이다.

"집에 생활비가 뚝 떨어져서 문화 형(남편)에게 혹시 돈 가진 거 없냐고 물었더니 한 푼도 없대. 그런데 세탁기를 돌리고 나니까 세탁통 안에 종이 부스러기가 막 흩어져 있는 거야. 문화 형 바지 주머니에 꼬깃꼬깃 접혀 있던 자기앞수표가 세탁기 안에서 너덜너덜해진 거더라구……얼마나 화가 나던지 눈물이 쏟아지더라니까."(259쪽)

알고 보니 그 수표는 대학 선배가 용돈으로 쓰라고 넣어준 거였는데, 남편이 깜빡한 거였다. 결국 이 결혼은 두 사람 모두에게 비극으로 끝난다.

이 책에 나오는 인물 중에는 생물학과에 다니는 이혜자 언니도 있다. 운동권에는 못생긴 여자밖에 없다는 속설을 엎어버릴 만큼 매력적인 이 언니는 학교 안에 있던 정보과 형사들의 아지트를 때려 부수는 시위를 주동해 연행된다. 외모가 워낙 여성스럽고 예쁘장해서 유인물 살포에 적격이라는 박종원 언니도 있었다. 현실과 타협하기만 했다면 풍요로운 삶이 눈앞에 있었지만, 이분들은 그러는 대신 시대의 요구에 따랐다.『영초언니』로 인해 이분들의 삶이 재조명된 것은 좋은 일이지만, 이분들이 바라는 것이 그것만은 아닐 것이다. 자신들이 원했던 세상을 후배들이 만들어주는 것이 그분들의 바람일 터, 그러니까 이명박이나 박근혜 같은 대통령이 다시는 나오지 않게 하는 것이 우리가 할 일이다. 그래서 말씀드린다. 선배님들의 뜻을 받들지 못해 죄송했다고, 앞으로는 그러지 않겠다고.

이 책이 마음에 들었다면 이 책도

- 최규석, 『100℃』(창비, 2009)
- 황석영·이재의·전용호, 『죽음을 넘어 시대의 어둠을 넘어』(창비, 2019)
- 서준식, 『서준식 옥중서한 1971~1988』(야간비행, 2002)

왜곡된 거울에서 벗어나지 못하는 이유

"우리는 거울을 볼 때 있는
있는 그대로의 현실을 보지 않는다.
대신 몇 년간에 걸쳐 주입된 문화,
친구와 가족으로부터 들은 말,
그리고 내적인 고민에 의해
형성된 모습을 본다."

축구선수 박지성은 외모로
까이지 않는다. 왜?
축구를 잘해서가 아니라,
그가 남성이기 때문이다.
반면 여성은 아무리 대단한 업적을
남긴다 해도 외모로만 평가된다.
여성들이 거울 앞에서
많은 시간을 보내고,
자신에게 만족하지 못하는 이유다.

"직접 보니 그렇게까지 못생기지 않았어요." 나를 만난 사람은 대부분 이런 식으로 말한다. 처음에는 듣기 좋으라고 하는 소리인 줄 알았지만, 진심인 것 같았다. 내가 그새 잘생겨 진 것일까? 옛날 사진을 보면 그런 것 같기도 하지만, 그건 어 디까지나 과거를 촌스럽게 여기는 세태 때문이지 얼굴이 바뀐 것은 아니다. 내가 생각한 답은 '익숙함'이었다.

한 여성이 소개팅에서 나를 처음 보았다고 하자. 그 여성 은 놀라고, 어떻게 하면 이 난관을 극복할지 고민할 것이다. 바 쁜 일이 있다고 할까? 무뚝뚝하게 보이도록 말을 하지 말까? 사실 이것은 실제로 내가 겪은 일들이다. 그럼 나는 연애를 한 번도 안 해보았을까? 그것은 아니다. 예를 들어 내가 몸담았던 동아리에서 고백을 받기도 했다! 어떻게 그럴 수 있을까? 그녀 역시 나를 처음 보았을 때는 놀랐겠지만, 자주 볼수록 충격은 덜해졌을 테고, 놀라움이 거의 사라질 때쯤 나의 다른 면에 주 목할 수 있었을 것이다.

하지만 이 현상의 이면에는 성별에 따른 차이도 있다. 남자는 꼭 잘생길 필요가 없다는 사회적 인식이 내 외모를 용인하게 한다는 이야기다. 만일 내가 이 얼굴로 여자였다면, 그때도 사람들은 내 외모에 관대할 수 있을까? "직접 보니 그리 못생기지 않았다"며 친하게 지내자고 할까? 아닐 것이다. 사람들은 여성에게 외모가 좋을 것을 요구하니 말이다.

안선주라는 골프 선수가 있다. 누구보다 골프를 잘 쳤던 안선주는 국내에서 4년간 8번이나 우승을 차지한다. 그런데도 안선주에게는 팬이 별로 없었다. 외모 때문이었다. 심지어 우승했을 때조차 악플에 시달렸다. 안선주가 국내 어느 기업에서도 스폰서 제안을 받지 못한 것도 그 때문이다. 딱 한 군데에서 그녀에게 스폰서를 제안했는데, 조건이 성형수술을 하라는 것이었다니, 말 다했다. 결국 안선주는 일본에 건너갔고, 뛰어난 기량을 발휘하며 우승을 휩쓸었다. 현재까지 벌어들인 상금만 100억 원이 넘는데, 생각해보아야 할 것은 5곳이 넘는 일본 기업이 그녀와 스폰서 계약을 체결했다는 점이다. 우리나라가 일본보다 외모지상주의가 훨씬 심하다는 이야기다.

정도의 차이가 있을 뿐, 외모지상주의에서 자유로운 나라는 없다. 사람들은 여성에게 예쁜 외모를 요구하고, 기준에 미달하는 여성을 비웃는다. 골프 선수 안선주처럼 외모와 관련 없는 직업이라 해도 마찬가지다. 이런 상황에서 여성은 예뻐지고 날씬해지려고 온갖 방법을 쓰는 수밖에 없다.

러네이 엥겔른Renee Engeln이 쓴 『거울 앞에서 너무 많은 시간을 보냈다』는 외모 강박에 시달리는 여성들의 슬픈 이야기를 담은 책이다. 외모 강박은 너무 흔한 이야기라 책으로까지 읽을 필요가 없다고 생각할지 모른다. 하지만 막연히 상상하는 것과 직접 목격하는 것이 다르듯, 책에서 접하는 실제 사례들은 내 가슴을 아프게 했다.

여성들이 외모에 신경 쓰게 되는 나이는 대략 몇 세일까? 책을 읽기 전에는 중학생 정도는 되어야 하지 않을까 생각했지만, 저자가 수많은 여성을 인터뷰한 결과는 내 생각이 얼마나 순진했는지 깨우쳐주었다. "5세의 여자아이 중 34퍼센트가 '가끔은' 의도적으로 음식을 적게 먹는다. 이 중 28퍼센트는 자신의 몸이 TV나 영화에 나오는 여자들 같았으면 좋겠다고 말한다."(19쪽)

5세가 이 정도니, 10대 소녀는 훨씬 더 심할 것이다. 중학교 1학년 나이인 알테미스의 말을 들어보자. "저는 그 옷(원피스)을 입은 제가 예뻐 보이지 않는다고 생각했어요. 왜냐하면 안 예뻤거든요. 그 옷을 입기엔 너무 뚱뚱했어요."(26쪽) 이 나이 때 남자아이들은 무엇을 하고 놀지, 커서 어떤 사람이 될지 생각하는데, 여자아이들은 미디어에 나온 여성과 비교하며 자신을 탓한다. 그런데 알테미스는 실제로 뚱뚱했을까? 훗날 그녀는 당시 사진을 들여다보고 자신이 전혀 뚱뚱하지 않았음을 깨닫는다.

왜 이런 일이 생길까? "우리는 거울을 볼 때 있는 그대로의 현실을 보지 않는다. 대신 몇 년간에 걸쳐 주입된 문화, 친구와 가족으로부터 들은 말, 그리고 내적인 고민에 의해 형성된 모습을 본다.……아마도 알테미스는 인터넷에서 자신과 비슷한 체형을 지닌 누군가가 뚱뚱하다고 비난받는 모습을 수없이 봤을 것이다."(27쪽)

여성들은 뚱뚱하다는 말을 들을까 봐 노심초사한다. 여성에게 몸무게를 묻는 것이 무례한 질문인 것도, 남성들이 페미니스트 여성을 '뚱뚱한 여자들'로 비하하는 것도 이 때문이다. 내가 이야기해본 여성들은 50킬로그램을 넘으면 큰일이 나는 것처럼 여기는 듯했다. 일반 여성이 이럴진대 텔레비전에 나오는 여성은 어떨까? 연예인들의 프로필에서 그들의 고민이 잘 드러난다. 송지효 키 168센티미터, 체중 46킬로그램. 수지 키 168센티미터, 체중 47킬로그램. 설현 키 168센티미터, 체중 47킬로그램. 윤아 키 168센티미터, 체중 47킬로그램. 정말 신기하지 않은가? 키와 체중이 마치 짠 것처럼 똑같다. 나는 이들이 체중을 줄여 말했다고 생각한다. 170센티미터에 가까운 키에 50킬로그램이 안 되는 체중은 거의 뼈만 남지 않는 한 불가능하니 말이다.

우리나라가 특히 외모 강박이 심한지, 책에는 소녀시대

에 대한 언급이 나온다. "한국 여성이 세상으로부터 받는 외모에 대한 기대치가 어느 정도인지 알고 싶다면 그 걸 그룹을 인터넷에서 찾아보라고 했다. 그들은 거의 똑같은 모습의 마네킹 같았다. 모두 극도로 말랐고 다리가 길었다."(141쪽)

연예인이 아닌 일반인까지 여기에 동참하는 현실이 안타깝다. 한 여성은 자신이 예쁘고 날씬했다면 "내적인 능력과 재능에 집중할 수 있었을 것"(33쪽)이라고 말했지만, 외모 강박은 끝이 없는지라 아무리 날씬한 여성에게도 만족이란 없다.

그렇다면 대안은 있을까? 저자는 여러 방안을 제시한다. 딸들에게 자신의 몸을 사랑하고 존중하라고 가르치는 것, 자신이 결점을 지닌 인간임을 인정하는 것, 외모보다 기능에 관심 갖기, 외모 강박을 부르짖는 미디어 외면하기 등등. 이 대목에서 허탈한 느낌을 받을지도 모른다. 너무 뻔한 소리인 데다 실천하기도 어려우니 말이다. 나 역시 동의하지만, 외모 강박이라는 오래된 문제에 해결책까지 요구하는 것은 너무 잔인한 일이 아닐까? 오늘도 거울 앞에 서서 자신을 책망하는 여성들의 고통을 담아낸 것만으로도 이 책은 가치가 있다.

이 책이 마음에 들었다면 이 책도

- 이민경, 『탈코르셋: 도래한 상상』(한겨레출판, 2019)
- 나오미 울프, 윤길순 옮김, 『무엇이 아름다움을 강요하는가』(김영사, 2016)
- 조이한, 『당신이 아름답지 않다는 거짓말』(한겨레출판, 2019)

과학으로
포장한
거짓의 실체

"진화심리학은 이성 간의 깊은
관계를 번식으로 환원한다는 점에서,
후기 산업사회에 맞지 않을 뿐
아니라 조금도 낭만적이지 않다."

일반적으로 여성은 남성보다
남의 말을 잘 들어주고,
성에 대해서도 소극적이다.
하지만 사회·문화적인 여건
때문에 그렇게 된 것일 뿐,
태어나면서 결정된 것은 아니다.
그런데도 일부 진화심리학자들은
남녀의 차이를 유전적으로 결정된
것인 양 선전·선동해댄다.
이 책은 그들의 거짓을 낱낱이
폭로해주며, 그들이 과학자라기
보다는 양아치에 가깝다는 것을
잘 보여준다. 거짓의 베일이 벗겨지는
통쾌감이 이 책의 가장 큰 장점이다.

"남자는 성공 지향적이고 여자는 관계 지향적이야." 세간에 떠도는 이 말에 전적으로 동의했다. 내가 주변에서 본 남성은 대부분 자기가 잘되는 것만 신경 쓴 반면, 여성들은 타인을 배려하는 모습을 자주 보였다. 이를 확신하게 된 것은 외부 강연을 하면서부터다. 강의하기 어려운 대상에 대해서는 강사마다 의견이 갈린다. 나이든 남성이 가장 어렵다는 사람도 있고, 남자 중학생이 어렵다는 사람도 있다. 혹자는 군인을 1위로 뽑았는데, 공통점은 다들 '남자'라는 것이다.

내가 가장 힘들었던 강연도 ○시에서 했던 남자 중학교 강연이었다. 물론 환경도 좋지 않았다. 전교생을 체육관에 모아놓고 90분 동안 기생충 이야기를 들으라는 것은 고문일 수 있다. 하지만 그것을 감안해도 그 학생들은 너무 떠들었고, 나는 체육관을 장악한 소음에 짜증이 났다. 나가버리고 싶은 마음을 애써 억눌렀지만, 어느 순간 인내심은 바닥을 드러냈다. 100장이 넘는 슬라이드를 말없이 넘기며 누가 보아도 성의 없이 강의를 끝내고 밖으로 나온 것은, 강의 시작 후 겨우 30분이 지났을 무렵이었다. 그 뒤로 나는 중학교에서 강의를 요청하면 이렇게 답했다. "죄송합니다. 제가 중학교 강의는 안 해요."

그로부터 몇 달이 지났을 무렵, 거절하기 힘든 지인의 부탁으로 여자 중학교에서 강의를 하게 되었다. 환경은 비슷했다. 체육관, 전교생, 기생충을 주제로 한 90분짜리 강의. 마음을 단단히 먹고 강의를 시작했는데, 뭔가 이상했다. 학생 대부분이 자기네끼리 떠들었던, 숫제 뒤로 돌아앉아 화기애애하게 이야기를 나누던 남자 중학교와 달리 여자 중학교 학생들은 비교적 조용히 내 말을 경청해주었고, 웃어주었으면 하는 대목에서는 기대 이상으로 웃어주었다. 강연을 마쳤을 때는 가슴이 뭉클하기까지 했다.

이 차이는 도대체 어디서 비롯되었을까? 아마도 배려의 차이였을 것이다. 남학생들이 외부 강사에게 무관심했던 반면, 여학생들은 외부 강사를 배려하는 마음으로 강의를 들었다. 완전히 성숙하지 않은 중학생 간에도 이런 차이가 있다는 것은 남녀의 차이가 유전적일 수도 있다는 뜻이 아닐까?

하지만 『나는 과학이 말하는 성차별이 불편합니다』라는 책을 읽고 난 뒤 내 생각이 잘못되었다는 것을 알았다. 이 책은 남녀 차이가 유전적 요인에서만 비롯된 것이 아니라고 말하며, 그런데도 본성 탓으로 여겨지는 것은 과학의 이름으로 진실을 호도하는 진화심리학자들의 노력 때문이라고 한다.

남녀의 본성 중 가장 널리 알려진 주장을 보자. '남성은 본성상 씨를 많이 뿌리기를 원해 여러 여자를 탐하려 하지만, 자녀 양육을 최우선으로 하는 여성은 가장 뛰어난 남자 한 명을 자기 남자로 만들려고 노력한다'는 것이다. 정말일까? "증거 자료로 수집된 개인적 경험들을 보면 미국 남성은 잠자리를 갖는 모든 여성을 임신시키는 쪽보다는 임신을 막는 쪽을 더 원하는 듯하다."(60쪽)

듣고 보니 그렇다. 멀리 갈 것도 없이 우리나라 남성들도 임신을 어찌나 두려워하는지, 사귀는 여성이 임신했다는 사실을 알면 휴대전화를 꺼놓고 잠적해버리는 남성도 많을 정도다. 남성이 배란기 여성에게 특히 더 집착하는 것도 아니며, 폐경이 지난 여성에게 집적거리는 남성도 한둘이 아니다. 그런데도 왜 이런 주장이 만들어졌을까? 진화심리학이 그런 주장을 펴는 이유는 남성의 문란함을 합리화하기 위함이다.

배우자를 고르는 기준도 마찬가지다. 진화심리학에 따르면 씨를 뿌려야 하는 남성들은 배우자에게 "젊음과 육체적 매력"을 원하는 반면 자식을 잘 키우고픈 여성들은 "지위, 성숙함, 경제적 자원을 원한다."(98쪽) 이 가설 역시 폭넓게 받아들여지는데, 여기에 저자는 멋진 반론을 펼친다. 그대로 옮겨보자. "제 나이는 스물여덟 살입니다.……어느 날 어머니 직장에 갔다가 고위직이고 돈이 많은 크리스라는 58세 기업체 임원을 만났습니다.……나는 그와 데이트를 시작했지만, 그 남자가 비열하고 난폭하고 권위적인 사람임을 금방 알아차렸습니다. 최악은 그가 술을 너무 많이 마시고 입 냄새가 심하다는 겁니다. 몇 달 뒤 저는 근근이 먹고사는 소설가 알렉스를 만났습니다. 그는 넋을 잃을 정도로 멋지고……저를 최고로 생각해줍니다. 하지만 그래도 저는 크리스와 결혼할 예성입니다. *그가 돈과 권력을 더 많이 가지고 있으니까요.*"(106쪽)

이 결론이 납득이 가는가? 물론 크리스를 선택할 여성도 없지는 않겠지만, 그것이 여성의 본성이라고 생각하지는 않는다. 여성은 돈이 많다는 이유만으로 배우자를 선택하지는 않는다. 남성도 마찬가지다. 남성이 반드시 젊고 어린 여성만 선호하는 것은 아니며, 여성이 하는 일이나 성격을 외모보다 중시하는 남성도 있다. 그것은 일부 아니냐고? 진화심리학자들이 한 조사에서 남성들은 여성의 육체적 매력을 배우자를 선택하는 조건 중 5위로 꼽았으며, 여성들은 금전적 전망을 겨우 12위로 꼽았다. 그렇다면 가장 선호하는 조건은 무엇이었을까? 남녀 모두에서 상위권을 차지한 조건은 '상호 끌림', '친절함', '신뢰성'이었다!

문제는 이런 조사에도 진화심리학자들은 '남자는 외모를 따지고 여자는 돈을 따진다'는 판에 박은 결론을 낸다는 데 있다. 과학자는 자신의 의도와 다른 결과가 나왔다고 해도 겸

허히 수용하고 잘못을 인정하는 사람이다. 하지만 진화심리학자들은 불리한 자료는 과감히 배척하고 유리한 자료만 취사선택하며, 결과의 왜곡도 서슴지 않았다. 진화심리학은 과학이라부를 수 없는 일종의 종교에 불과하지만, 자신을 합리화하고싶은 남성들의 입맛에 맞기 때문에 적극적으로 받아들여지고진실로 둔갑해버렸다. 하지만 많은 이가 믿는다고 해서 반드시진실인 것은 아닌바, 이 책을 읽고 '화성 남자, 금성 여자'류의주장이 얼마나 허구인지 깨달았으면 한다.

마지막으로 한마디. 도입부에서 말한, 여성이 선천적으로 더 배려한다는 주장도 잘못되었다. 여성이 더 배려하는 이유는 여성이 상대적 약자라 타인의 눈치를 더 많이 보기 때문일 뿐, 본성과는 관계가 없다. 같은 남자 형제라도 첫째보다 둘째가 눈치가 빠른 것도 그 때문이다. 유전은 물론 중요하다. 하지만 문화 역시 그에 못지않게 중요하며, 사람의 행동에 지대한 영향을 미친다.

이 책이 마음에 들었다면 이 책도

■ 정희진, 『낯선 시선』(교양인, 2017)
■ 스칼릿 커티스, 김수진 옮김, 『나만 그런 게 아니었어』(윌북, 2019)

여혐의
역사를
집대성하다

"오빠도 누이를 돌보는
책임과 고통에서 해방됨으로써
지금보다는 훨씬 더 행복한 삶을
살 수 있게 될 것이다.
오빠의 해방, 그것이 바로
페미니즘이 추구하는 목표다."

기록의 달인 강준만이
페미니즘의 과거를 통해 오늘의
페미니즘을 진단했다.
책 제목은 평소 부드럽게 말할 때는
들은 채도 안 하다가 목소리를 높이자
"오빠는 그런 과격한 페미니즘은
허락할 수 없다"라고 말하는
한국 남성들을 풍자한 것이다.
오빠, 오빠는 여자가 자기 목소리를
내는 게 그냥 싫은 거지?

"어떻게 사람한테 벌레라고 할 수가 있나요?" 모 고등학교에서 했던 페미니즘 강연 후 A라는 학생이 던진 질문이다. 그 학생은 메갈리아가 만들어낸 '한남충'이라는 단어를 예로 들며 여성운동이 문제라고 했다. A에게 말했다. "인터넷에서 남성들이 먼저 아이 엄마한테 맘충이라고 했거든요. 사람을 벌레라고 하는 게 해서는 안 될 짓이라고 생각한다면, 그때는 왜 가만있었나요?" A는 당황한 듯했다. 하지만 이대로 물러날 수는 없었던 모양이다. "모든 엄마한테 맘충이라고 한 건 아니거든요! 자기 자식밖에 모르는 이기적인 엄마한테 맘충이라고 했거든요!" 나는 이렇게 답했다. "이기적인 엄마가 맘충이라면, 학생의 어머니도 맘충이겠네요. 학생 어머니도 학생을 위해서는 뭐든지 하겠다는 마음으로 학생을 키웠을 테니까요. 학생뿐 아니라 우리 모두는 맘충의 자식입니다."

A는 '한남충'이라는 단어가 왜 만들어졌는지를 알려고 하지 않았기에 패배의 쓴잔을 맛보았다. 어떤 일의 전후 사정을 아는 것은 더 깊은 이해를 위해 필요한 일이며, '여혐'처럼

양쪽이 첨예하게 대립하고 있을 때는 더 필요하다. 우리가 '여혐의 역사'를 알아야 하는 것은 바로 이 때문이다. 강준만 교수는 지난 세월 우리나라에서 벌어졌던 여혐의 역사를 『오빠가 허락한 페미니즘』으로 정리했다. A가 이 책을 미리 읽었다면 '한남충'에 대해서도 너그러운 태도를 취했으리라 믿는다.

역사책은 쓰는 사람의 관점이 들어가므로, 어느 정도의 왜곡이 들어가기 마련이다. 그런 점에서 여혐의 역사를 강준만 교수가 쓴 것은 다행이다. 첫째, 강준만 교수는 자료 모으기에 타의 추종을 불허한다. 관련된 책을 다 읽어보는 것은 물론 신문과 잡지까지 섭렵한다. 이 책도 참고 문헌의 목록이 무려 28쪽에 달하며, 등장하는 인물도 수백 명이다. 둘째, 강준만 교수는 여성 차별에 문제의식을 갖고 있었다. 아무도 그 이야기를 하지 않을 때부터 목소리를 내왔는데, 내가 성차별에 관심을 갖게 된 것도 사실 강준만 교수 덕분이다. 이 점이 다행인 이유는 기울어진 운동장에서 밀려나 있는 사람들의 처지를 더 살피는 것이야말로 진정한 중립이기 때문이다. 균형을 잡는답시고 "욕하는 남성이나 거기 반발하는 여성이나 똑같이 나쁘다"라고 말하는 것은 가진 자의 편에 서는 것이니까 말이다.

제대로 된 역사책의 좋은 점은 세간의 오해를 바로잡아 준다는 점이다. 메갈리아에 대한 부분이 대표적이다. 사람들은 메갈리아라고 하면 일베와 다름없는 폭력적인 집단을 연상한다. 하지만 그렇게 말하는 사람 중 메갈리아에 들어가 게시글을 본 이는 거의 없다. 팟캐스트 〈불금쇼〉에서 메갈리아에 대해 나와 토론을 벌였던 정영진 역시 "한 번도 그 사이트에 가본 적이 없다"고 말했을 정도니, 메갈리아에 대한 진정한 평가란 불가능했다.

『오빠가 허락한 페미니즘』은 메갈리아가 우리 사회에 끼친 긍정적인 영향에 많은 지면을 할애한다. 첫째, 소라넷 폐지는 메갈리아가 아니면 불가능했다. 소라넷은 자기 여자 형제나 아내의 나신을 몰래 찍어 게시하면 다른 이가 올린 비슷한 게시물을 원 없이 볼 수 있게 해주는 패륜적인 사이트로, 이 때문에 여성들은 집에서마저 '몰카' 공포에 시달려야 했다. "(소라넷 베스트 작가 야노는) 나이트클럽에서 만난 여자를 '골뱅이'로 만들어 숙박업소에 데려다 놓고 그 위치를 소라넷의 다른 남성들과 공유한 뒤 '돌려가며 강간'했다고 증언했다."(132쪽) 그런데도 소라넷은 회원 100만 명을 거느리며 16년간 성업했는데, '몰카범은 남성 중 극히 일부'라던 남성들이 도대체 왜 여기에 침묵했는지 궁금하다.

둘째, 메갈리아는 남성이 여성을 비하하는 기법을 그대로 남성에게 돌려주는 소위 '미러링'을 개발했는데, 덕분에 일부 남성은 그간 자신이 저지른 여혐이 얼마나 나빴는지 깨달을 수 있었다. "평소 '가슴 크기'로 여성을 평가하는 걸 자연스럽게 생각해온 남성들이 '6.9cm짜리 작은 성기'를 가진 존재로 불리는 것에 대해선 펄펄 뛰는 게 우습지 않은가?"(170쪽)

셋째, 메갈리아는 우리 사회에 페미니즘 열풍을 불러왔다. 남성들의 성차별적 태도에 "내가 너무 예민한가?"라며 자책하기만 했던 여성들은 메갈리아의 등장으로 비로소 페미니즘 전사로 거듭날 수 있었다. 이 책에 인용된 '바람계곡의 페미니즘' 운영진의 말을 옮겨보자. "한번 다른 세상을 보게 된 여성은 결코 이전의 세상으로 되돌아갈 수 없어요."(179쪽)

게다가 메갈리아는 남성인 내게도 가입을 허용했던 열린 조직이며, 게이 등 성소수자도 '우리 편'이라고 감싸 안은 바 있다. 후자의 이슈는 결국 여성우월주의를 내세운 워마드가 메갈리아에서 분리되는 단초를 제공했는데, 사정이 이런데도 남성들은 '메갈=일베'를 부르짖고, "메갈리아 유저는 다 뚱뚱하고 못생겨서 남성에게 버림받은 여성들"이라며 '정신 승리'를 하고 있으니 그저 딱할 노릇이다.

더 어이없는 점은 다음이다. "올해(2016년) 인터넷사史에서 가장 극적(?)이었던 장면은, 유력 남초 커뮤니티들이 형성한 반메갈리아 동맹이다. 특히 기존의 커뮤니티 간의 관계에서 배척당해왔던 일베가 이 동맹의 일원으로 받아들여졌다."(173쪽) 극우와 진보가 여혐을 하겠다며 굳게 손을 잡는 이 우스꽝스러운 장면은 한국 남성의 빈약한 자의식을 그대로 보여준다. 여기에 관해 이라영의 말을 인용한다. "남성의 경우 여성주의에 관한 지적 태만을 부끄러워하지 않는다.……앎보다는 권력 유지가 더 중요하기 때문이다."(173쪽)

'여혐', '여혐혐', '백래시'까지. 도대체 이 싸움의 끝은 어떻게 될까? 저자는 싸움의 미래에 낙관적이다. "아무리 가부장제에 찌든 남자들일지라도 저항하는 여성에 대해 처음엔 펄펄 뛸망정 그 저항이 지속되면 익숙해지게 되어 있다."(371쪽) 저자는 남성들이 이런 낙관에 분노할까봐 다음과 같이 덧붙였다. "오빠도 누이를 돌보는 책임과 고통에서 해방됨으로써 지금보다는 훨씬 더 행복한 삶을 살 수 있게 될 것이다. 오빠의 해방, 그것이 바로 페미니즘이 추구하는 목표다."(371쪽) 남성들이 이 책을 읽고 여혐의 역사를 부끄러워하고, "페미니즘의 새로운 세계로 진입해 자유와 광명의 기쁨을 누릴 수 있게 되기를 빈다."(371쪽)

이 책이 마음에 들었다면 이 책도

- 김지혜, 『선량한 차별주의자』(창비, 2019)
- 박정훈, 『친절하게 웃어주면 결혼까지 생각하는 남자들』(내인생의책, 2019)

°누가
틀렸을까?

"대체 누구를,
그리고
무엇을 위한
페미니즘이라는 말인가?"

남녀가 더불어 잘 살자고
부르짖는 것이 바로 페미니즘이다.
정상인이라면 여기에 대놓고
반대하기 힘들다. 그래서 다음과
같은 논리가 만들어진다.
"페미니즘은 원래 좋은 것이지만,
너희들이 주장하는 페미니즘은
잘못된 거야." '그들'은 여기서
한 발 더 나가 여성의 주장을
왜곡시키기까지 하는데,
이 책은 바로 그 전범 격이다.
시간이 아무리 남아도 읽지
말 것을 권한다.

『그 페미니즘은 틀렸다』의 저자 오세라비는 여성운동계에 몸담았다가 혐오로 변질되어가는 여성계에 염증을 느껴 반反페미니즘으로 돌아선, 매우 감동적인 스토리를 지닌 분이다. 북에서 자유 대한민국의 품으로 넘어온 이들이 체제의 우월성을 증명하는 수단이 되는 것처럼, 귀화한 오세라비도 '페미=정신병'이라는 이들의 주장을 뒷받침한다. 게다가 지식인 중 반페미를 외치는 이가 드물다 보니 오세라비는 일약 반페미의 상징이 되었고, 페미니즘 관련 이슈가 터질 때마다 바쁜 나날을 보내고 있다. 하지만 그녀의 인터뷰를 볼 때마다 대단한 사상이 있는 것 같지 않았다. 그래도 책은 다르지 않을까 해서 책을 읽기 시작했다.

"어디서부터 지적을 해야 할까?" 30여 페이지를 읽었을 때, 나는 책을 덮고 한숨을 내쉬었다. 모름지기 책이란 성실하게 써야 한다. 전문가가 자기 분야에 대해 쓴다고 해도 아는 대로 쓰면 안 된다. 아무리 전문가라도 잘못 알고 있는 부분도 있고, 최근 몇 년 사이 새로운 사실이 밝혀졌을 수도 있다.

나는 2005년 『헬리코박터를 위한 변명』에서 헬리코박터가 위암·위궤양의 원인이 아니라는 주장을 했다. 예방의학 전공 유 모 교수의 논문을 참고했는데, 위암 환자가 헬리코박터에 걸릴 비율(83.7퍼센트)과 위암이 없는 사람이 헬리코박터에 걸릴 비율(80.8퍼센트)이 비슷하므로, 헬리코박터에 감염되었다고 위암에 걸리는 것은 아니라고 해석할 수 있다고 했다. 결국 나는 그 논문에만 의지한 채 '헬리코박터는 무죄다'라고 주장했다. 책이 나온 지 얼마 되지 않아 노벨상 위원회는 호주의 배리 마셜Barry Marshall 박사를 그해 노벨 생리의학상 수상자로 임명했다. 이유는 '헬리코박터가 위암·위궤양의 원인임을 밝혔기 때문'이었다.

　　내 책은 졸지에 가짜 책이 되어버렸다. 이게 노벨 위원회 잘못일까? 아니다. 그렇다면 유 모 교수 탓일까? 아니다. 내가 인정하지 않았을 뿐, 당시에도 헬리코박터가 위암·위궤양의 원인이라는 주장이 대세였다. 대세에 반하는 논문 한 편에 의지해 책을 쓴 것은 바로 나였으니, 다른 이를 탓할 게 아니었다. 다행히 책이 안 팔린 덕분에 위암에 걸린 환자들이 찾아와 멱살을 잡는 일은 일어나지 않았지만, 이 사건으로 책을 쓸 때는 신중해야 한다는 것을 배웠다. 그로부터 8년 뒤 기생충에 대한 책을 낼 때, 내 전공이지만 여러 문헌을 참고해가며 글을 썼던 것은 이때의 경험 덕분이다.

그런 면에서 『그 페미니즘은 틀렸다』는 기본이 전혀 안 되어 있는 책이다. 첫 페이지에 나온 메갈리아의 탄생 이야기부터 그렇다. "메르스의 최초 감염자가 남성으로 판명되자 일부 여성들이 남성 혐오를 과격하게 드러내며 디시인사이드 이용자들과 마찰을 빚었다. 그러다가 따로 떨어져 나와 만든 것이 '메갈리아'다."(15쪽) 여혐을 하는 남성들조차 이런 터무니없는 주장은 안 한다. 최초 감염자에 대한 비판이 없었던 것은 아니지만, 그가 남자였기 때문이 아니라 감염 사실을 숨기고 들어와 바이러스를 전파해서였고, 비판의 주체도 여성들이 아니었다.

많은 이가 인정하는 메갈리아 탄생 설화는 다음과 같다. 메르스가 극성이던 시기에 홍콩에 간 여성 2명이 열이 나서 격리 요청을 받았는데, 여성들이 이를 거부했다는 이야기가 돌았다. 남성들은 "김치녀가 나라 망신을 시켰다"며 조롱했지만, 나중에 알고 보니 사실이 아니었다. 이에 격분한 여성들이 모여서 만든 것이 메갈리아다.

여혐은 메갈리아 훨씬 이전부터 존재했다. 취업이 안 되는 울적한 현실에 남성들은 여성을 욕하면서 스트레스를 풀려고 했다. 된장녀, 김치녀, 보슬아치, 맘충 같은 말들이 왜 나왔겠는가? 메갈리아의 탄생은 10년도 넘은 여혐이 끓어넘치다 폭발해버린 결과였다. 그런데 오세라비는 왜 엉뚱한 이야기를 메갈리아 탄생 설화라고 주장할까? 게을러서 자료를 찾지 않은 것일까? 그럴 수도 있겠지만, 나는 의도적이라고 본다. 태초에 여혐이 있었다는 것을 인정해버리면, 메갈리아의 탄생에 정당성이 부여되니 말이다. 그래서 오세라비는 자기 좋을 대로 탄생 설화를 조작하고 다음과 같이 쓴다. "메갈리아의 목적이 남성 혐오임은 분명하다."(15쪽)

책의 시작 부분이 이 정도니, 그 뒤의 내용은 안 보아도 비디오다. 한국은 가부장제가 이미 무너졌다는 말도 어이가 없지만, "여군이 확대된다면 군대에서 자주 발생하는 성추행 문제도 오히려 줄일 수 있지 않을까?"(147쪽)라는 구절은 실소를 자아낸다. 지금도 여군이 성추행을 견디다 못해 자살하는 판국에, 여군이 많아지면 군대가 성추행 왕국이 된다는 것은 초등학생도 짐작할 수 있지만, 오세라비만 그 사실을 모를 뿐이다.

여학생 휴게실에 대한 시비도 그렇다. "여학생의 권리가 존중되어야 한다면 남학생의 권리는 존중의 대상이 아닌가?"(138쪽) 여학생 휴게실이 필요한 이유는, 남학생은 일반 휴게실에서 얼마든지 쉴 수 있지만 여학생은 그러지 못하기 때문이다. 미투에 대해서는 다음과 같이 따진다. "미투는……법치 원칙에 근거하고 있을까?"(265쪽) 법이 보호해주지 못한 성범죄를 미디어의 힘으로 처벌하려는 것이 미투의 목적이라는 사실을 알지 못하는 모양이다. 성실성이 없다면 재미라도 있어야 하지만, 이 책은 재미조차 없다. 그래도 읽은 보람이 있다면, 그건 책에 내 이름이 언급되어서다. 무려 3번이나 내 이름을 써준 것에 대해 감사의 말씀을 드린다.

그래도 오세라비가 알았으면 하는 것이 있다. 과거보다 여성의 삶이 나아진 것은 분명한 사실이지만, "여성들은 만족해야 한다"라거나 "이제 페미니즘은 필요 없다"라고 해서는 안 된다는 점이다. 군대가 과거보다 좋아졌다고 해서 군대를 즐거운 마음으로 가는 것은 아니지 않는가? 『82년생 김지영』이 100만 부 이상 팔리고 불법촬영 근절 집회에 수만 명의 여성이 몰리는 이유는 우리나라 여성의 현실이 아직도 공정하지 않기 때문이다. 여성의 권리가 과거보다 향상된 것도 당시 '꼴페미' 소리를 들었던 페미니스트들이 굴하지 않고 싸웠기 때문이고 말이다. 오세라비님, 여혐의 편에서 부역하는 것이 당장 인기는 끌 수 있겠지만, 먼 훗날 누가 당신을 기억하겠습니까?

이 책이 마음에 들었다면 이 책도

- 이선옥 · 김용민 · 황현희, 『우먼스플레인』(필로소픽, 2019)
- 록산 게이, 노지양 옮김, 『나쁜 페미니스트』(사이행성, 2016)

스테퍼니 스탈, 『빨래하는 페미니즘』

빨래하다
읽은 고전

"내 앞에 나와 똑같은
고민을 했던 사람이 있었다는
사실을 아는 것만으로
다소 위안이 되었다."

맞벌이를 하는 부부가 늘어났지만,
집안일은 여전히 여성의 영역이다.
겉으로 보아서는 좋은 남편일지라도,
집안일을 시키는 것은 말에게
물을 먹이는 것보다 훨씬 어렵다.
이 책의 저자도 비슷한 고민을
하다가, 결국 페미니즘의 고전을
읽기 시작한다.
그래서 도달한 결론은
다소 맥 빠지는 것이지만,
저 먼 나라에 사는 여성들도
우리와 같은 고민을 한다는
사실은 연대감과 더불어 해결책도
만들어낼 수 있을 것이라는
희망을 심어준다.

책에 관한 강의를 할 때마다 "소설은 저자가 독자에게 말해주는 인생의 정답입니다. 우리가 세계 명작이라고 부르는 고전은 수백 년 동안 많은 독자에게 정답임을 인정받은 책이죠. 여러분, 고전을 읽으세요. 그래야 덜 방황할 수 있습니다!"라고 말한다. 어이없는 것은 이런 말을 하는 나 자신은 고전을 별로 읽지 않았다는 사실이다.

변명거리는 있다. 방황은 원래 젊은 시절에 하는 것인데, 나는 30세가 넘어서 책을 읽기 시작했다. 그 나이에 고전을 읽는다는 것이 쑥스럽기도 했다. 반전은 다음이다. 내 인생에서 가장 방황한 시기는 바로 30대였다! 그러니 그때 고전을 읽었다면 내 삶이 조금은 더 나았을지도 모른다.

나는 페미니즘을 공부할 때도 으레 읽어야 할 고전들은 읽지 않았다. 대신 여성학 강의를 청강하고 가명으로 시험까지 쳤다. 그리고 시중에 나온 페미니즘 도서를 읽었다. 글로리아 스타이넘Gloria Steinem, 벨 훅스bell hooks, 정희진처럼 동시대 작가의 책을 읽는 것만으로도 충분하다고 생각했다. 오래전에 나온 페미니즘 고전은 읽기도 힘든 데다 내용도 시대에 한참 뒤떨어졌으니 말이다. 그러니까 나는 세계문학 전집을 읽지 않은 것을 후회했을지언정, 페미니즘 고전에는 다른 잣대를 들이댄 것이다. 이 생각이 바뀐 것은 스테퍼니 스탈Stephanie Staal의 『빨래하는 페미니즘』을 읽고 난 뒤부터였다.

스탈은 대학을 다니던 시절 페미니즘 고전을 읽었다. 하지만 당시에는 전혀 공감하지 못했는데, 책에 나오는 여성들이 자신과는 전혀 다른 세계에 있다고 생각해서였다. 베티 프리단 Betty Freidan이 쓴 『여성성의 신화』를 보자. 프리단은 여자대학으로 유명한 스미스대학 동창들을 추적 조사하다 그들 대부분이 좌절감에 괴로워한다는 사실을 깨닫는다. 돈 잘 벌어주는 남편과 함께 중산층 가정에서 안정된 삶을 꾸리는 이들이 도대체 왜 우울한 것일까? 이는 학창 시절 꿈 많은 젊은이였던 여성들이 '현모양처가 최고'라는 사회적 강요에 넘어가 자신들의 꿈을 폐기 처분한 결과였다.

하지만, 한시라도 빨리 일로 성공하려는 20대의 스탈에게 『여성성의 신화』는 구시대의 일로만 여겨졌다. 1963년 출간된 『여성성의 신화』가 이러했으니, 1792년 메리 울스턴크래프트Mary Wollstonecraft가 쓴 『여성의 권리 옹호』는 더더욱 받아들이기 어려웠다. 여성에게 교육받을 기회를 제공하면 남성에게도 이익이라는 『여성의 권리 옹호』에 대해 스탈은 이렇게 말한다. "여자들에게 교육의 기회를 주어야 한다는 주장의 근거로 그렇게 해야만 여자들이 더 나은 아내와 어머니가 될 수 있다고 말한 점 또한 어이없다고만 생각했다."(120쪽)

스탈의 변화는 존과 만나면서 시작되었다. 세속적인 기준으로 보았을 때 존은 그리 나쁜 남편이 아니다. 존은 돈도 잘 벌고, 집안일도 분담하려고 노력하는 드문 남편이다. "이웃들 눈에 비친 남편은 성자나 다름없었다."(91쪽) 하지만 그 정도로는 부족했다. 동거 전 존은 자기 빨래는 일주일에 한 번씩 빨래방에 맡겼다. 반면 스탈은 주말마다 지하실에 있는 공용 세탁기로 빨래를 했다. 존이 스탈의 아파트로 이사 온 뒤에는 어떻게 되었을까? "신기하게도 존은 빨래방을 오가던 것을 그만두고 자신의 더러운 빨랫감을 내 빨래 바구니 주변에 아무렇게나 던져놓기 시작했다."(279쪽)

스탈은 몇 번이나 지적했지만, 결과는 늘 같았다. 빨랫감을 들고 지하실을 3번이나 오르내리던 어느 날, 스탈은 소파에 앉아 텔레비전을 보며 깔깔거리던 존의 모습에 폭발했다. 그 뒤 그는 조금 달라졌지만, 변화에는 한계가 있었다. 집안일은 어차피 내 일이 아니며, 나는 그저 거들 뿐이라는 방관자적인 태도는 계속되었다. 딸이 태어난 뒤에도 마찬가지였다. "결국 나는 남편에 대한 기대를 접었다. 남편은 묵묵히 자기 일에만 집중했고, 나 또한 그랬다."(144쪽)

삶이 수렁에 빠졌을 때 누구에게 도움을 청해야 할까? 주위에 조언을 구해도 별다른 해답이 없고, 괜히 인터넷에 올렸다가는 욕이나 듣기 십상이다. 그래서 스탈은 다음과 같은 선택을 한다. "나는 책에서 답을 찾기로 했다."(32쪽) 그리고 한발 더 나아가 대학에 개설된 '페미니즘 고전 연구'라는 과목을 청강하기로 한다.

20여 년의 세월은 고전을 대하는 스탈의 태도를 바꾸어 놓았다. "열아홉 살의 내가 처음 『여성성의 신화』를 읽었을 때는 다른 나라 사람 이야기로만 여겼던 여자의 사연이었다. 그런데 지금 나는 그 여자와 다를 바 없다."(38쪽) 프리단이 제기한 문제가 50여 년이 지난 지금도 해결되지 않았다는 이야기다. 가전제품의 발전으로 집안일이 편해졌고, 남자도 집안일을 해야 한다는 시선도 퍼졌다. 육아휴직 같은 제도도 점차 확대되고 있다. 그런데도 결혼한 여성이 일로 성공하는 것은 여전히 어렵다.

여기서 스탈은 자신의 경험을 이야기한다. 뛰어난 학자였던, 그래서 양육에 소홀할 수밖에 없었던 어머니를 둔 아이의 경험 말이다. 출장을 간 어머니 대신 낯선 이의 손에서 시간을 보내야 했던 것은 아이에게 스트레스였다. 초등학교 학예회 때 부모님이 오지 않은 것도 큰 상처였다. 그러니까 스탈은 어머니의 성취를 존경하지만, 마냥 좋은 것은 아니었다. "내 안에는 잃어버린 어린 시절을 애도하는 또 다른 내가 있다."(240쪽) 결국 스탈은 딸을 위해 일을 줄인다. 그리고 경력 단절은 석사 학위와 경력을 지닌 스탈이 훗날 취업의 문을 두드릴 때, 좌절 하는 원인이 된다.

청강을 하며 고전을 읽은 것이 스탈의 운명을 바꾸었을 까? 책을 끝까지 읽어보아도 그것은 아닌 듯하다. "내 앞에 나와 똑같은 고민을 했던 사람이 있었다는 사실을 아는 것만으로 다소 위안이 되었다"(174쪽)는 정도가 고작이다.

그렇다고 고전을 읽을 필요가 없다는 이야기는 아니다. 많은 이가 고전을 읽고 해결 방법을 연구한다면, 해결책이 나올 수 있지 않겠는가? 출생률을 올리기 위해 고군분투하는 정부도 고전을 읽기 바란다. 출생률 저하의 진짜 원인이 무엇인지 안다면 '가임기 여성 지도'를 만드는 '뻘짓'은 하지 않을 테니까.

이 책이 마음에 들었다면 이 책도

- 정희진, 『페미니즘의 도전』(교양인, 2013)
- 치마만다 응고지 아디치에, 김명남 옮김, 『우리는 모두 페미니스트가 되어야 합니다』(창비, 2016)
- 배은경 · 고정갑희 · 임옥희 · 김수진 · 이순예 · 홍찬숙 · 조선정, 『여성주의 고전을 읽는다』(한길사, 2012)

°'며느라기'를
아세요?

"사춘기,
 갱년기처럼 며느리가 되면
 겪게 되는
 '며느라기'라는 시기가 있대."

모두가 아는 불편한 진실 하나.
며느리에게 시어머니는 '어머니'가
아니다. 대부분의 시어머니는
아들이 성공하려면 며느리가
희생해야 한다고 믿는다.
그런 시어머니가 며느리에게
어머니 대접을 받기를 원할 때,
둘 간의 갈등이 시작된다.
『며느라기』는 그 갈등을 리얼하게
묘사함으로써 남자인 나까지
공감하게 한 수작이다.
이 책에 공감한 분들이 시어머니가
되면 고부간의 갈등은 줄어들겠지?

10여 년 전, '페미니즘의 교과서'라고 알려진 시몬 드 보부아르Simone de Beauvoir의 『제2의 성』을 읽었다. 상하권으로 나누어진 이 책은 상권이 528쪽, 하권은 '해설'을 제외하면 530쪽이다. 두꺼운 책이라고 다 읽기 힘든 건 아니지만, 이 책은 두께보다 엄청난 깊이로 나를 힘들게 했다. 다음 구절을 보자. "의식은 제각기 남을 노예 상태로 전락시킴으로써 자기완성을 시도한다. 그러나 노예도 또한 노동과 공포 속에서 자기를 비본질적인 것으로 느끼고 있다. 변증법적으로 뒤집어 생각해서 그에게는 주인이 비본질적인 것으로 보인다. 이 연극은 양쪽이 상대의 객체를 자유로이 인정하는……."(상권 216쪽) 부끄럽지만 나는 지금도 이게 무슨 말인지 알지 못한다. 그런데 이 책은 이런 말이 책 전체에 걸쳐 등장한다. 결론에서도 변함이 없다. "남녀는 제각기 육체화된 실존의 이상한 애매성에서 살고 있다."(하권 525쪽) 읽은 지 10여 년이 지난 지금도 이 책을 읽던 기억은 트라우마로 저장되어 있다.

아마도 저자는 이 책을 쓰려고 굉장히 많은 텍스트를 섭

렵하고, 그것을 적확한 문장으로 뽑아내려고 애를 썼을 것이다. 아쉽게도 이 책은 나 같은 일반인에게는 전혀 친절하지 않았다. 깨달음은 자신이 경험한 것을 책을 통해 확인하는 순간 생긴다. '아, 내가 불쾌한 것은 당연하구나. 상대가 무례한 거였구나!' 그 순간 페미니즘이 왜 필요한지 알게 된다. 하지만 『제2의 성』이 그 역할을 제대로 했는지는 의문이다. 이와는 대조적으로 지금 시대의 페미니즘 열풍은 페미니즘을 쉽게 이야기하는 책이 쏟아진 덕분이다. 『82년생 김지영』은 우리가 일상에서 쉽게 접하는 성차별 사례를 소설로 꾸며 수많은 페미니스트를 탄생시켰다.

『며느라기』는 여기서 한 발짝 더 나아가, 웹툰으로 페미니즘을 이야기한다. 연재 당시 독자 수가 60만 명에 달했던 인기 웹툰은 곧 책으로 묶여 나왔고, 인터넷 서점 순위에서도 종합 10위 안에 들며 승승장구했다. 이유가 무엇일까? 우리나라 여성의 대다수는 누군가의 며느리다. 며느리, 듣기만 해도 가슴이 답답해지는 단어다. 노동의 전담자이자 억압의 상징이며, 그러면서도 좋은 소리를 듣지 못하는 존재가 바로 며느리 아니던가?

책에 나오는 이야기를 간단히 살펴보자. 직장에서 대리로 일하는 민사린은 결혼과 동시에 며느리가 된다. 결혼 초기, 민사린은 바쁜 와중에도 시어머니 생일 아침에 미역국을 끓여

드리려고 전날 시댁에 가서 잠을 자고, 새벽에 홀로 일어나 근사한 생일상을 차린다. 남편도, 마침 친정에 와 있던 시누이도 상을 차리는 데 아무런 도움을 주지 않는다. 다 먹은 그릇을 씻는 것도 당연히 며느리의 몫이다. 민사린이 설거지를 하는 동안 남은 식구들은 민사린이 깎아놓은 사과를 먹는다.

그날 저녁에도 민사린은 시댁 식구들과 모임을 가졌다. 하지만 곧 시부모님의 결혼기념일이 다가왔다. 점수를 따기 위해 다시 시댁에 갔고, 거기서 민사린이 폭탄선언을 한다. "참, 어머니, 다음다음 주 친척 결혼식은 못 갈 것 같아요. 제가 독일로 출장을 가야 해서요."(113쪽) 그러자 시어머니의 잔소리가 시작된다. "유부녀가 일주일이나 집을 비우냐", "그 출장은 꼭 가야 하는 것이냐", "꼭 가야 하는 게 아니면 다음에 간다고 해라", "결혼한 지 얼마 안 됐는데 벌써 집을 비우면 어떡하느냐".

하지만 시어머니가 정말 하고 싶었던 말은 맨 마지막에 나온다. 이 땅의 어머니들이 가장 중요시하는 바로 그것, "새신랑이 밥도 못 얻어먹으면 어떡하니."(114쪽) 직장인에게 해외 출장은 자기 능력을 발휘할 좋은 기회다. 그런데 시어머니는 아들 밥 때문에 포기하라고 한다. "어디 아프다고 해도 되고, 집안에 무슨 일이 생겼다고 해도 되고."(115쪽)

갑자기 몇 년 전 일이 떠오른다. 아내가 갑자기 성당에 다니겠다며 교리 공부를 시작했다. 독실한 천주교 신자인 어머니는 크게 기뻐하셨다. '자식을 낳으면 신자로 만들겠다'라는 약속을 못 지킨 것이 마음에 걸리던 터에, 며느리라도 신자가 된다면 그 자체로도 좋은 일이고, 잘 하면 며느리가 아들을 꼬일 수도 있을 테니까.

아내가 세례를 받던 날 어머니는 물론이고 장모님과 다른 친척 한 분도 오셨기에, 세례식이 끝나고 같이 저녁을 먹으러 갔다. 하지만 어머니는 식사하는 내내 기분이 좋지 않았다. 당일에는 이유를 모른 채 헤어졌는데, 나중에 알고 보니 나 때문이었다. 세례식이 4시에 시작이었는데 나는 점심을 간단히 먹은 탓에 배가 고팠고, 그래서 인근 편의점에서 초콜릿을 사서 먹었다. 어머니는 내게 물으셨다. "점심 안 먹었냐?" 나는 조금밖에 안 먹어서 배가 고프다고 대답했다. 어머니의 낯빛이 변한 것은 그때부터였다. 며느리가 아들 밥을 안 주었다니, 어머니의 눈에 영세 따위는 중요하지 않았다. 세례식이 곧 시작인데 "나가서 뭐 좀 먹자"고 하신 것도, 식당에 가서 시종 불쾌한 표정으로 앉아 있었던 것도 다 그 때문이었다. 아내가 수술해서 병원에 입원했을 때 "빨리 나아라. 아들 밥 못 먹는다"라고 하신 것도 같은 맥락이다.

다시 『며느라기』 이야기로 돌아가자. 그날을 계기로 시어머니와 잘 지내려는 민사린의 마음이 조금씩 무너진다. 얼굴도 못 본 할아버지 제사와 명절 때 차례를 혼자 준비하는 것에 화가 쌓이고, 그런데도 자신은 큰상 대신 조그만 상에서 반찬도 없는 식사를 해야 한다는 것이 어이없다. 차례를 지내고 파김치가 되어서 집에 온 날, 남편이 말한다. "사린아, 엄마가 저녁 먹으러 오라는데 어떻게 할래?" 남편과의 실랑이가 이어지고, 결국 민사린은 남편을 혼자 시댁에 보낸다.

이제 민사린은 시어머니에게 사랑받고 싶어 하는 며느리가 아니다. '며느라기'란 무엇일까? 며느리가 시어머니에게 예쁨을 받으려고 안 시키는 일도 다 하는 시기로, 보통 1~2년이면 끝난단다. 이 땅의 시어머니들이 이 책을 읽는다면 며느리를 좀더 편하게 해주는 시어머니가 되지 않을까? 페미니즘의 목적이 여성의 삶을 더 나아지게 하는 것이라면, 『제2의 성』보다 『며느라기』가 나은 책일지 모른다. 『며느라기』의 저자에게 경의를 표한다.

이 책이 마음에 들었다면 이 책도

▪ 사월날씨, 『결혼 고발』(아르테, 2019)
▪ 이경채, 『조선 왕가 며느리 스캔들』(현문미디어, 2012)

평생직장에
사표를 던진
이유

"오랫동안 다니던 회사도
사표를 낼 수 있는데,
왜 며느리 역할은
그만두고 싶어도
그만둘 수 없을까?"

아내보고 남편이 아닌,
옆집 남자를 위해 밥을 차리라면
좋아할 사람이 없을 것이다.
그런데 며느리들은 수십 년 전에
돌아가신, 얼굴도 본 적 없는 시댁
조상들을 위해 제사상을 차린다.
다들 눈치만 보며 아무 말 못 할 때
여기에 항의하며 며느리 사표를
쓴 분이 있다.
'영주'라는 이름을 기억해놓자.
훗날 제사가 사라진다면,
다 이분 덕분일 테니까.

내 아버지는 3남 5녀 중 차남이다. 어릴 적에는 '차남'의 의미를 몰랐지만, 시간이 갈수록 그게 얼마나 다행스러운 일인지 알게 되었다. 큰집, 그러니까 큰아버지 집에서는 명절 때 지내는 차례는 물론이고 적지 않은 숫자의, 누구를 기리는지도 잘 모르겠는 제사를 도맡아 치러야 했다.

2001년, 아버지가 돌아가시면서 어머니도 독자적인 제사를 지내게 되었다. 그래 보았자 명절 2번에 제사 1번, 1년에 3번이 고작이었다. 큰집에서 보면 "그 정도는 껌이잖아!"라고 했겠지만, 나는 그냥 넘길 수 없었다. 아버지 제사는 당장 어쩔 수 없기에 명절을 두고 어머니와 협상을 벌였다. "명절이 조상을 기리는 거라면, 꼭 집에서 음식을 할 필요는 없지 않나요? 그냥 명절 전에 중국집 같은 곳에서 가족끼리 모이는 게 더 낫지 않겠습니까?" 물론 내 말은 어머니에게 씨알도 먹히지 않았다. 나는 차선책을 제의했다. "그러면 인터넷으로 제사 음식을 주문하면 어떨까요? 직접 만드는 것보다 돈도 절약되고, 힘들지도 않잖아요?" 평소 장남을 하늘이 내린 사람이라며 격찬하던 어머니는 이 말에도 격렬히 반발하셨다. 인터넷으로 주문한 음식은 정성이 없다는 것이 어머니의 논리였다.

중국집과 인터넷 음식 주문을 앵무새처럼 읊조리던 어느 날, 어머니는 타협안을 제시했다. 차례 음식을 간소화해 몇 가지만 하면 힘이 덜 드니, 그 선에서 양보하라는 것이었다. 하지만 몇 가지만 한다고 해도 힘든 것은 마찬가지다. 게다가 2008년부터는 내가 결혼하면서 내 아내도 음식을 만들어야 했다.

계속 목소리를 높이던 중 어머니가 차례와 제사를 지내지 않겠다는 선언을 하셨다. 어머니의 이 선언은 너무 갑작스럽게, 그것도 전화로 통보된 터라 나는 한동안 어리둥절했다. 어머니의 건강이 그전만 못하게 된 이유도 있지만, 이 선언을 아내에게 전하면서 페미니즘을 공부한 보람이 이런 것이구나 싶었다.

그게 2012년의 일이다. 이제 우리 집은 각자 성당에 나가서 명복을 비는 것으로 아버지 제사를 대신한다. 명절 때 고기와 과일, 생선을 '홍동백서'에 따라 놓는 일도 없어졌다. 다만 명절 당일, 나와 아내는 동생네와 함께 어머니 댁을 방문해 아침을 같이 먹는다. 이를 위해 반찬을 조금씩 준비해 가긴 하지만, 아내는 "이 정도는 힘들지 않다"고 말한다.

『며느리 사표』는 23년간 대가족의 맏며느리 역할을 하던 분이 며느리 역할을 그만둔다고 선언하는 내용이다. 설 명절을 앞두고 출간되어 제법 화제가 된 모양이다. 나는 설이 지나고 이 책을 읽었다. 책의 시작은 저자인 영주 씨가 시부모를 찾아가 '며느리 사표'라고 쓴 봉투를 내미는 장면이었다. 둘 중 한 분은 목덜미를 잡고 쓰러질 줄 알았건만, 그 뒤 상황은 전혀 뜻밖이었다. 먼저 시아버지, "네가 많이 힘들었구나.……네가 하고 싶은 대로 해라. 너희들이 마음 편하게 잘 살면 그것으로 됐다."(20쪽) 시어머니가 말을 받았다. "늘 고맙게 생각했다. 네 몸 건강에 신경 쓰고 우리 걱정은 말아라.……네가 편안히 오고 싶을 때 와라."(21쪽)

정말 감동적이지 않은가? 하지만 책을 좀더 읽어보니 시부모가 미안해할 만도 했다. 영주 씨는 8년간 시부모를 모시고 살았는데, 시아버지가 9남매의 장남인 데다 집성촌에 사는지라, 일가친척이 수시로 모였다. "친척들은 한번 오시면 이삼 일 이상 머무르고, 명절이나 생신 때에도 며칠씩 계시다 가셨다.……시어머님과 나는 쉬지 않고 주방과 거실을 오가며 시중을 들었다."(29~30쪽)

8년 만에 이루어진 분가는 인간다운 삶을 향한 필사의 탈출이었다. 문제는 그 탈출을 방해한 이가 영주 씨의 남편이었다는 점이다. 이것이야말로 손 하나 까닥하지 않는 이와 그의 향락을 위해 죽도록 일하는 이의 차이점이리라. 영주 씨는 남편을 설득하기 위해 매주 금요일부터 일요일까지 시댁에 가겠다는 약속을 해야 했다.

　남편이 시댁을 좋아했느냐면 그런 것도 아니다. 갑자기 조기 축구회에 가입한 남편은 주말을 온통 그 모임에 할애했고, 그러다 보니 영주 씨 혼자 시댁에 가서 2박 3일을 보내는 일이 잦았다고 한다. 여기까지 읽고 "남편 너무하네!"라고 화내지 마시라. 그 뒤에 나오는 일들에 비교하면 아무것도 아니니까. "당신이 여기 이사 와서 며느리로서 한 게 뭐가 있다고?"(48쪽) 회사 일과 조기 축구를 빌미로 아내를 방치했던 남편이 이런 말을 했다면, 택할 길은 하나밖에 없다. 이혼 말이다. 대부분의 아내처럼 영주 씨도 처음에는 자신이 없었다. 그래서 남편이 바람을 피웠을 때조차 이혼이라는 말을 꺼내지 못했다.

　여기서 알아야 할 것은 '필사즉생, 필생즉사'다. 남편이 부당한 일을 지속하면서 미안해하지 않는 것은 아내가 설마 이혼하겠느냐는 생각 때문이다. 이 책의 남편 역시 영주 씨를 무시했고, 대화조차 하지 않으려 했다. 하지만 영주 씨가 없는 살림에 돈을 모으고, 혼자 살아갈 방편을 마련한 뒤 남편에게 이혼을 요구하자 남편은 그때야 빌기 시작한다. 제발 이혼만은 말아 달라고, 앞으로 변하겠다고 말이다. 말뿐만은 아니었는지, 책 뒷부분을 보면 영주 씨는 남편을 다시 받아들이고 제법 괜찮은, 그러니까 훨씬 평등한 부부 생활을 영위했다.

　이 책의 위대함은 며느리가 평생직장이 아님을 보여주었

다는 데 있다. 영주 씨가 그랬던 것처럼 다른 며느리들도 한 번쯤 사표를 꿈꿀 것이고, 그중 일부는 그 사표를 실천하지 않을까? 이런 일들이 여성으로 살기 힘든 사회를 변화시킬 것은 두말할 나위도 없다. 다만 한국 사회에서 영주 씨처럼 며느리가 먼저 사표를 쓰기는 쉽지 않다. 영주 씨의 시부모가 다행히 좋은 분들이라 그렇지, 웬만한 집에서는 생난리가 났을지도 모른다. 그러니 남편이 먼저 나서야 한다.

내가 앞서 내 이야기를 길게 한 것은 남편이 나서는 것이 훨씬 수월하게 일을 해결하는 길이라는 점을 강조하기 위해서다. 영주 씨 남편이 아내의 고통을 조금이라도 이해하고 개선하기 위해 노력했다면, 이혼만은 말아 달라고 영주 씨한테 비는 일은 없었을 것이다. 그래서 말씀드린다. 남성들이여, 당신들만 편한 시대는 끝나가고 있다.

이 책이 마음에 들었다면 이 책도

- 이하천, 『나는 제사가 싫다』(이프, 2000)
- 아민더 달리왈, 홍한별 옮김, 『우먼월드: 여자만 남은 세상』(롤러코스터, 2020)

폭력 남편
대처법

"차라리 둘이서
죽여버릴까?
네 남편?"

폭력 남편에게 맞고 사는 아내는
어떻게 해야 할까?
경찰에 신고해보았자 오히려
보복만 당할 테고, 도망을 쳐도
잡혀서 죽을 때까지 맞을 수 있다.
나오미는 남편에게 맞고 사는
가나코에게 폭력의 굴레에서 벗어날
해법을 제시하고, 이를 실천한다.
책이니까 가능한 이야기지만,
그 과정은 굉장한 카타르시스를 주며,
국가와 사회에 제대로 된 해법을
촉구하는 것으로 읽힌다.
이런 역할을 하는 책이야말로
좋은 책이 아니겠는가.

"저 말고 다른 여자 친구는 안 때렸기를 그리고 앞으로도 안 때리고 살기를 빕니다. 남자 친구가 술만 마시면 저를 멍이 들 때까지 때리는데 안 헤어지고 계속 사귀는 사람은 저 하나로 충분하다고 생각하므로."

트위터에 올라왔던 이 사연이 충격적이었던 것은 그녀가 말하는 남자가 젊은 논객으로 유명한 한 모 씨였기 때문이다. 심지어 그는 여성 영화제에서 진행한 '나는 페미니스트입니다'라는 주제의 오픈 토크에 패널로 참여하기도 했다. 여자의 증언에 의하면 한 씨는 프로야구 한화의 팬으로, 한화가 질 때마다 분노했단다. 둘이 만나던 시기의 한화는 이기는 것보다 지는 횟수가 훨씬 많은 약체였으니, 그녀가 얼마나 고초를 겪었을지 짐작되어 마음이 더 아프다.

그래도 그녀는 사정이 나은 편일지 모른다. 결혼 전에 남자가 폭력을 쓴다는 것을 알았으니까. 폭력 사실을 모른 채 덜컥 결혼해버렸다면 그녀의 삶은 어떻게 되었을까? 실제로 많은 여성이 결혼 후 남편에게 맞고 산다. 한 연구에 따르면 우리나라 부부 중 31.4퍼센트가 폭력을 경험하며, 이 수치는 일본보다 4.5배, 미국보다 2.5배 높은 것이라고 한다.

이 상황을 타개하기 위해 여성이 할 수 있는 일은 무엇일까? 우선 생각할 수 있는 것이 경찰에 신고하는 것이다. 말이 그렇다는 것이지, 이 방법은 택하지 않는 게 좋다. 우리나라 경찰은 굉장히 바빠서 한 가정의 안녕에까지 신경을 쓸 겨를이 없는지라 괜히 신고했다간 더 큰 폭력을 당하기 마련이다. 두 번째는 이혼하는 것이다. 이것 역시 현실적이지 않다. 때리는데 재미가 들린 남편은 십중팔구 이혼에 동의해주지 않는다. 그나마 택할 수 있는 방법이 도망치는 것이다. 물론 이것도 그다지 안전하지 않은 것이, 때릴 대상이 없어진 남편이 눈에 불을 켜고 아내를 찾아나설 확률이 높기 때문이다.

15년간 맞고 살다가 도망친 34세 여성이 있었다. 그녀가 이모 집에 몸을 숨기고 사는 동안 별다른 직업이 없어 시간이 남아도는 그녀의 남편은 수시로 여자의 친정집을 찾아가 행패를 부렸고, 자신의 두 딸에게도 분풀이를 했다. 아내는 다시 집에 와 두 딸을 데리고 필사의 탈출을 감행했다. 문제는 두 딸의 학업이었다. 고등학생인 맏딸이 전학하려면 아버지의 동의가 필요했다. 이 여성은 맏딸이 다니던 학교에 사정을 설명하고 전학을 시켜달라고 했지만, 매사 규정을 충실히 지키는 학교 측에서는 허락해주지 않았다. 기회다 싶었던 남편은 아내를 만나게 해달라고 빌었고, 결국 다른 지역의 아동학대방지센터에서 그토록 찾아 헤매던 아내를 만날 수 있었다.

　이 사건의 결말은 어떻게 났을까? 남편은 양말 속에 숨겨둔 칼로 아내를 찔러 죽였다. 가만히 있으면 맞아 죽고, 도망치면 붙잡혀 죽는 현실, 여성이 할 수 있는 일은 정말 아무것도 없을까?

　『공중그네』라는 재미있는 소설로 마니아층을 거느린 오쿠다 히데오娯田英朗는 『나오미와 가나코』에서 가정 폭력에서 탈출하는 또 다른 해법을 제시한다. 먼저 줄거리를 보자. 독신인 나오미는 친구 가나코를 만나러 갔다가 그녀의 얼굴에 멍이 든 것을 발견한다. 범인은 남편이다. 은행원이라는 번듯한 직업에 유명 사립대학을 나왔다는 것이 아내를 때리지 않는다는 뜻은 아니다. 전조가 있기는 했다. "아버지뻘인 나이의 운전기사에게 말을 함부로 했다."(29쪽)

　하지만 헷갈리지 말자. 매사 예의 바르고 늘 인자한 미소를 띠고 있는 사람도 집에서 아내를 때리고, 예의 바른 남자가 미소를 띤 채 때린다고 해서 덜 아픈 것은 아니니 말이다. 친구가 맞는 것을 안타까워한 나오미는 가나코에게 병원에서 진단서를 떼서 경찰에 신고하자고 권한다. 가나코는 고개를 젓는다. "그 사람, 화가 나면 앞뒤를 가리지 않고 폭력 머신으로 변해. 그렇게 되면 나뿐만 아니라 부모 형제든 친구든 전부 다 희생될 거야."(121쪽) 외국으로 가자는 권유에는 이렇게 답한다. "안 돼. 그러면 우리 부모님 집으로 쳐들어갈 거야."(122쪽) 결국 나오미는 다음과 같이 말한다. "차라리 둘이서 죽여버릴까? 네 남편?"(123쪽)

이 말을 뱉은 후 나오미는 남편을 죽이자고 가나코를 설득하고, 결국 가나코도 동의한다. 여기까지가 책의 앞쪽 25퍼센트에 해당하는 내용인데, 이것을 두고 스포일러라고 비난하지는 말자. 책 뒤표지 홍보 문구에는 다음과 같은 말도 적혀 있으니까. "남편을 제거하는 데 한 줌의 후회도 가책도 망설임도 없었다!"

이 방법을 실제로 쓴 여자가 있다. 한 고발 프로그램에서 본 내용인데, 그 여자의 남편은 수시로 아내를 때렸고, 망치로 머리를 때려 피가 주르르 흐른 적도 있었단다. 또한 걸핏하면 칼을 들고 죽여버린다고 협박했으니, 여자와 두 딸은 하루하루가 공포였으리라. 결국 여자는 남편을 죽였고, 범행을 순순히 시인한다. 정말 충격적이었던 것은 그다음이었다. 구치소에 있는 여자를 면회 온 두 딸이 엄마의 손을 잡고 이렇게 말한다. "엄마, 결국 해내셨네요. 제가 했어야 하는데."

아버지를 잃었지만 딸들의 표정은 밝았다. 그녀가 몇 년 형을 받았는지 모르겠지만, 형을 다 살고 나면 어머니와 두 딸은 지긋지긋한 폭력의 사슬에서 벗어나 새로운 삶을 시작할 수 있다. 어머니와 딸의 표정은 그래서 밝았으리라.

　　오쿠다의 제안이 권장할 만한 것인지는 모르겠다. 어찌
되었건 사람을 죽이는 것은 큰 잘못이니 말이다. 가정 폭력을
저지른 남자를 다른 가족과 영원히 격리할 수 있는 시스템이
마련된다면, 무엇하러 위험을 무릅쓰고 남편을 죽이겠는가?
하지만 일본이나 우리나라나 아직은 그런 사회가 아니고, 많은
여성이 매를 맞고 살해당할 위험에 처해 있다. 이런 상황에서
가나코 같은 선택을 하는 여성을, 나는 비난할 마음이 없다.

이 책이 마음에 들었다면 이 책도

- 정희진, 『아주 친밀한 폭력』(교양인, 2016)
- 김병오, 『부끄러움과 가정폭력』(학지사, 2009)

사형을
시켜도
모자랄

"나는
어떻게 해야 할지
알고 있었다."

성폭행범은 다 나쁜 놈이지만,
소아성애자는 특히 더 죄질이 나쁘다.
그리고 그들은 반복해서 비슷한
범죄를 저지른다. 하지만 사회가
그 죗값에 합당한 처벌을
하지 않는다면 어떻게 될까?
책에 나오는 '릴리'가 등장하는
것은 필연이다.
조두순이 12년 형을 받는 것이
우리나라인 만큼, 얼마나 많은
릴리가 나올지 지켜볼 일이다.

범죄에는 여러 종류가 있지만, 어린 소녀 혹은 소년을 성적으로 착취하는 것만큼 사람들의 분노를 유발하는 범죄는 드문 것 같다. 이런 범죄는 당사자에게도 평생 지속될 트라우마를 안긴다.

송백권이라는 남성을 살해한 김 씨의 경우를 보자. 그녀는 9세 때 자기보다 25세나 많은 옆집 아저씨 송백권에게 성폭행을 당한다. 시간이 흘러도 그녀가 받은 정신적 충격은 사라지지 않았다. 불면증·우울증·대인 기피증 등 각종 증상에 시달렸고 결혼 후에도 정상적인 결혼 생활을 하지 못했다. 어릴적 당한 성폭행 때문이라는 데 생각이 미친 김 씨는 송백권을 고소하려 했지만, 성폭행은 6개월 이내에 고소하지 않으면 고소 자체가 성립되지 않는 데다 공소시효도 지난 상태였다. 그녀는 결국 송백권을 찾아가 칼로 찔러 죽임으로써 복수를 이룬다. 재판에서 김 씨가 했던 "나는 짐승을 죽인 것이지 사람을 죽인 것은 아니다"라는 말은 꽤 큰 반향을 일으킨 바 있지만, 현행법상 김 씨는 1년 7개월의 형을 살아야 했다.

조두순 사건을 보자. 전과 14범의 조두순은 2008년 학교에 가던 8세의 나영이(가명)를 잔인하게 성폭행했는데, 그 결과 나영이는 항문이 파열되는 등 정상적인 생활을 못하게 된다. 조두순이 저지른 성폭행은 유아 성폭행 중에서도 가장 추악한 것이었기에 오랜 시간이 지났는데도 그 이름이 잊히지 않는다. 같은 이름을 가진 사람들이 개명을 신청한다는 보도가 나오기도 했다. 조두순은 자신의 잘못을 뉘우치기는커녕 여러 가지 변명을 하면서 범행을 부인했고, 그의 파렴치한 태도에 사람들은 할 말을 잃었다.

사건 당시 56세였던 조두순은 고령과 '만취 상태로 인한 심신미약'을 주장해 감형을 받았는데, 나영이가 받은 피해를 고려하면 징역 12년은 적어도 너무 적었다. 이런 판결이 나왔는데도 검사는 그가 이른 아침부터 만취했다는 것이 사실인지 따져보지도 않았고, 그 형량에 이의를 제기하지도 않았다. 오히려 형량에 분개한 것은 조두순이었다. 조두순은 형량이 너무 무겁다며 즉각 항소했고, 2심에서도 같은 형을 선고받는다. 2020년 조두순은 출소할 예정이다. 감옥 문을 걸어 나오는 그를 그냥 지켜보아야 한다는 것이 씁쓸하다.

그래서 우리는 책을 읽어야 한다. 아동 성범죄자를 죽이는 소설을 읽는다면 그래도 마음에 위안이 되지 않겠는가? 피터 스완슨Peter Swanson의 『죽여 마땅한 사람들』은 아동 성범죄자에 관한 이야기는 아니다. 배우자를 속이고 바람을 피우는 사람을 죽이는 게 주된 내용이지만, 주인공 릴리가 연쇄살인범이 되는 계기는 쳇이라는 천하의 몹쓸 놈이다. 쳇은 릴리가 14세 때 그녀의 어머니가 집에 초대해 머물게 한 화가다. 쳇은 릴리를 성적인 대상으로 바라본다.

"내 가슴은 기껏해야 모기에 물려 부은 정도밖에 안 되는데도 그는 아랑곳하지 않고 가슴을 바라보았다."(29쪽)

이 문장은 독자의 분노를 유발한다. 왜일까? 탁월한 비유 때문이다. 그냥 '가슴이 큰 편이 아니었는데'라고 썼다면 그러려니 했겠지만, '모기에 물려 부은 정도'라고 하니 분노가 인다. 모기에 물려본 경험은 다들 있을 것이다. 모기가 피를 빨 때 분비하는 항응고제는 히스타민을 분비하게 하며, 그 결과 가려움과 더불어 피부가 붓는 증상이 나타난다. 그렇게 붓는 정도만큼 가슴이 나왔단다. 즉, 릴리는 2차 성징이 거의 시작되지 않은 어린아이였다는 뜻이다. 그런데도 릴리를 넋을 잃고 쳐다보는 쳇이 천하의 쓰레기로 보이지 않는가?

물론 이 이유 하나로 쳇이 죽어야 한다는 것은 아니다. 릴리가 과민하게 반응했을 수도 있으니 말이다. 하지만 쳇은 릴리가 잠들었을 때를 노려 그녀의 침실로 들어온다. 릴리는 사실 잠들지 않았지만, 두려움 때문에 자는 척한다. 자신이 깨어 있는 걸 알면 쳇이 섹스하려 들 테니까. 쳇은 릴리를 부르지만,

릴리는 대답하지 않는다. 할 수 없이 쳇은 릴리 옆에서 자위행위를 한다. 이게 다가 아니다. "내 가슴 위에서 팽팽하게 당겨진 잠옷을 따라 손가락 하나가 스쳐갔다.……쳇의 손가락이 내 가슴을 눌렀고, 날카로운 손톱이 젖꼭지를 찔렀다."(41쪽)

일이 끝난 뒤, 즉 자위에 성공한 뒤 쳇은 바지 지퍼를 올리고 방을 나간다. 자, 이쯤 되면 릴리가 쳇의 눈길에 역겨움을 느끼는 것이 과민 반응이라고 생각하지는 않을 것이다. 다행히 릴리는 강한 소녀였기에, 다음과 같이 말한다.

"그리고 나는 어떻게 해야 할지 알고 있었다."(42쪽)

문제는 어린 여자아이들이 다 릴리처럼 강하지 않고, 아동 성범죄자는 너무 많다는 사실이다. 한 통계에 의하면 한국의 아동 인구 10만 명당 성범죄 발생 건수는 17건으로 세계 4위이며, 증가 추세로는 세계 1위다. 이보다 문제인 것은 아동 성범죄자에 대한 처벌 수위가 너무 낮다는 점이다. 외국에서는 13세 이하의 아동 성범죄에 최소 20년 이상의 징역을 선고하는데, 우리나라에서 아동 성범죄자의 평균 형량은 고작 5년 2개월이다. 그나마도 2011년 처벌이 강화되어 이 정도다. 아동 성범죄자의 재범 비율이 특히 높다는 점에서, 이들이 5년 이후 다시 사회로 나가는 것은 그 자체로 재앙이다.

더 놀라운 사실은 집행유예를 받는 비율이 강간 사건의 경우 35퍼센트라는 것이다. 중국처럼 사형을 시키는 것이 꼭 옳은지는 모르겠지만, 이건 너무 심하다는 생각이 들지 않는가? 계속 이런 식이면 우리 사회에도 릴리 같은 아이가 나타날 수 있겠다는 생각이 든다. 국가가 정의를 구현해주지 않는다면 스스로 지킬 수밖에 없으니 말이다.

이 책이 마음에 들었다면 이 책도 〰〰〰〰〰〰〰〰〰〰〰〰〰〰〰〰〰

- 공지영, 『도가니』(창비, 2009)
- 앨리스 세볼드, 공경희 옮김, 『러블리 본즈』(북앳북스, 2003)

조디 래피얼, 『강간은 강간이다』

꽃뱀의
탄생과
대처법

"섹스는 섹스고, 강간은 강간이에요.
둘을 비교하는 건 삶과 죽음을
비교하는 것과 같죠.
삶과 죽음은 완전히 별개잖아요.
왜
그 둘이 비슷하다고 주장하는 거죠?"

성폭행은 피해자가 오히려 더
수치감에 시달리며 침묵해야 하는
기이한 범죄다. 성폭행이 근절되려면
우선 피해자의 입을 열게 하는 것이
그 첫 번째 단계일터,
여성 범죄 피해 전문 변호사인
조디 래피얼은 많은 피해자와
가해자를 인터뷰함으로써
강간의 본질과 피해자를 침묵하게
하는 남성의 기제를 폭로한다.

2018년 1월 29일, JTBC 〈뉴스룸〉에 출연한 서지현 검사는 자신이 당한 성추행을 폭로했다. 현직 검사의 폭로인지라 그녀의 발언은 큰 관심을 모았다. 인터뷰 도중 손석희 앵커는 다음과 같이 질문했다.

> 손석희: "성추행 사실을 문제 삼는 여검사에게 잘나가는 검사의 발목을 잡는 꽃뱀이라는 비난이 쏟아지는 것을 자주 봤다." 진짜로 이렇게 들으셨습니까?
>
> 서지현: 네, 실제 들었습니다.

과거에는 여성이 성범죄를 당하면 혼자 분을 삭여야 했다. 성범죄를 당한 것이 수치스러운 일로 여겨진 탓이다. 하지만 시간이 지나면서 더는 침묵하지 않겠다는 여성들이 등장했다. 그들은 피해 사실을 이야기하며 가해 남성을 비난했다. 당황한 남성들은 이 사태를 어떻게 해결해야 할지 전전긍긍했다. 그들이 찾아낸 해법은 여성의 말을 거짓으로 치부하는 것이었다. 그런데 여성이 왜 거짓말을 할까? 좋은 내용도 아닌데 말이다. 남성들은 명쾌한 결론을 내렸다. "그건 바로 돈 때문이지." 그리고 남성들은 돈을 목적으로 성범죄에 관해 거짓말하는 사람을 꽃뱀이라고 불렀다.

물론 그런 여성이 없는 것은 아니다. 문제는 남성이 꽃뱀을 지나치게 남발한다는 데 있다. 어떤 기업 회장이 여성 비서를 불러내 술에 취하게 한 뒤 호텔로 끌고 갔다. 행인의 도움으로 겨우 탈출한 비서는 경찰에 신고했다. 이 비서는 꽃뱀일까? 남성들의 말에 의하면 그렇다. 회장이 불렀는데 치마를 입고 간 것도 수상하고, 취하도록 술을 마신 것, 호텔까지 따라간 것도 꽃뱀으로 의심할 만한 행동이란다. 그 비서가 거액의 합의금을 받고 고소를 취하한 것은 꽃뱀이라는 움직일 수 없는 증거라는 것이다.

그렇다면 입사한 뒤 동료 남직원들에게 3번이나 성범죄를 당한 H회사 여직원은 어떨까? 그녀는 합의금을 주겠다는 제안을 일언지하에 거절했으니 꽃뱀 의혹에서 벗어날까? 남성들의 말에 의하면 성범죄의 대상이 된 것은 여성의 행실이 좋지 않아서이고, 그래서 그녀는 꽃뱀이란다.

EBS 〈까칠남녀〉의 패널이던 E의 고백을 보자. "나는 초등학교 6학년 때부터 재수할 때까지 약 8년간 레슨 선생님으로부터 성추행을 당했다.……가해자는 건강이 좋지 않다면서

한 번만 용서해달라고 빌었고, 1심 진행 중간에 합의했다. 합의 후에도 가해자는 호랑이 새끼를 키웠다, 꽃뱀에게 물렸다며 나를 험담하고 다녔다."

이런 식으로 남성들은 성범죄가 발생할 때마다 피해자에게 꽃뱀 누명을 씌우기 바쁘다. 인터넷 댓글을 보고 있노라면 세상 여자는 다 꽃뱀인 것처럼 여겨진다. 남성들은 꽃뱀 짓은 남성의 인생을 파괴하는 범죄이므로 무겁게 처벌해야 한다고 말한다. 그들이 무고죄 형량을 높이자고 주장하는 것은 바로 이런 이유다. 그런데 성범죄 고소인 중 꽃뱀의 비율, 즉 허위 신고의 비율은 얼마나 될까? 이 비율이 높다면 무고죄를 엄하게 처벌하자는 주장이 타당할 수 있다. 조디 래피얼Jody Raphael의 『강간은 강간이다』를 보면 강간 사건에서 무고가 실제 얼마나 되는지 조사한 자료가 나온다.

- 2005~2006년 미국 여러 주에서 여덟 단체가 공동으로 수행해 2008년에 결과를 발표한 연구: 2,059건 중 7퍼센트인 40건이 허위로 분류되었다.
- 1970년 토론토 경찰서에 신고된 116건 중 7건(6퍼센트)이 허위 신고였다.
- 영국에서 1985년과 1996년, 그리고 2005년 발표된 연구에 따르면 허위 신고 비율은 8~10퍼센트였다.(173~174쪽)

어떤 연구에서도 허위 신고는 10퍼센트가 채 되지 않았다. 게다가 "경찰은 모두 여덟 건을 허위로 분류했지만, 이 중 절반은 원고의 신고 철회에 근거를 두고 있었다.……철회는 용의자의 협박이나 수사 과정에서 겪는 고충 탓일 수도 있다."(175쪽) 우리나라는 무고죄가 2퍼센트일 것으로 추정된 바 있다.● 이 통계대로라면 남성들이 꽃뱀을 남발하는 것은 그저 여성의 입을 닥치게 하려고인 것 같다.

이런 상황에서 무고죄 형량이 높아지면 어떻게 될까? 성범죄는 원래 신고율이 낮은 범죄로 입증이 쉽지 않은 데다, 고소 후 2차 피해가 발생할 수 있다. 그런데 무고죄 형량이 높아지면 여성들은 성범죄를 신고하는 데 더 큰 부담을 느낄 것이다. 물론 허위 신고가 존재하는 것은 사실이므로 성범죄 사건을 수사할 때 무고한 이가 누명을 쓰는 일은 없게 해야 하지만, 무고죄 강화로 이어지는 것은 여성에게 더 큰 피해를 가져올 수 있다.

아울러 강간이 무엇인지에 대한 기준도 제대로 정립해야 한다. 같이 모텔에 갔는데 여성이 관계를 거부한다고 가정하자. 이 상황에서 남성이 억지로 삽입했다면 강간일까? '같이 모텔에 갔다면 동의한 것'이라고 생각할 남성분들은 줄리언 어

● 강푸름, 「성폭력 피해자가 왜 무고죄로 고소당해야 하나요?」, 『여성신문』, 2017년 6월 5일.

산지Julian Assange의 사례를 마음에 새길 필요가 있다. 어산지는 여성 2명에게 고소를 당했다. "첫 번째 여성은 섹스에는 동의했지만 콘돔 없는 섹스에는 동의하지 않았는데 어산지가 힘을 사용해 콘돔 없이 섹스하려 했"고, "두 번째 여성은 잠들기 전 합의하에 어산지와 섹스를 했지만, 그녀가 콘돔 사용을 고집했음을 알면서도 어산지는 그녀가 잠들자 콘돔 없이 두 번째로 삽입했다고 주장했다."(81쪽)

어산지가 위키리크스를 만든 유명인이다 보니 어산지를 해치려는 정치적 음모라는 주장이 나돌았지만, 여기에 대한 결론은 다음과 같다. "영국 사법 당국은 강간 혐의로 어산지를 스웨덴으로 송환하는 조치를 승인했다. 어산지는 즉시 이의를 제기했지만 범죄인 인도가 확정되었다."(81쪽) 상대가 안 된다고 하면 설령 절정의 순간이 눈앞에 있더라도 그만두자. 고소당한 후 꽃뱀이라고 우기는 것보다는 그편이 훨씬 낫다.

이 책이 마음에 들었다면 이 책도

- T. 크리스천 밀러·켄 암스트롱, 노지양 옮김, 『믿을 수 없는 강간 이야기』 (반비, 2019)
- 박신영, 『제가 왜 참아야 하죠』(바틀비, 2018)
- 밀레나 포포바, 함현주 옮김, 『성적 동의』(마티, 2020)

정희진·권김현영·루인·한채윤, 『미투의 정치학』

불륜이라고요?

"승낙에 대한 진위 여부의
합리적 판단은
자유주의 법 체제하에서
성별 불평등한 구조를
반영해야 한다."

안희정은 법정에서 성폭행이
인정되어 감옥에 갔다. 하지만
수많은 남성은 그가 사실은 불륜인데
억울하게 수감되었다고 생각한다.
이 책은 그런 분들에게 그게 아니라고
설명해주며, 춘향이와 변 사또의
예를 들기도 하는 등
초등학교만 나와도 충분히
이해할 수 있을 만큼 친절하다.
그러니 "아몰랑 불륜이야!"라고
'정신 승리'하지 말고
이 책을 읽으시라.
당신도 안희정처럼 되고
싶지않거든 말이다.

안희정 전 충남지사는 자신의 비서 김지은을 성폭행했다는 이유로 2심에서 3년 6개월의 징역형을 선고받고 법정 구속되었다(2019년 9월 대법원에서 유죄가 확정되었다). 이에 대한 반응은 엇갈렸다. 불륜이지 무슨 성폭행이냐는 반응이 더 많았지만, 죄를 지었으니 벌을 받는 것이 당연하다는 의견도 제법 있었다.

　　그로부터 2주가 지난 뒤, 안희정의 부인 민주원은 페이스북에 "저는 제가 보고 듣고 경험한 것에 따라 김지은 씨를 성폭력의 피해자라고 인정할 수 없습니다. 김지은 씨가 거짓말을 하고 있다는 사실이 밝혀져야 합니다"라는 글을 올렸다.

　　민주원이 불륜의 결정적 증거라며 주장한 것은 2가지였다. 하나는 소위 '상하원 침실 난입 사건'으로, 부부가 침실에서 잠을 자는데 김지은이 들어와 자신을 쩨려보았다는 것이다. 이 주장은 1심 판결에서 안희정에게 무죄가 선고된 결정적 이유가 되었다. 불륜을 저지르는 여성이 가장 싫어하는 존재가 상대 남자의 아내일 테니까 말이다. 두 번째 증거는 문자메시지였다. 예컨대 김지은은 수행비서에서 정무직으로 보직이 바뀐 이후 눈물을 흘렸는데, 이것을 본 안희정과 다음과 같은 문자메시지를 주고받았다.

> 김지은: 눈물이 절로 났어요.
> 안희정: 보직 변경 후유증이라면 나를 위해 훌훌 터시게. 내가 자상하고 좋은 Boss 자빽.
> 김지은: 훌륭한 보스 맞아요.
> 안희정: 나는 너무 자상해 Aaaa ㅎㅎㅎㅎㅎ 웃어요~~~~~ 오후 회의 준비 잘 해주게.
> 김지은: 네 ㅎㅎㅎㅎㅎ 지사님 보면 무조건 힘나고 웃었는데 지금은 쪼금 눈물 나지만, 금방 다시 웃을게요! 네 준비 잘할게요.

김지은의 보직이 변경된 것은 둘의 관계를 의심한 민주원의 권유 때문이었다. 안희정이 김지은을 성폭행했다면, 안희정에게서 벗어나게 되었을 때 눈물을 흘리고 저런 문자메시지를 보내는 것이 말이 안 된다는 것이 민주원의 주장이다. 민주원이 페이스북에 글을 올린 뒤 많은 네티즌이 안희정에게 징역형을 선고한 2심 재판부를 비난했다. "피해자의 눈물이 증거라며. 그런데 간통 피해자인 부인의 피맺힌 절규는 2차 가해냐?",

"지나가는 개한테 물어봐도 한 치의 망설임 없이 불륜이라 말하겠다. 개만도 못한!"

불륜과 성폭행의 구별은 어려울 수 있다. 성폭행 가해자 대부분이 피해자와 사귀었다고 주장하는 것도 이 때문이다. 예컨대 유도 선수 신유용은 고등학생 때부터 코치에게 20여 차례 성폭행을 당했는데, 코치가 내놓은 변명은 "연인 관계로 교제했다"였다. 여기에서 중요한 것이 '성적 자기 결정권'으로, 관계를 할지 말지 결정할 권리다. 신유용은 당시 고등학생이었으니 연인이라는 코치의 말을 믿는 이가 거의 없지만, 성인인 김지은에게는 "왜 적극적으로 저항하지 않았느냐?", "왜 그때 일을 그만두지 않았느냐?" 같은 질문이 쏟아졌다. 왜 성적 자기 결정권을 행사하지 않았느냐는 것이다.

과연 이 질문은 온당할까? 이것을 제대로 알려면 책을 읽어야 한다. 네티즌이나 주위 사람이나 죄다 기존의 문법에 찌들어 있다면 아무리 이야기를 해보았자 무엇인가를 새롭게 깨닫기는 힘들다. 반면 여성학자 정희진 등이 쓴 『미투의 정치학』은 안희정 사건 자체를 주제로 삼고 있어서 이 사건을 이해하는 데 큰 도움이 된다.

춘향이라는 미모의 여인을 예로 들어보자. 그녀는 전임 사또의 아들인 이몽룡과 백년가약을 맺은 상태인데, 이몽룡은 과거 공부를 한답시고 한양에 가 있다. 새로 사또가 된 변학도는 춘향이 절세미인이라는 소문에 흥분해 "관아에 도착해 자리에 앉자마자 이방에게 당장 춘향이부터 대령하라고 호통을 친다."(116쪽)

끌려온 춘향을 본 변학도는 소문이 거짓이 아니었음을 확인하고 다음과 같이 명한다. "춘향아, 당장 수청을 들라!" 춘향이 변학도의 명을 따랐으면 후세 사람들은 이 둘의 관계를 무엇이라고 이야기했을까? 적극적으로 저항하지 않았으니, 성적 자기 결정권을 행사하지 않았으니 '불륜'이라고 이야기했을지도 모르겠다.

하지만 우리가 알아야 할 것은 춘향이 실제 인물이 아니라 소설 속 등장인물이라는 점이다. 대부분 권력자는 변학도처럼 상대의 의사를 묻지 않는다. 실제 사또였다면 변학도는 춘향을 여러 사람이 보는 앞에 꿇어앉히는 대신 자기 방으로 데려오라고 한 뒤 욕정을 채웠으리라. 그것이 훨씬 빠르고 편한 방법이기 때문이다.

타깃이 된 여성이 끝끝내 거부한다면 다른 이의 도움을 받거나, 그것도 아니면 그냥 죽이는 방법을 택했을 것이다. 『매산집梅山集』이라는 조선 후기의 문집을 보면 춘향과 비슷한 사례가 나온다. "관기였던 경춘이 자신이 사랑했던 부사가 떠난 후 새로 부임해온 신임 부사의 수청을 거부했는데, 그 요구가 너무 집요해서 결국 견디지 못하고 강에 뛰어들어 자결했

다."(114쪽)

그러니까 당시 춘향은 선택지가 그리 많지 않았다. ①변학도의 수청을 든다. ②변학도에게 죽임을 당한다. ③자결한다. 여기서 ①을 택했다고 즉, 정조보다 살아남는 쪽을 택했다고 춘향이 성적 자기 결정권을 행사하지 않았다며 불륜녀라고 비판할 것인가? 법학자 박종선이 "승낙에 대한 진위 여부의 합리적 판단은 자유주의 법 체제하에서 성별 불평등한 구조를 반영해야 한다"(141쪽)고 한 이유는 이런 맥락에서다.

한번 생각해보자. 일개 지방 관료에 불과한 변학도와 유력한 대선 후보이자 도지사인 안희정 중 누가 더 강한 권력자일까? 양심에 털이 난 사람을 제외한다면 모두 후자라고 답할 것이다. 이런 사람의 수행비서가 된 김지은이 발령 3주 만의 해외 출장에서 성관계를 요구받았을 때 거부하는 것이 과연 가능하기나 할까?

이런 일은 대선 후보급 도지사가 아니어도 숱하게 발생한다. 2014년, 식당 사장과 종업원, 그리고 종업원의 여자 친구가 술을 마시고 사장 집에서 잤다. 그런데 그 사장은 밤에 종업원의 여자 친구를 성추행했다. 그 여성은 깨어 있었지만, 가해자가 남자 친구의 직장 상사였기에 자신이 저항하면 행여 불이익을 받을까봐 잠든 척했다. 다시 묻는다. 이 여성은 성적 자기 결정권을 행사하지 않은 것일까? 여전히 모르겠다면 『미투의 정치학』을 읽으시라. 성적 자기 결정권을 함부로 입에 올리지 않게 될 테니까 말이다.

이 책이 마음에 들었다면 이 책도 ～～～～～～～～～～

■ 권김현영·루인·정희진·한채윤, 『피해와 가해의 페미니즘』(교양인, 2018)
■ 수전 팔루디, 황성원 옮김, 『백래시』(아르테, 2017)

여자 탓 좀 그만하자

"한국 사회에서 남자들은
'폭력을 참아가면서',
'수치심을 느끼면서'
남성이 되어간다."

한국 사회에서
여성이 페미니스트임을 선언하면
엄청나게 욕을 먹는다.
남성이 그 선언을 하면 그보다는
덜하지만 역시 욕을 먹는다.
페미니스트를 자처하는 이가
별로 없는 것은 그 욕을 견디기
어려워서인데,
사회학자 오찬호는 이 책으로
지뢰밭에 뛰어들었다!
이 책에 나오는 남성들의
한심한 짓거리가 인터넷 서점의
100자 평에서 그대로 재현된다는
게 웃음 포인트다.

이웃집 부부는 딸과 더불어 개 한 마리를 키운다. 그분들은 여름휴가 때 통영으로 놀러 갔는데, 여자분이 특히 개를 좋아해 같이 데리고 갔다. 통영에서 배를 타고 인근 섬으로 갈 때, 그녀는 강아지용 유아차에 개를 싣고 덮개까지 덮었다. 개를 싫어하는 이들에게 피해를 주지 않으려는 나름의 배려였다. 그런데 웬 남자가 유아차 안을 유심히 보더니 시비를 걸었다. "이거 개 아니야? 아니, 개를 데리고 배에 타면 어떡해요? 다른 사람들이 불쾌해하잖아."

여자분이 반발하자 남자는 왜 개를 집에다 두지 않고 여기까지 데려오느냐며 목소리를 높였다. 이 해프닝은 아주 어이없게 종결되었는데, 바로 남편이 나타났기 때문이다. 남편이 무슨 일이냐고 묻자 그 남자는 "아니, 이 여자분이 개를 데리고⋯⋯"라며 말꼬리를 흐렸고, 곧 자리를 뜨고 말았다. 이런 분들의 특징은 다음과 같다. 첫째, 자신이 불쾌하다고 하면 될 것을 꼭 다른 사람을 빌미로 자신을 정당화한다. 둘째, 개가 싫은 것이 아니라, 혼자 있는 여자에게 시비를 걸어서 자신의 자존

심을 충족시키려 한다. 셋째, 남자 친구 혹은 남편이 나타나면 꼬리를 내린다.

유감스럽게 남자 중에는 이렇듯 약자에 강하고 강자에 약한 분이 꽤 많다. 사회학자 오찬호가 쓴『그 남자는 왜 이상해졌을까?』에도 이런 분이 많이 등장한다. 예를 들어 공공장소에서 타인에게 피해를 주며 흡연하는 남자들을 보자. 이분들은 여자가 항의하면 다음과 같이 대응한다. "기껏 반론이라고 한다는 말이 '내 돈 주고 내가 피우는 담배, 왜 지랄이야?'의 수준을 벗어나지 못한다."(121쪽)

그렇다고 이분들이 공공장소 흡연을 잘 했다고 생각하는 것은 아니다. "문제는 '자신보다 어려 보이는 여자'가 문제를 제기했다는 것일 터. 여자가 항의한 내용이 정당한지 아닌지는 중요하지 않다. 여기서 중요한 것은 '누가 항의했느냐'이기 때문이다. 참 우습지 않은가."(121쪽)

이와 비슷한 일이 실제로 벌어졌다. 2016년 8월, 한 남성이 지하철역 출구에서 담배를 피우고 있었다. 바로 옆에 횡단보도가 있었는데, 거기서 신호를 기다리던 사람들은 꼼짝없이 남성이 내뿜는 담배 연기를 맡아야 했다. 유아차에 아이를 태운 여성이 그게 싫어서 항의했다. 금연 구역이니까 담배를 꺼 달라고. 어떻게 되었을까? 항의한 뒤 횡단보도를 건너던 여성은 잠시 후 뒤쫓아온 남성에게 맞고 만다. 이 여성의 말을 들어

보자. "아줌마가 무슨 상관인데, 내가 피우겠다는데 지금 시비를 거는 거냐고……(횡단보도를) 건너는데 쫓아와서 신고해보라면서 팍 때린 거죠."

이 남성 역시 '감히 여자가' 자신이 하는 일에 훼방을 놓았다는 것에 화를 냈으리라. 생각해보라. 만일 마동석처럼 생긴 남성이 뭐라고 했다면 이럴 수 있었을까? 아마도 주변에 있는 담배꽁초까지 다 주웠을 것이다. 여성한테만 강한 남성이 들끓는 세상인지라 이런 일은 지금도 대한민국 곳곳에서 벌어지고 있다. 그런데도 이 사건이 화제가 된 것은 경찰의 냉정한 대처 때문이었다. 경찰이 이 사건을 쌍방 폭행으로 처리했기 때문이다. 뺨을 맞은 여성이 남성을 밀쳤기 때문인데, 경찰의 말이 아주 가관이다. "남자분이 처벌 의사가 없다고 했기 때문에 굳이 정당방위를 논할 필요가 없는 거죠."

뺨을 맞은 여자가 저항하면 쌍방 폭행이 될 수 있다니, 놀랍지 않은가? 우리 법은, 그리고 그 법을 수호하는 경찰은 이렇듯 객관적이고 냉정하다. 여성이여, 누가 오른뺨을 때리면 왼뺨을 내밀어라. 안 그러면 잡혀갈 수 있다.

이 책에는 이것 말고도 한국 남성의 특징을 보여주는 사례가 많이 등장한다. 몇몇 사람의 예가 아니라 우리 주위에서 수도 없이 볼 수 있는 것들만 고른 거라 공감도 잘 된다. 이 책은 극단적인 사례를 들어 한국 남성을 나쁜 놈이라고 이야기하지 않는다. 이 책의 제목인 '한국 남자가 왜 이상해졌는지'에 대해 답을 해주지 않은 것은 아쉬웠지만, 이런 문제 제기를 남성이 했다는 것만으로도 가치가 있다.

그런데 이 책의 평점은 그리 높지 않다. 술술 잘 읽히고 공감도 되고, 자신을 돌아보게 만드는 이 책의 평점이 6~7점대라는 게 말이 되는가? 평점의 하한선인 별 하나를 주는 분들의 말을 들어보자. "이딴 게 책이라니. 한국 여자들 인권은 이슬람보다 못해서 그렇게도 밤낮 할 거 없이 활개 치고 다니지요?", "페미니즘은 헬조선에서 하나의 거대한 산업이 되었다. 5,000만 남녀를 싸움 붙이고 갈등 거리를 던져줌으로써 그들은 이익을 얻는다", "혐오 조장으로 이득을 취하는 이는 성별을 떠나서 바른 성인이 아닙니다", "서문만 읽어도 얼마나 하찮은 책인지 알겠네요. 정상적인 사고를 가진 분이라면 '일베', '소라넷'이 남성을, '메갈'이 여성을 대표한다고 생각하지는 않겠죠."

이들 중 책을 제대로 읽은 분은 얼마나 될까? 이 책은 페미니즘을 역설하고 있지 않다. 단지 한국 남자가 쓸데없이 여자한테만 강한 척한다는 이야기를 예를 들어가며 설명하는데, 왜 이렇게 날 선 반응을 보이는 것일까? 물론 별점 테러를 하는 이들의 마음을 모르는 것은 아니다. 자신을 향한 비판에는 예민해지기 마련이고, 가뜩이나 어려운데 욕까지 먹으면 더 화가 난다. 그렇다고 모든 책임을 여자에게 돌리는 것은 비겁하다.

대표적인 것이 군대 문제다. 남자만 군대 가는 것이 억울하다고 여자들에게 "너네도 군대 가라!"라고 목소리를 높이고, "군대 가서 고생한 것, 군가산점으로 보상받을 거야"라고 외치는 대신, 모병제를 하자고 시위를 하시라. 병역법을 만들고 유지하는 사람은 죄다 남자인데, 왜 애꿎은 여자에게 화풀이하는 것인지.

남자라고 특별히 더 마음이 넓어야 하는 것은 아니다. 하지만 한국 남자들의 마음은 너무 개미만 해서 보아줄 수가 없을 정도다. 남자들이여, 여자 탓 그만하자. 그리고 『그 남자는 왜 이상해졌을까?』를 읽자. 그래야 우리가 정상으로 돌아갈 수 있다.

이 책이 마음에 들었다면 이 책도

- 권김현영·루인·엄기호·정희진·준우·한채윤, 『한국 남성을 분석한다』(교양인, 2017)
- 잭슨 카츠, 신동숙 옮김, 『마초 패러독스』(갈마바람, 2017)

최태섭, 『한국, 남자』

한국의 남자들이여, 어디로 가시렵니까?

"남성 지배란 소수의 권력을 가진 남성들을 위해 다수의 별 볼 일 없는 남성들이 열과 성을 다해 복무하는 불공정한 게임이다."

최태섭은 남성이 욕을 먹는 것이 싫었던 모양이다. 그는 남성의 비상식적인 행태를 이해해보려 노력한 끝에 다음과 같은 변명을 만들었다. "자기 혼자 가족과 국가를 건사하는 이상적인 남성의 역할에 실패해서 저런다." 동의하지 않을 수도 있지만, 최소한 욕먹을 일은 아니지 않은가? 하지만 이 책이 별점 테러와 더불어 불매운동까지 벌어진 현실은 한국 남성에게 문제가 아주 많다는 것을 역설적으로 보여준다. 그래서 요청한다. 한국 남성분들, 피아 식별은 좀 합시다.

"어쩌면 그렇게 한(국)남(자)스럽니?"

2018년 11월 30일, 인터넷서점 예스24를 이용하던 남성들은 채널예스에서 보내온 이메일 제목에 경악했다. 자신들이 그렇게 싫어하는 '한남'이라는 단어가 제목에 떡하니 적혀 있었기 때문이다. 채널예스가 『한국, 남자』의 저자 최태섭과 인터뷰하고, 그 내용으로 홍보 이메일을 보내면서 벌어진 일이다. 이 제목은 다음과 같은 저자의 말에서 따온 것이었다. "이번 책에 대한 독자 반응이요?……제 기사에 댓글을 달거나 페이스북으로 직접 찾아와서 글을 남기시는 분들이 있어요. 그런데 주장이 10년째 똑같아요."

별 논리도 없는 말을 10년씩이나 우겨대는 것, 이것이 채널예스가 생각한 '한남스러움'의 실체였다. 물론 이것은 채널예스만의 시각은 아니었다. 인터넷만 살펴보아도 '한남'이라는 단어가 '지질한 남성'을 비난하는 말임을 쉽게 알 수 있으니 말이다. 그렇다 해도 예스24처럼 공인된 회사가 이런 단어를 썼다는 사실은 충격일 수 있다. 예스24가 남성보다는 여성의 편에 섰던 것은 확실하다.

　　이럴 때 남성들이 할 수 있는 일은 무엇이 있을까? 첫 번째가 예스24에 사과를 요구하는 것이다. 물론 예스24가 사과하기는 했지만, 남성들은 이 사과를 받아들일 마음이 없었다. "이게 사과냐?"는 말은 사과를 받을 마음이 없는 사람의 일반적인 반응이다. 두 번째가 해당 책을 불매하는 것이다. 하지만 노이즈 마케팅이라는 말이 있는 것처럼, 남성들의 불매운동이 이 책의 판매를 촉진하는 결과를 가져올 수도 있다. 남성들은 그래서 세 번째 방법을 택하는데, 바로 예스24 회원에서 탈퇴하기다. 수많은 남성이 탈퇴했다. 이들이 조용히 탈퇴했다면 알 방법이 없지만, 그들은 자신이 활동하는 커뮤니티에 탈퇴 '인증샷'을 올렸고, 덕분에 이슈가 되었다.

　　남성들의 분노를 이해 못 하는 것은 아니지만, 내가 보기에 탈퇴로 대응하는 것은 하수 중의 하수다. 예스24는 인터넷 서점일 뿐, 콘텐츠를 생산하는 곳은 아니다. 채널예스 담당자가 제목을 부적절하게 붙이기는 했지만, 어디까지나 저자의 말을 함축적으로 표현한 것일 뿐, 예스24 전체의 시각은 아니다. 그런데 탈퇴를 하다니, 그럼 그들은 이제 어디서 책을 살까?

　　물론 우리나라에는 알라딘, 교보문고, 인터파크 등 다른 인터넷 서점이 몇 군데 더 있다. 하지만 그 서점들도 예스24와 크게 다르지 않다. 모든 상점은 더 많이 팔아주는 고객을 우대하기 마련이다. 일반적으로 여성은 남성보다 책을 많이 읽는다. 2014년 인터파크는 "여성이 책 1권을 살 때 남성은 0.6권을 구입한다"는 조사 결과를 발표했다. 또한 '2015년 국민 독서 실태 조사'에 따르면 책 읽기에 대해 여성이 남성보다 2배 이상 선호도를 보였다고 한다. 최근에는 페미니즘 열풍까지 불어 『82년생 김지영』이 100만 부 넘게 팔기도 했으니, 인터넷 서점들이 여성 독자의 마음을 사로잡으려고 노력하는 것은 당연하다. 그러니 예스24를 탈퇴하는 남성들에게 "원래 너희는 책을 안 사지 않았느냐?"는 비아냥이 나오는 것도 당연하다.

예스24 탈퇴가 하수라면, 상수는 무엇일까? 게임이나 인터넷 커뮤니티 활동을 목숨 걸고 하는 대신, 책을 읽는 것이다. 남성이 많은 책을 읽고, 남성이 선호하는 책이 베스트셀러가 된다면, 인터넷 서점들이 남성을 무시하지 못할 것이다. 게다가 인터넷 커뮤니티와 달리 책에서는 삶을 더 잘 살아갈 지혜를 얻을 수 있다.

남성에게 아쉬운 것은 그들이 페미니즘책을 잘 읽지 않는다는 점이다. 적을 알아야 싸움에서 이길 수 있다면, 페미니즘책을 읽어야 '페미니즘=정신병' 같은 소리도 그만할 수 있고, 여성들과 진지하게 토론도 할 수 있지 않겠는가? 이번에 논란이 된 『한국, 남자』도 그렇다. "목차에서부터 극단적인 페미니스트의 향기가 느껴진다"는 100자 평에서 보듯 남성들은 책을 읽지도 않은 채 별점 테러를 하기 바쁘지만, 막상 내용을 보면 남성에게 욕을 먹어야 할 책인지 의문이다.

우리는 남성을 가정경제를 책임지는 주체이며, 위기 상황에서도 흔들림 없이 가족과 나라를 지키는 존재라고 생각한다. 저자는 이런 시각을 '이상적인 남성상'이라고 정의한 뒤 이는 지배계급이 만들어낸 허구의 개념이라고 일갈한다. 실제로 우리나라 남성들은 전쟁에서 나라를 지키지 못했고, 전쟁 직후나 외환 위기 등 경제가 어려울 때마다 여성들이 생활 전선에 뛰어들어 삶을 지켜냈다. 지금도 여성의 수입이 주요한 가정이 매우 많다. 이게 부끄러운 일은 아니다. 원래 삶이란 남성과 여성이 힘을 합쳐 만들어내는 것이니, 이를 두고 "한국 남성만 무능하다"고 할 수는 없다.

지배계급이 자꾸 이상적인 남성상을 강조하는 것은 그것이 체제를 유지하는 데 도움이 되기 때문이다. "남성 지배란 소수의 권력을 가진 남성들을 위해 다수의 별 볼 일 없는 남성들이 열과 성을 다해 복무하는 불공정한 게임이다."(84쪽) 그러니까 저자는 남성이 사회의 권력자라는 페미니즘의 전제마저 무시한다. 페미니즘 진영에서 이 책을 '안티 페미니즘'이라고 비판하는 이유다.

저자가 안타까워하는 것은 한국 남성이 이상적인 남성상에 얽매여 벗어나지 못하고 있다는 점이다. 물론 이상적인 남성은 대부분에게 불가능한 명제이므로, 이에 부합하려는 시도는 결국 실패로 귀결된다. 여기에서 한국 남성의 문제가 시작된다. 자신의 한계를 인정하고 여성과 힘을 합치면 좋을 텐데, 한국 남성의 문제는 그 실패를 다른 사회적 약자, 특히 여성 탓으로 돌린다는 점이다. 위기의 순간에 더 큰 피해를 본 쪽은 분명 여성인데도, 남성들은 자신을 피해자로 칭하면서 여성을 욕했다. 징집의 주체인 국가를 상대로 개선을 요구하기보다는 여성들에게 "왜 너희는 군대에 가지 않느냐?"며 윽박지르는 것이 대표적인 예다.

　　해결책은 없을까? 좋은 남자가 되는 것은 어려우며, 해법도 아니라고 말하는 저자는 "누군가를 억압하지 않으면서도, 한 사람의 주체로, 또 타인과 연대하고 돌보는 자로 살아갈 수 있을 것인가?"(278쪽)를 고민해보자고 말하며 책을 끝맺는다. 저자의 결론이 조금 추상적이라 내 식대로 해석해보면 이렇다. "밤낮 인터넷에서 여자만 욕한다고 되는 일은 없다. 제발 책 좀 읽으시라. 그러면 인터넷 서점에서도 대접받을 수 있고, 삶의 해법도 찾을 수 있다."

이 책이 마음에 들었다면 이 책도

- 권김현영·루인·엄기호·정희진·준우·한채윤, 『한국 남성을 분석한다』(교양인, 2017)
- 잭슨 카츠, 신동숙 옮김, 『마초 패러독스』(갈마바람, 2017)

송해나, 『나는 아기 캐리어가 아닙니다』

남성이
임신할 수
있다면

"한국은 절대
저출산을 면치 못할 것이다."

지하철로 1시간 거리에 있는
직장에 다니는 여성이 임신을 했다.
그녀는 임신 기간 도중 자신이
겪은 일을 일기로 썼고, 그것을
모아 책을 냈다. 그렇게 해서
만들어진 이 책은 임산부를 전혀
배려하지 않는 우리 사회의
민낯을 그대로 보여준다.
이 책대로라면 우리나라 출산률이
0을 찍는다 해도 할 말이 없다.

태초부터 지하철에는 노약자석이 있었고, 임산부도 노약자에 포함되었다. 하지만 그 자리를 노인이 독점하는 바람에 임산부는 밀려날 수밖에 없었다. 여혐에 빠진 남성들은 노약자석 안내문의 임산부 그림에 ×자를 그리기도 했다. 배려석은 이런 분위기에서 시행되었다. 하지만 임산부가 아닌 이가 앉는다고 해서 벌금을 물지 않는다는 점이 문제였다. 10명 중 9명이 배려를 한다 해도 배려하지 않는 1명이 있다면 임산부가 앉을 기회가 박탈되니 말이다.

노약자석의 노인은 나이로 그런 사람을 제압할 수 있지만, 임산부에게는 그럴 만한 수단이 없다. 그래서 임산부는 힘들지만 그냥 서서 가거나, 큰 용기를 내서 자신이 임산부임을 알려야 한다. 후자를 선택했을 때 흔쾌히 비켜주는 이도 있지만, 그렇지 않은 사람도 많아 봉변을 당하기도 한다. 여성들이 여기에 이의를 제기하면, 남성들이 반격한다. 지하철 민원 중에는 배려석을 둘러싼 것이 가장 흔하다. 내가 즐겨 가는 인터넷 사이트에서도 이를 둘러싼 논쟁이 일어난다. 그 사이트에는 남성이 많다 보니, 토론은 늘 일방적으로 흘러간다.

- 임산부 배려석이 무조건 임산부가 앉는 자리가 아니잖아요. 임산부 배려석에 앉은 사람들의 상태를 전혀 모르면서 왜 그분들에게 비켜달라고 하는 것인가요?
- 참 이해가 안 되네. 배려석은 강제가 아니라 누구나 앉아도 되고 임산부 오면 비켜주면 돼요. 누구에게 강요할 문제가 아니라고요.
- 임산부 배지가 괜히 있는 게 아니에요. 차면 됩니다.

여기에 반발하면 '페미', '메갈'로 몰리니, 배려석을 비워 두어야 한다고 생각하는 이들은 그냥 입을 다물고 만다. 배려석에 대한 남성들의 분노는 페미니즘에 대한 백래시가 극에 달했기 때문이기도 하겠지만, 그보다 근본적인 이유는 남성 중 누구도 임신을 해본 적이 없기 때문이다. 군대를 다녀온 남성이 입대를 앞둔 후배를 안쓰러워하는 것처럼, 경험은 상대를 이해하는 첩경이 된다. 하지만 남성이 임신하는 것은 앞으로도 어려울 터, 그렇다면 남성이 임산부를 이해하고 또 배려하는 것은 영영 불가능할까? 아니다. 책을 읽으면 된다. 책을 통한 간접경험은, 물론 직접 겪는 것보다야 못할지라도, 그 일을 겪는 다른 이를 이해할 수 있게 해준다. 여성과 관련된 책을 여럿 읽었지만, 임산부에 관해『나는 아기 캐리어가 아닙니다』만큼 자세히 알려주는 책은 없다.

이 책을 통해 알게 된 임신은 생각보다 훨씬 힘들었다. 그전보다는 나아졌지만 임산부에 대한 우리 사회의 인식은 다른 나라에 비해 한참 떨어져 있다. 임산부를 괴롭히는 것들을 몇 개의 범주로 나누어서 보자.

- 주위에서 임산부를 위로한답시고 하는 말들: "나 때는 더 심한 상황에서도 견디고 애 낳았어."(50쪽) 이런 말은 임산부에게 상처가 된다. "'그렇게 먹으면 태아에게 안 좋아'도, 임산부 건강은 뒷전이고 아기 건강만 걱정하는, 짜증 나는 말이다."(91쪽)
- 자연분만으로 태어나야 아기가 어려움도 잘 극복하고 건강할 수 있다는 말들: "남성 중심 사회가 만들어낸 자연분만 숭배의 모성신화가 임산부들을 천천히 죽여왔다."(99쪽)
- 직원이 임신하는 것이 부서의 위기라고 생각하는 회사. 임신을 죄악으로 만드는 이는 누구일까?
- 아내가 임신했을 때 남성 공무원들이 육아휴직을 한 뒤 어학연수나 해외여행을 가는 경우가 있단다. 그 때문에 육아휴직 중 해외여행을 단속하게 되었고, 이 피해가 바람이나 쐬려는 여성에게 가기도 한단다.(147~148쪽)

저자가 이 책에서 가장 빈번하게 불만을 드러낸 장소는 지하철이다. 저자의 회사는 집에서 1시간 거리라, 회사에 가려면 왕복 2시간 동안 지하철을 타야 한다. '배지를 보여주면 되지 않냐?'고 하지만, 막상 겪어보면 그렇지 않다. 역에서 배지가 다 떨어졌다고 주지 않아서 저자는 월차를 내고 보건소에서 배지를 받아야 했다. 받았다고 끝이냐면, 그것도 아니다.

"자리(배려석)에 앉아 있던 사람(여성)은 내 배지를 봤지만 모르는 척 계속 스마트폰만 보더라.……임산부인데 좀 앉아도 되겠냐 물으니 어이가 없다는 듯 웃으며 '그러세요' 했다. 모욕이 익숙해지지 않는다."(141쪽) "배가 부를 대로 부른 나를 보고도 임산부 배려석에 앉은 젊은 남성은 하던 게임을 계속한다. 옆에 계시던 할머니가 내게 자리를 비워주신다. 남자는 그걸 지켜보다가 다시 게임을 한다. 대단하단 생각마저 들었다."(221쪽) 배려석의 남성에게 눈치를 주었지만, 신경 쓰지 않는다. 그 옆에 있던 분이 민망해하며 자리에서 일어나준다. 그랬더니 옆에 서 있던 남성이 잽싸게 그 자리에 앉는다!(223쪽)

이런 사례가 숱하게 반복되어서, 얼굴이 화끈거렸다. 외국은 다를까? 해외로 태교 여행을 갔던 날, 저자는 이렇게 썼다. "한국에서는 내가 임산부라는 게 핸디캡으로 작용했다.……특히 공공장소에선 약자라서 더 움츠러들고 사람들의 눈치를 봤다. 그런데 이곳에선 불룩 나온 내 배가 축복처럼 느껴진다."(181쪽) "오, 베이비"를 외치며 반기고 축하 인사를 건넨다. 말만 그렇게 아니라 언제 어디서든 선뜻 도와준단다. 미국에서 임신을 경험한 여성은 이렇게 말한다. "한국은 절대 저출산을 면치 못할 것이다."(182쪽)

이 책이 마음에 들었다면 이 책도

■ 마르틴 베를레, 장혜경 옮김, 『뮐러 씨, 임신했어?』(갈매나무, 2018)
■ 우아영, 『아기 말고 내 몸이 궁금해서』(휴머니스트, 2019)

남자도
페미니스트가
될 수 있을까?

"남자니까
 잘 모르잖아요.
 배워야죠."

남성이 쓴 페미니즘 책이 몇 권
있지만, 지금까지 읽은 책 중
이 책이 단연 최고다.
남성 여러분,
열등한(?) 여성이 쓴 책이
고까워 읽기 싫다면,
남성이 쓴 이 책이라도 읽읍시다.
이제 페미니즘은 선택이 아닌
필수니까요.

"여자는 태어나는 것이 아니라 만들어진다"라는 말은, 여성이 '여성적'이라 불리는 특징을 갖게 되는 것은 출생 후 가해진 사회적 압력 때문이라는 뜻이다. 여성 페미니스트 역시 만들어진다. 여성으로 살다 보면 이런저런 차별에 직면하기 마련인데, 대부분은 그 차별에 굴복해 많은 것을 포기한다. 하지만 일부는 그 차별에 맞서 기나긴 싸움을 벌이는데, 사람들은 이들을 '페미니스트'라 부른다.

여성 중 일부만 페미니스트가 되는 것으로 보아 타고나는 측면도 있는 것 같지만, 싸우지 않는 여성이라고 페미니스트가 아닌 것은 아니다. 이런 여성들도 어떤 계기가 있다면 거리로 나와 그 억울함을 발산할 것이다. 최근 페미니즘이 활성화된 것도 '강남역 사건'이 여성들을 하나로 이어주었기 때문이다. 각종 사건 사고는 어린 여성도 페미니즘에 눈뜨게 만든다. "경기도에 사는 초등학생 6학년 한 모 양은 '불법촬영 편파 수사 규탄집회'에 참여했다. 한 양은 "이대로라면 내가 커서도 여성 차별적인 사회에서 살게 될 것 같다"며 "적극적으로 페미

니즘 관련 행사에 참여하려고 한다"고 말했다."●

그렇다면 남성은 어떨까? 오랜 기간 쌓여온 호전적인 유전자를 무시할 수 없겠지만, 남성성도 사회의 압력에 의해 만들어지는 측면이 있고, 이게 남성을 힘들게 할 수 있다. 예컨대 분홍색 옷을 입고 싶은데 '남자는 안 된다'고 제지당하면 속상하다. 이 밖에도 남자는 대범해야 하고, 울지 말아야 하는 등 '남자는'으로 시작하는 무언의 압력이 수십 개는 될 것이다.

하지만 이 압력에 굴복하는 것은 남성에게 유리하다. 또래에게 인정받는 것은 물론이고 사회에 나가서도 성공하기 훨씬 쉬워지니 말이다. '그런 것은 여자가 하는 게 아니다. 남자에게 부탁하라'라고 교육받은 이보다 '지더라도 부딪혀보라'고 배운 이를 직장에서 선호하는 것은 당연한 일 아닌가?

한 번도 성에 따른 차별을 받아본 적이 없는 이가 차별받는 여성의 처지에 공감하기란 쉽지 않다. 남성들이 페미니즘을 주장하는 여성의 말에 귀를 기울이기보다는, "남자가 더 차별받거든요?"라는 허황된 주장을 펼치는 이유다.

사정이 이렇다 보니 남성이 페미니스트가 되려면 엄청난 노력이 수반되어야 한다. 역지사지도 내가 상대방 입장에 설 확률이 어느 정도라도 있어야 가능한 법인데, 여성이 될 확률

● 황현규, 「"'02년생 김지영' 되기 싫어요" 초등학교 담 넘은 페미니즘」, 『이데일리』, 2018년 6월 6일.

이 없는 남성이 여성으로 사는 고통을 이해할 수 있을까? 여성학책을 아무리 읽어보았자 내가 페미니스트 근처에도 못 가는 것은 남성 페미니스트는 만들어지지 않기 때문이다. 그러니까 지금 이 땅에 존재하는 몇 안 되는 남성 페미니스트는, 물론 나름의 노력도 있었겠지만, 그렇게 태어난 분들이다.

『저는 남자고, 페미니스트입니다』라는 책을 쓴 최승범 선생님을 보자. 그의 어머니는 아버지를 대신해서 돈벌이에 나서면서도 집안일을 소홀히 하지 않았다. "어머니의 삶은 늘 치열했다. 동트기 전에 일어나 밥을 짓고 국을 끓인 뒤 남자 셋을 깨웠다."(26쪽) 놀랍게도 12세의 최승범은 어머니의 삶이 너무 힘겹다고 생각했다. 생각만 한 것이 아니라 직접 실천에 옮겼다. "고통을 덜어드리고 싶어 가사 노동을 시작했다. 빨래와 청소, 설거지 정도는 어렵지 않았다."(27쪽) 어머니는 고맙다고 했지만, 최승범은 그게 이해가 되지 않았다. "함께 먹고 같이 입고 모두가 더럽히는데, 씻고 빨고 청소하는 건 오롯이 어머니의 역할인 게 이해되지 않았다."(27쪽)

12세밖에 안 된 아이가 어떻게 이런 생각을 할 수 있을까? 밖에 나가서 돈을 버는 어머니를 둔 아이들은 '왜 우리 엄마는 내가 필요할 때 없냐?'고 따질지언정 어머니의 힘듦을 잘 이해하지 못하는데, 최승범은 어려서부터 특별했다. 혹시 이런 배려를 아버지한테서 배운 것일까? 고등학교 3학년이 되어서도 설거지를 하는 그에게 아버지는 이렇게 말하셨단다. "엄마가 집안일을 제때 안 하니 네가 공부할 시간이 없구나."(27쪽)

이러다 보니 최승범 선생님에게는 명절 풍경도 불편하기만 했다. 남자인 자신이 종일 빈둥거리다 밥상을 펴고 수저라도 놓으려 하면 '일등 신랑'이라며 찬사가 쏟아졌다. 반면 종일 주방에서 일을 돕던 작은 고모의 딸이 소파에 앉아 스마트폰이라도 만지고 있으면 비난이 쏟아졌다. 보통 사람 같으면 그냥 넘어갔겠지만, 최승범 선생님은 참지 않고 한마디를 뱉었다. "설거지는 아버지랑 삼촌이 하시는 게 어때요?"(55쪽) 그 결과 분위기가 싸늘해졌음은 물론이다.

이런 소양이 과연 배운다고 될 일일까? 설사 여성만 노동하는 것이 마음이 불편했더라도, 나는 여성이 아니라 다행이라 여기며 침묵하는 것이 훨씬 유리한데 말이다. 물론 최승범 선생님에게 가르침을 준 사람이 없는 것은 아니다. 대학 시절, 알고 지내던 여자 선배가 남자 선배와 사귀게 되었다. 장난삼아 그 여자 선배를 형수님이라고 부르자 그녀는 정색하면서 다음과 같이 말했단다. "연애 전부터 우리 친한 사이였잖아.……남자의 무엇으로 불리기도 싫고, 별생각 없이 던지는 농담에도 여성을 종속적이고 부차적인 존재로 인식하는 태도가 드러날 수 있어. 그렇게 부르지 말아줘."(48쪽) 그러면서 그녀는 정희진의 『페미니즘의 도전』을 선물했다. 최승범 선생님은 그 책을 읽고 페미니즘에 관심이 생겼다고 했지만, 아무리 생각해도 그것이 다는 아니다. 페미니즘의 소양을 타고나지 않았다면 그녀를 예민한 사람으로 치부하고 비난했을 테니까.

최승범 선생님은 학교에서도 페미니즘을 실천한다. 자신이 가르치는 고등학생들에게 페미니즘을 가르친다. "남학생들에게 잘못을 설명하고 납득시키는 데는 남자 선생님의 말이 더 효과적인 경우가 있다. 여자의 말보다 남자의 말에 더 신뢰를 보이는 남자들이 많기 때문이다."(100쪽) 그렇게 본다면 페미니스트로 태어난 최승범 선생님의 존재가 더없이 고마운데, 그가 가르치는 학생들이 페미니스트가 될 수는 없을지언정 '여혐'과 성차별이 부끄러운 일이라는 것은 아는 어른이 될 것이기 때문이다. 마지막으로 아직도 '여혐'에 젖어 있는 남성들에게 이 책에 나온 말을 들려드린다. "남자니까 잘 모르잖아요. 배워야죠."(58쪽)

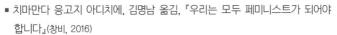

이 책이 마음에 들었다면 이 책도

- 치마만다 응고지 아디치에, 김명남 옮김, 『우리는 모두 페미니스트가 되어야 합니다』(창비, 2016)
- 벨 훅스, 이순영 옮김, 『남자다움이 만드는 이상한 거리감』(책담, 2017)

유진, 『아빠의 페미니즘』

페미니즘을
수단으로 한
위인전

"딸을 키우는 아빠가
어떻게 페미니스트가
아닐 수 있단 말인가?"

책의 저자 유진의 아버지 J는
"어떻게 이럴 수가 있을까?"라는
감탄이 나올 만큼 엄청난
페미니스트다. 페미니즘은
정신병이라는 분들의 말에 따르면,
유진이 제대로 자랐을 리가 없다.
하지만 1999년생 유진은 초등학교
졸업 이후 학교를 그만두었음에도,
내가 아는 이 중 가장 똑똑하다.
현재까지 4권의 책을 낸 것이
증거다.
이런 결론을 내릴 수 있다.
아버지가 페미니스트가 되어야
자녀가 똑똑해진다.

"남자는 3번 운다. 태어났을 때, 부모님이 돌아가셨을 때, 나라가 망했을 때."

나는 아버지의 말이 도무지 이해가 가지 않았다. 태어난 뒤 1번만 우는 것도 아니며, 부모님이 동시에 돌아가시는 것도 아닌 데다, 살아생전 나라가 망하라는 법도 없지 않은가? 하지만 '3번'이라는 횟수에 대한 의문일 뿐, '남자는 울면 안 된다'는 명제에 대한 의문은 아니었다.

"남자가 되어서 울기는"은 내가 울 때마다 들었던 핀잔이다. 그러다 보니 눈물이 나올 때마다 눈치가 보였고, 어느덧 잘 울지 않는 사람이 되었다. 내가 다시금 눈물이 많은 사람이 된 것은 나이가 듦에 따라 많아진 여성호르몬 때문이기도 하지만, 페미니즘을 공부한 탓이 더 크다.

페미니즘책은 '남자는 이래야 한다, 여자는 저래야 한다' 같은 당위의 말을 금기시했고, 울지 않는 남자보다는 자신의 감정을 제대로 표현하는 사람이 좋은 사람이라고 가르쳤다. 나 역시 억지로 울음을 참기보다는 분출하는 것이 슬픔을 달래는 좋은 방법이라고 믿기에 울 일이 있으면 그냥 울기로 했지만, 남들이 볼까 싶어 민망하기는 하다. 이 민망함은 밥상머리 교육의 결과이리라.

페미니즘 책은 나를 부엌에 자연스럽게 들어가게 해주었지만, 어린 시절만 해도 쉽지 않았다. 어머니와 외할머니는 내가 부엌 근처만 가도 "부엌에 들어가면 고추가 떨어진다"고 겁을 주었다. 진짜 고추가 떨어진다고 믿은 것은 아니었지만, 부엌에 들어가지 않아도 된다는 것은 그만큼 편해지는 것이었으니, 그 말에 굳이 반기를 들고 싶은 마음은 없었다.

하지만 페미니즘책을 읽고 '나는 결혼하면 반드시 집안일을 하리라'는 결심이 섰다. 그 결심을 실천하고 있긴 하지만, 그것을 빌미로 좋은 남편이라고 자신을 과대평가한다. "그래도 나처럼 집안일 하는 남자가 어디 있냐?"는 것인데, 내가 집안일을 여성의 일로 생각하고 있다는 증거다. 이것 역시 어릴 적부터 주입된 밥상머리 교육의 결과다.

시대가 변했는데도 왜 남성은 변하지 않을까? 나는 밥상머리 교육에 책임이 있다고 생각한다. "남자는 울면 안 된다", "남자는 부엌에 들어가면 안 된다" 등의 말이야말로 남자를 남자로 만든다. 그 말의 일부는 남성을 힘들게 하기도 하지만, 종합적으로 따져볼 때 남성에게 더 편한 길이라 남성이 억지로 변화할 명분이 되지는 못한다. 그렇다면 남성은 계속 이렇게 살아야 할까? 변화하지 않는 남성들에게 절망한 여성들이 결혼을 피하는 현실을 감안하면, 남성의 교육은 절대적으로 필요하다. 딱 한 부류만 교육한다면 누구여야 할까? 바로 '아버지'다. 밥상머리 교육으로 아버지의 생각이 자식에게 전달됨으로써 자식을 일반적 의미의 '남성'으로 만드니 말이다.

이런 생각을 하게 된 것은 유진의 『아빠의 페미니즘』을 읽었기 때문이다. 제목만 보면 '아버지가 페미니즘을 공부해야 한다'는 내용 같은데, 그게 아니라 저자의 아버지 J의 어록이었다. 책을 읽어보니 J는 우리나라 남성 중 페미니즘으로만 따졌을 때 상위 0.1퍼센트에 들어가고도 남을 사람이다. 책 몇 권 읽은 것이 다인 내가 페미니스트를 참칭하는 것이 부끄러울 지경이다.

딸 유진을 낳은 뒤 J는 유진의 어머니에게 말한다. 아이를 더 낳고 싶은데 둘째가 아들일까봐 더는 낳지 못하겠다고. "아들이 생기면 진이를 한 명의 사람이 아니라 딸로 바라보게 된다.……우리 진이만 잘 키우자. 딸로서가 아닌, 한 명의 멋진 사람으로 살게 해주자."(27쪽)

이 이야기를 들은 유진이 J에게 묻는다. 아들하고 주말마다 캐치볼 하고 싶지 않느냐고. J는 웃었다. 지금도 유진과 주말마다 캐치볼을 하는데 왜 그게 아쉽냐고 말이다. 심지어 이런 말도 한다. "나는 나의 아들을 가해자로 키우지 않을 자신이 없다.……여성에게 가해지는 물리적 폭력과 사회적 폭력에 침묵하지 않을 수 있는 남성으로 키워낼 자신이 없다."(32~33쪽) 이 말을 지키기는 쉽지 않았다. '아들'만 원하는 시댁이 어디 한두 군데인가? 게다가 이런 타박은 어머니에게 집중되기 마련이다. 그래서 J가 나서서 선언했다. "아이 낳는 문제에 어떤 방식으로든 관여하려 든다면, 모든 연을 끊겠다."(32쪽)

정말 대단하지 않은가? 아버지의 성을 따르는 사회가 잘못되었다면서 J가 한 다음 말은 더 충격적이다. "나는 네가 성을 버렸으면 좋겠다. 나에게 속한 사람으로 살지 않았으면 좋겠다."(47쪽) "J는 딸을 사위에게 넘겨주는 결혼식 따위 참석하고 싶지 않다고 했다. 딸을 빌미 삼아 축의금 장사를 하고 싶지도 않다고 했다."(58쪽)

이 책에는 이런 식의 충격적인 어록이 계속 나온다. 그래도 페미니즘에 열려 있는 내가 '충격'이라 표현할 정도면, 일반적인 남성들은 더하지 않을까 싶다. 하지만 여성이라면, 이런 아버지가 있다는 것이 축복이라고 생각할 것이다. 다음 대화를 보자.

J: 너 미혼모가 된다면 어떡할래? 누구에게 도움을 청할래?
유진: (상상만으로도 두려워서 떨리는 목소리로) J에게, 나의 엄마에게, 오면 안 될까?

J: 당연히 집으로 오면 되는 거야. 나는 너의 결혼과 출산 계획에 관여할 계획이 없어. 다만 네가 계획에 없던 임신을 하게 되거나, 홀로 모든 것을 감당하게 된다면 당연히 내가 너를 보호할 거야. 너는 나의 딸이니까. 그 아이는 너의 아이니까.(96~97쪽)

정말 든든하지 않은가? 딸을 사랑한다고 해놓고 미혼모가 되면 패륜아 취급하는 가정이 많은 판국에, 어떤 일을 해도 너는 내 딸이라고 말하는 아버지라니 가슴이 뭉클하다. 내가 이 글의 제목을 '페미니즘을 수단으로 한 위인전'이라 쓴 이유다.

한편으로는 J 같은 아버지가 많다면, 우리 사회가 얼마나 좋아질까 하는 생각도 든다. 아버지가 페미니스트라면 자식들은 어려서부터 페미니즘을 배울 수 있을 테니 말이다. 여기에 관한 저자의 말을 옮겨본다. "딸을 키우는 아빠가 어떻게 페미니스트가 아닐 수 있단 말인가? 그것이 아빠라는 직업의 책임과 의무다."(10쪽)

이 책이 마음에 들었다면 이 책도

- 오은영, 『불안한 엄마 무관심한 아빠』(김영사, 2017)
- 초등성평등연구회, 『학교에 페미니즘을』(마티, 2018)
- 마이클 코프먼, 이다희 옮김, 『남성은 여성에 대한 전쟁을 멈출 수 있다』(바다출판사, 2019)

할아버지와
할머니의
차이

"후사에 할머니가
해방되신 거네."

몰락해가는 한 시골 마을에서
일어나는 해프닝을 다룬 소설이다.
오쿠다 히데오라는 이름에 걸맞는
유머는 없지만, 읽다보면 마음이
훈훈해지는 것은 여전하다.
『나오미와 가나코』에서 자신이
페미니스트라는 사실을 알린
저자는 이번 책에서도 그 증거들을
여기저기 뿌려놓는다.
자, 오쿠다도 페미니스트라는데
님들은 어쩌시렵니까?
오쿠다를 버리시렵니까?

2001년 12월 24일 아버지가 돌아가셨다. 처음 입원하신 게 1992년이고, 매년 몇 달씩 병원 신세를 지신 데다 마지막 3년은 거의 병상에서 보내셨으니, 10년간 병원 신세를 지었다고 해도 과언은 아니다. 막판에 간병인의 도움을 받긴 했지만 그 기간 홀로 아버지를 간병한 분은 어머니셨다. 어쩌다 자식들이 문병을 가면 어머니는 "뭐하러 왔냐"며 돌려보내기 바쁘셨다. 그렇다고 어머니가 아버지에게 정이 각별한 것은 아니셨다. 오히려 그 반대였는데, 아버지에게 시집온 후 어머니는 늘 마음을 졸이며 사셨다. 아버지가 화를 잘 내서였다.

이유가 있다면 화를 내는 게 맞지만, 아버지의 화에는 정당성이 결여된 경우가 많았다. 현관에 놓인 신발이 정리가 잘 안 되었다든지, 창틀에 먼지가 쌓인 것은 그냥 한마디 하고 넘어가면 될 일이지, 가족 전체가 공포에 떨 정도로 화낼 건수는 아니지 않을까? 아버지는 설령 당신이 안 계실 때도, 어머니가 외출하는 것을 무척 싫어하셨다. 행여 어머니가 외출하셨다가 아버지가 오기 전에 돌아오시지 않으면, 우리는 공포에 질렸다. 38년에 걸친 어머니의 결혼 생활 중 내가 기억하는 30년은 대개 그런 식이었다. 어머니는 결혼을 후회하지 않는다고 말씀하시지만, 우리를 낳았기 때문이라고 단서를 붙이셨다.

해외여행은커녕 국내 여행도 거의 못 다니셨던 어머니가 자유롭게 친구를 만나고, 전화도 마음껏 할 수 있게 된 것은 아버지가 돌아가신 뒤부터였다. 어머니가 암에 걸리셨을 때 유독 마음이 아팠던 것은 어머니가 삶을 즐기신 지 얼마 안 되어서였기 때문이다.

자식들이 돌아가며 어머니를 찾아뵙기는 했지만, 어머니는 거의 혼자 힘으로 항암 치료를 이겨내셨다. 만일 아버지가 살아계셨다면 어머니를 간병하셨을까? 그러시지는 않았을 것 같다. 막연한 추측이 아닌 것은 아버지를 간병하던 중 어머니가 이런 질문을 했기 때문이다. 아버지의 대답은 다음과 같았다. "간병인이 하면 되지, 왜 내가 해?" 그러니 아버지가 살아계셨다면, 어머니는 아버지를 돌보는 와중에 암 투병하는 이중고를 겪었으리라.

오쿠다 히데오는 재미있는 소설가로 알려져 있다. 그를 한국에 알린 『공중그네』가 대표적인데, 책의 주인공이자 변태 기질이 있는 이라부는 생각만 해도 웃음이 나오는 캐릭터다. 하지만 오쿠다는 단순히 재미만 주는 것이 아니라 사회적 메시지를 전달하는 데도 일가견이 있어서 『남쪽으로 튀어!』는 국가와 개인의 관계를 다시금 생각하게 해주고,『나오미와 가나코』는 남성의 폭력에 대한 성찰을 촉구한다.『무코다 이발소』는 탄광 덕에 한때 번성했지만 폐광이 된 뒤 쇠퇴기에 접어든 도마자와라는 마을에서 벌어지는 이야기를 다루고 있다. 배경은 스산하지만 오쿠다 특유의 유쾌함은 여전하고, 생각할 거리도 듬뿍 선사한다.

책에서 기하치라는 여든을 넘긴 할아버지가 갑자기 쓰러진다. 지주막하출혈이라고, 뇌동맥이 터져서 뇌를 감싸고 있는 지주막 아래 출혈이 일어나는 응급 질환이다. 바로 돌아가시나 했는데 상태가 안정되면서 기하치 할아버지는 요양 병원에 옮겨진다. 그의 아내이자 역시 여든에 가까운 후사에 할머니는 하루 한 번씩 버스를 타고 요양 병원에 들르지만, 그 시간을 제외하면 남은 시간을 혼자 보냈다. 후사에 할머니의 상황을 책에 나오는 인물들의 대화를 통해 알아보자.

"그래서, 지금 어머니는 어떠신가? 내가 보기에는 의외로 기운이 왕성하신 것 같던데."

"그게, 아쉬워하는 기색이 없어. 얼마 전에도 5년 만에 극장에 갔다 왔다면서 좋아하시더라고."

"뭐? 그래?"

"그렇다니까. 야마가타에 가서 혼자 쇼핑도 하고, 레스토랑에서 스파게티도 먹고. 뭔지 모르겠지만 어머니 혼자서 즐기는 눈치야."

(갑자기 끼어들며) "후사에 할머니가 해방되신 거네."

"지난 몇 년 동안 바바 할아버지 기력이 쇠약해지셔서 할머니가 늘 옆에 있어야 했잖아. 여행도 한번 못 갔지, 노인회 모임에도 못 나갔지. 게다가 할아버지가 운전을 계속하니까, 사고라도 나면 어쩌나 노심초사. 그런 게 다 없어졌으니, 무거운 짐을 내린 것처럼 후련해지지 않았겠냐고."(108~109쪽)

이들의 대화를 보면서 나는 어머니를 생각했다. 후사에 할머니는 '몇 년간'에 불과하지만, 어머니는 30년이 넘도록 아버지의 심술에 시달려야 했으니, 대놓고 말씀은 안 하셔도 홀가분한 마음은 더 컸으리라.

비단 내 아버지만은 아닐지도 모르겠다. 남성 대부분은 혼자 힘으로 할 줄 아는 것이 없고, 그러면서도 삼시 세끼를 원하니, 나이가 들수록 아내가 귀찮아할 수밖에 없다. 반면 여성은 나이가 들어도 혼자 힘으로 잘 살아간다.

암 투병 후 부쩍 쇠약해지셨지만, 어머니는 혼자 꿋꿋이 잘 사신다. 만약 아버지가 혼자 남으셨다면 어땠을까? 우리 형제는 "아버지를 누가 모시느냐"를 놓고 한바탕 전쟁을 벌였을지도 모른다. 이 책의 인물은 다음과 같이 말한다.

"여자 쪽이 평균수명이 길다는 거, 하느님 조화 중에서는 꽤 히트작 아니겠어. 여기 있는 댁들도, 부인이 먼저 저세상으로 가면 어떻겠어? 어쩔 줄 모를걸."

남자 넷 모두 이번에는 대답할 말이 궁해졌다.(109쪽)

나 역시 마찬가지다. 집안일을 조금 하는 편이지만, 그래도 삶의 많은 부분을 아내에게 의존한다. 둘 중 하나가 먼저 가야 한다면, 그건 당연히 나여야 한다고 생각한다. 아내는 나보다 세 살 어리고, 평균수명도 여자가 기니, 그렇게 될 확률이 높다. 그래도 내가 간 뒤 아내 혼자 어떻게 살아갈지 생각하면 마음이 아프다. 아내도 그런 삶을 원하지 않는지 내게 종종 협박한다. 자기보다 내가 먼저 죽으면 가만두지 않겠다고 말이다. 이 말을 들으면 기분이 나쁘지 않다. 아내가 나를 참 사랑하는구나 싶어서다. '아버지, 결혼 생활을 놓고 본다면 제가 아버지보다 훨씬 성공적인 것 같습니다.'

이 책이 마음에 들었다면 이 책도

▪ 오쿠다 히데오, 양윤옥 옮김, 『소문의 여자』(오후세시, 2013)
▪ 오쿠다 히데오, 임희선 옮김, 『걸』(북스토리, 2014)

앤디 자이슬러, 『페미니즘을 팝니다』

비욘세와
유아인

"여성을 대상으로 하는
광고와 마케팅은 문자 그대로
여성의 불안감을 유발한 후
다시 그것을 해소하는 전략에
의존해왔다."

남성 사이에서 회자되는 전설이
있다. 바로 '페미니즘은 돈이 된다'
는 것. 그런데도 우리나라에서는
여성 연예인들이 페미니스트로
몰릴까봐 전전긍긍하니
희한한 일이다.
하지만 페미니즘이 어느 정도
자리 잡힌 미국에서는 대중문화가
페미니즘을 이용하기도 하는
모양이다. 이것은 과연 바람직한
일일까. 흥미로운 주제가 가득한
이 책이 그 답을 줄 수 있을 것 같다.

『페미니즘을 팝니다』는 페미니즘에 관한 여러 이슈를 심층적으로 다룬 책이다. 각 챕터가 다 논쟁의 주제가 될 법하고, 읽어볼 가치가 충분하지만 여기서는 연예인의 페미니즘에 대해서만 이야기해보자.

"2014년 MTV 비디오 뮤직 어워즈 공연에서 비욘세는 나이지리아 출신의 페미니스트 작가 치마만다 응고지 아디치에Chimamanda Ngozi Adichie의 글을 삽입한 노래를 부르며 자신이 페미니스트라고 선언했다."(191쪽)

비욘세라면 음악에 무관심한 내가 이름을 알 정도로 유명한 가수다. 섹시함을 내세우는 가수다 보니 사람들은 이렇게 욕했다. "속옷 차림으로 사진 찍힌다고 페미니즘에 도움이 되는 건 아니다", "섹스 해방을 페미니즘이라 부르지 마라", "엉덩이 흔들기는 페미니즘이 아니다". 안타까운 일은 페미니스트들이 이런 비판을 한다는 점이다. 『모두를 위한 페미니즘』의 저자로 우리나라에도 널리 알려진 페미니스트 벨 훅스는 다음과 같이 말했단다. "나는 비욘세에게 반페미니즘적인 요소가 있다고 생각합니다. 어린 여자아이들에게 미치는 악영향을 감안하면 그녀를 테러리스트로 봐도 무방합니다."(188쪽)

　나는 이런 비판이 '안타깝다'고 했다. 페미니스트가 보기에 비욘세가 부족한 점이 많을지언정, 유명 연예인의 페미니스트 선언은 페미니즘에 도움이 된다고 믿기 때문이다. 그간 페미니즘은 남자를 혐오하는, 매력적이지 않은 여성들의 일탈로 매도당했다. "브라를 태우고, 다리털을 밀지 않고, 중성적이고, 여성미가 없고, 십중팔구 레즈비언이고, 남자를 지배하려 하고, 남자가 되고 싶어 하고, 일부러 머리를 짧게 자르고, 화를 잘 내는 급진파들."(243쪽) 하지만 비욘세의 페미니스트 선언은 페미니스트에 대한 그런 편견을 보기 좋게 깨부순다. 매력적인 여성도 얼마든지 페미니스트가 될 수 있다! 비욘세의 선언에 자극받아서인지, 영화 〈해리 포터〉 시리즈에서 헤르미온느 역을 했던 배우 에마 왓슨Emma Watson은 2014년 11월 유엔에서 '히포시He For She' 연설로 화제가 되었다.

　물론 연예인의 페미니스트 선언에는 위험한 점이 있다. 자신을 치장하기 위해 페미니스트라고 할 수 있기 때문이다. 그래서 저자는 말했다. "공개 석상에서 페미니즘이라는 대의명분을 자랑스럽게 내세우는 사람이라면 그걸로 언론의 관심을 끄는 것 이상의 책임을 져야 한다."(219쪽)

　타당한 말이다. 하지만 사람이란, 특히 대중에게 알려진 유명인은 더더욱 자기가 한 말에 책임을 지려고 노력한다. 유명인이 아닌 나도 정체를 드러낸 후 그에 걸맞게 살려고 애쓰고 있다. 속마음이 꼭 그런 것은 아니라 해도, 최소한 남이 볼까 봐 조심하게 되는 게 사람의 속성이라는 이야기다.

그렇다면 페미니스트라고 선언한 비욘세를 긍정적으로 보아주고, 잘못하는 것이 있다면 넓은 마음으로 가르쳐주는 것이 도리가 아닐까? 왓슨에게 페미니스트라는 사람이 왜 〈미녀와 야수〉 같은 반反페미니즘 영화에 나오느냐고 윽박지르는 것보다는, 그녀가 그런 영화를 찍을 수밖에 없는 현실을 인정해주고, 페미니즘 운동을 도와달라고 요청하는 것이 페미니즘의 외연을 넓히는 데 훨씬 도움이 되지 않겠느냐는 말이다.

그래도 미국에서는 여러 연예인이 스스로 페미니스트라고 칭하는 반면, 우리나라의 현실은 처참하다. 이 나라에서는 "혹시 너 페미니스트야?"라는 마녀사냥이 횡행한다. 레드벨벳의 아이린은 『82년생 김지영』을 읽었다는 이유로 네티즌에게 조리돌림을 당했다. 그들은 손나은이 '부은 얼굴'이라며 올린 사진도 그냥 넘어가지 않았는데, 그녀가 들고 있던 휴대전화 케이스에 'GIRLS CAN DO ANYTHING'이라는 무서운 글귀가 새겨져 있었기 때문이다. 사정이 이러니 페미니스트를 선언하기는커녕 페미니즘을 연상케 하는 옷이나 장신구도 스스로 검열할 판이다.

이런 척박한 풍토에서 스스로 페미니스트라고 한 연예인이 있었으니, 바로 유아인이다. 물론 그가 남성이기 때문에 가능하기도 했는데, 우리나라 남성들은 희한하게도 여성 연예인의 페미니즘 여부에는 촉각을 곤두세우지만, 남성 연예인은 무엇을 해도 크게 관심을 두지 않는다. 어쨌거나 1,300만 명의 관객을 불러 모은 〈베테랑〉을 비롯해서 수많은 영화에서 연기력을 빛낸 배우의 페미니스트 선언은 페미니즘 운동에 큰 힘이 되었어야 마땅하다. 하지만 엉뚱하게도 유아인은 페미니즘의 외연을 넓히기는커녕 페미니스트들과 싸우고 있는 중이다!

이게 어찌 된 일일까? 사건의 발단은 한 트위터리안이 남긴 멘션이었다. "유아인은…그냥 한 20미터 정도 떨어져서 보기엔 좋은 사람인 것 같다…(하지만) 친구로 지내기는 조금 힘들 것 같음.…막 냉장고 열다가도 채소 칸에 뭐 애호박 하나 덜렁 들어 있으면 가만히 들여다보다가 갑자기 나한테 혼자라는 건 뭘까? 하고 코 찡긋할 것 같음." 좋은 말은 아니었기에, 유아인은 다음과 같이 반응한다. "애호박으로 맞아봤음?(코 찡긋)"

그냥 농담을 주고받은 것으로 보이지만, 이 대화가 인터넷에 퍼지면서 '여혐' 발언으로 둔갑했다. '맞아봤음'이라는 말이 더해지면서, 유아인은 '한남충'이 되어버린다. 곧 페미니스트들이 몰려왔고, 유아인은 이들과 끝없는 설전을 벌였다.

페미니즘의 진짜 적인 '일베'에서 유아인을 장군으로 모시게 된 것은 이때부터다. 그 뒤 유아인은 페이스북에 "나는 페미니스트다. 어떠한 권위가 내게 자격증을 발부할지는 모르겠으나 신념과 사랑과 시대정신을 담아 페미니즘을 이야기하고자 한다"로 시작하는 장문의 글을 올린다. 그 글을 읽으면서 다시금 안타까웠다.

그래도 이 땅에서 페미니스트를 선언한 드문 '남성' '연예인'인데, 그의 농담에 왜 그렇게 날 선 반박을 했을까? 그의 의사를 존중해주고, 페미니즘 운동에 동참해달라고 이야기할 수는 없었을까? 그의 언행이 페미니즘의 기준에 미치지 못할지라도, 친절하게 가르쳐줄 수도 있는 것 아닐까? 페미니즘 운동에 정답은 없으며, 자신이 추구하는 것과 다르다고 상대를 매도할 권리는 누구에게도 없다. 유아인도 포용하지 못하는 페미니즘의 경직성이 아쉽다. 미국에서도 그렇지만, 한국에서는 특히 더.

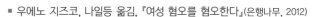

이 책이 마음에 들었다면 이 책도

- 우에노 지즈코, 나일등 옮김, 『여성 혐오를 혐오한다』(은행나무, 2012)
- 최지은, 『괜찮지 않습니다』(알에이치코리아, 2017)

읽고 쓰며,

명랑하게 삽니다

내가
동물원 주인이
된다면?

"글쎄,
기린?"

『고래』의 작가 천명관은 희대의
이야기꾼이다. 스토리 전개도
흥미롭지만, 곳곳에 배치된
B급 유머야말로 이 작가가
사생팬을 거느리게 된 비결이다.
남자들의 지질한 이야기를 다룬
이 책 역시 사생팬의 기대를
100퍼센트 충족시킨다.
이 책을 계기로 천명관 사생팬
대열에 합류해보시길 권한다.

나는 좋은 초등학교를 나온 덕분에 동물을 가까이 둔 어린 시절을 보냈다. 학교 안 우리에는 다람쥐가 있었고, 날개를 펴는 모습을 졸업 때까지 한 번도 못 본 공작새가 한 마리 있었다. 돌이켜보니 수컷 혼자서 참 외로웠겠다 싶은데, 이상하게 그때는 그런 생각을 전혀 하지 못했다. 그리고 원숭이가 있었다. 그 원숭이는 한 학생이 우리 학교에 전학을 오면서 대가로 기증한 거라고 했다. 30세가 넘어 동창회에서 만난 그 친구에게 원숭이 이야기를 물어보았더니 이렇게 대답했다.

"다람쥐 정도로 우겨보려 했는데 워낙 강경하더라고."

그렇게 동물을 보면서 살다보니 정작 동물원에 갔을 때는 그다지 감흥이 없었다. 그런 내가 동물에게 감동했던 것은 에버랜드에 갔을 때였다. '썸'을 타던 여자애와 함께였다. 에버랜드는 전에 갔던 동물원과는 스케일이 달랐다.

먼저 감동했던 동물은 코끼리였다. 하필이면 내가 갔을 때 소변과 대변을 한꺼번에 보고 있었다. 그건 소변이 아니라 폭포였다. 대변이 떨어지는 곳에는 거대한 산 같은 것이 생겼다. 코끼리의 코가 크다는 것은 알았지만 코가 크면 부수적인 효과도 있다는 속설이 맞는다는 것은 그때 처음 알았다.

하지만 코끼리의 감동은 호랑이에 비하면 아무것도 아니었다. 매사가 귀찮은 듯 앉아만 있었지만, 왕의 자태라는 것이 바로 저런 거라는 것을 바로 알 수 있었다. 한참을 보다가 이동하려는데, 녀석이 지루했는지 갑자기 고함을 질렀다. 어흥. 지축을 흔드는 그 소리에 나도 모르게 호랑이를 경배하게 되었다. 호랑이는 분명 우리 조상을 괴롭힌 동물이건만, 호랑이를 미워하기는커녕 좋게 말하는 이유가 바로 저것이구나 했다.

『이것이 남자의 세상이다』는 희대의 이야기꾼 천명관의 장편소설이다.『고래』이후 그가 내는 책은 다 읽고 있는데, 한 편도 실망을 준 적이 없다. 조폭을 다룬 이번 이야기도 저자 특유의 재미있는 스토리가 유머와 더불어 담겨 있다. 책에 나오는, 조폭 두목이지만 회장이라 불리는 사내는 정치에 대한 열망이 있는 이었다. 국회의원 선거에 나간 그는 매우 추잡한 방법을 동원했지만 두 번이나 낙선한다. 세 번째 도전을 준비하면서 그가 꺼내든 카드는 동물원을 짓는 것이었다. 동물원을 지어 지역 경제를 살리면 명성이 높아진다는 것이 그의 생각이었다.

문제는 시간이 그리 많지 않다는 점이었다. 동물원을 개장하려면 급하게 동물을 구해와야 했다. 그런 그에게 사육사가 접근한다. 그는 회장에게 묻는다.

"동물원에서 반드시 있어야 할 동물이 뭐가 있겠습니까?"
"글쎄, 기린?"(144쪽)

회장 말이 맞다. 기린 한 마리만 있으면 동물원은 성공한다. 우리는 기린에 대한 로망이 있다. 목이 어마어마하게 긴 기린은 보고 있는 것만으로도 관람자는 다른 세계에 있는 기분을 느낀다. 하지만 사육사는 아이들이 가장 보고 싶어 하는 것은 원숭이라고 우겼고, 결국 원숭이 몇 마리를 구해온다. 사육사는 다시 묻는다.

"그다음은 어떤 동물이 있어야 할까요?"
"글쎄, 기린?"(145쪽)

하지만 이번에도 사육사는 자기주장을 내세웠다. 동물원이라 하면 사슴이라면서, 사슴을 몇 마리 구해온 것이다. 그 뒤 사육사는 다시금 묻는다.

"자, 다음엔 또 뭐가 있어야 할까요?"
"글쎄, 기린?"(145쪽)

나는 회장이 기린에 대한 뜻을 굽히지 않기를 바랐다. 원숭이나 사슴 따위가 어찌 기린을 대체할 수 있단 말인가? 그런데 사육사는 뜻밖의 말을 한다. "회장님도 참 기린 좋아하셔. 근데 동물원 하면 뭡니까? 호랑이 아닙니까?"(145쪽)

맞다, 동물원 하면 호랑이다. 호랑이에게는 기린을 뛰어넘는 뭔가가 있다. 다른 동물이 없어도 호랑이 한 마리만 있으면 그 동물원은 된다. 사육사는 호랑이를 구해주었을까? 사육사는 사실 뜨끈이라 불리는 사기꾼이었기에 호랑이 구할 돈을 가지고 튀었다.

물론 상대는 만만한 사람이 아니라, 회장을 가장한 조폭 두목이었다. 사육사는, 아니 뜨끈이는 회장에게 붙잡혀 우리에 갇히는 신세가 된다. "호랑이 한 마리를 가져오기 전에는 절대 뜨끈이를 내줄 수 없답니다. 그리고 호랑이를 구해올 때까지 뜨끈이가 대신 호랑이 노릇을 해야 된대요. 생닭을 먹으면서 가끔 어흥 어흥, 울기도 하고."(147쪽)

동물원 이야기를 읽다보니 몇 년 전부터 가졌던 내 꿈이 생각난다. 바로 기생충 박물관이다. 아이들이 원할 때 원 없이 기생충을 볼 수 있도록 해주어야 기생충에 대한 혐오감이 없어지고, 과학에 대한 열망도 키울 수 있다는 것이 내 주장이다. 문제는 기생충이 그리 많지 않다는 점이다. 내가 단국대에 부임한 것은 1999년인데, 이미 기생충이 거의 없어진 시점이었다.

모은다고 열심히 모았지만 박물관은커녕 방 한 칸 채울 만큼도 안 되는 것 같다.

광절열두조충이라고, 길이 5미터짜리 기생충은 세 마리인가 있지만 나머지가 좀 부실하다. 이런 내게 사육사가 접근해온다면 다음과 같은 대화를 나눌 것 같다.

"기생충 박물관을 위해 우선적으로 필요한 기생충이 있나요?"

"글쎄, 편충?"

채찍처럼 생겼고, 우아함마저 갖추어 내가 제일 좋아하는 편충이야말로 아이들의 관심을 끄는 데 제격이다. 오죽하면 내가 편충을 주인공으로 하는 소설을 출간했을까. 그러면 사육사는 이렇게 말하리라. "기생충박물관 하면 갈고리촌충이죠. 지금은 멸종했지만, 돼지고기 덜 익혀 먹어서 걸리는 그 기생충이 얼마나 많은 사람들을 공포에 떨게 했나요? 제 집사람은 지금도 삼겹살 바짝 구워 먹어요."

"그다음으로 필요한 기생충이 있나요?"

"글쎄, 편충?"

이번에도 사육사는 다른 주장을 내세우지 않을까? 세 쌍의 이빨이 있는 십이지장충은 크기가 좀 작긴 해도 호랑이의 풍모를 지녔다면서, 이런 기생충을 놔두고 무슨 박물관을 논하느냐고 할 것이다.

"마지막으로 필요한 기생충이 있나요?"

"글쎄, 편충?"

그러면 사육사는 이렇게 말할 것이다. "박사님은 편충 참 좋아하네요. 하지만 기생충 박물관에는 한물간 것들 말고 지금 활발히 활동하는 기생충도 있어야 해요. 국가 돈을 빼돌려 나라를 어지럽게 하는 사람들, 이런 사람들부터 잡아다 박물관에 놓아야지 않겠습니까?"

정말이다. 그분들을 불러다놓을 수만 있다면 기생충 박물관도 흥하고, 우리나라도 잘될 텐데.

이 책이 마음에 들었다면 이 책도

■ 천명관, 『고래』(문학동네, 2004)
■ 천명관, 『나의 삼촌 브루스 리』(예담, 2012)
■ 전아리, 『어쩌다 이런 가족』(다산책방, 2016)

하루키와
요충

"지금 당장 인종 청소를 없애라든가
지구온난화를 멈추라든가
아프리카코끼리를 구하라는
거창한 요구가 아니잖아요."

하루키 소설의 매력은
재미와 더불어 심오한 문학작품을
읽는다는 긍지를 준다는 것이다.
작가가 이 책을 통해 무슨 말을
하려는지는 모르겠지만,
이야기가 재미있으니 순식간에
읽게 되고, 다 읽고 나면
마음이 풍족해진다. 그의 신작을
애타게 기다리는 이유다.

나는 기생충 강의를 할 때 요충 이야기를 꼭 한다. 요충이 굉장히 감동적인 기생충이기 때문이다. 대부분의 기생충은 알을 낳은 뒤 대변으로 그냥 내보낸다. 그 알이 제대로 자라려면 다시 사람 입으로 들어와야 하는데, 옛날처럼 사람의 변을 비료로 쓰는 시대라면 모를까, 요즘처럼 수세식 화장실을 사용하면 알들의 종착지는 하수처리장이 고작이다. 거기서 아무리 몸부림 쳐보았자 사람의 입으로 가는 것은 불가능할 터, 회충과 편충을 비롯한 기생충들이 멸종한 것은 그 때문이다.

요충은 자기 알을 그렇게 키우고 싶지 않았다. 알을 대변에 섞어 내보내는 대신, 요충은 자기 몸속에 알을 가득 채운다. 1센티미터 남짓한 요충의 몸은 곧 알로 가득 차는데, 머리부터 발끝까지 알을 채우면 1만 개 정도 된다고 한다.

더는 알이 들어갈 공간이 없어지면 요충의 모험이 시작된다. 일단 만삭의 몸으로 맹장 근처에서 항문까지 먼 길을 기어간다. 항문 근처에서 나는 냄새에 정신을 잃지 않고 항문 밖으로 나간 요충은 항문 주위에 자신이 품었던 알을 모조리 쏟아낸다. 만삭의 몸으로 장거리 마라톤에 출산까지. 이 정도면 쉴 자격이 충분하지만 요충은 그러지 않는다. 대신 항문 근처를 열심히 기어 다닌다. 항문을 가렵게 하기 위해서다. 그래야 사람이 손으로 항문을 긁을 테고, 그 손으로 튀김 같은 것을 먹어준다면 그때 알이 사람의 입으로 들어갈 수 있고, 그래야만 그 알들이 훌륭한 어른 요충으로 자랄 수 있으니 말이다.

그러니까 요충이 항문을 가렵게 하는 것은 엄마 요충의 자식을 잘 부탁한다는 절규 같은 것이다. 가슴이 뭉클해지지 않은가? 이런 모성애에 우리가 화답하는 길은 그저 항문을 긁어주는 것뿐이다. 여기까지 이야기한 뒤 난 꼭 다음 말을 추가한다. "요충이 지구온난화를 막아달라고 했습니까? 오존층이 뚫리는 것을 막아달라고 한 것도 아니잖아요. 그저 항문만 한 번 긁어달라는데, 그것도 안 해주는 건 너무하지 않습니까?"

이런 말을 하도 하고 다녔더니, 엉덩이를 긁는 사람을 보면 마음이 흐뭇해진다. 물론 속으로는 이렇게 말하곤 한다. '바지 위로 긁으면 안 됩니다. 그래서는 알이 손에 안 묻잖아요!'

무라카미 하루키의 노벨 문학상 수상이 또 좌절된 날, 그의 탈락을 애도하면서 『기사단장 죽이기』 2권을 마저 읽었다. 두 권을 읽는데 두 달이 걸렸다. 책이 재미없었던 것은 아니다. 하루키의 책이 다 그렇듯, 이번 책도 몽환적이면서 다음 장면이 궁금해 견딜 수 없게 만드는 재미가 있었다. 원래 자투리 시간에는 꼭 책을 읽는데, 자투리 시간 자체가 없을 만큼 바빴던 것이 시간이 오래 걸린 이유였다.

『기사단장 죽이기』 내용을 잠시 이야기해보자. 졸지에 아내에게 결별을 통보받은 주인공은 유명한 화가를 아버지로 둔 친구의 호의로 산기슭에 있는 별장에서 살게 된다. 그 별장은 친구의 아버지가 작업실로 쓰던 곳인데, 주인공은 다락방에 올라갔다가 그가 그린 〈기사단장 죽이기〉라는 작품을 발견하고, 그때부터 이상한 일에 휘말리게 된다.

책을 다 읽어도 이상한 일들이 명쾌하게 설명되지 않는다. 이상한 일 중 하나는 아키가와 마리에라는 13세 소녀가 실종된 사건이다. 주인공은 마리에를 모델로 삼아 그림을 그리면서 그와 어느 정도 친분을 쌓았기에, 마리에를 찾고 싶었다. 그래서 그는 〈기사단장 죽이기〉라는 그림에서 튀어나온 기사에게 마리에가 어디 있느냐고 묻는다. 기사단장과 마리에의 실종이 도대체 무슨 관계가 있나 싶지만, 주인공은 막무가내다. 기사단장이 가르쳐주지 않으려 하자 주인공은 다음과 같이 쏘아붙인다. "에둘러 암시만 해주셔도 됩니다. 지금 당장 인종 청소를 없애라든가 지구온난화를 멈추라든가 아프리카코끼리를 구하라는 거창한 요구가 아니잖아요. 전 그저 좁고 어두운 곳에 갇혀 있을지도 모르는 열세 살 소녀를 다시 보통의 이 세계로 데려오고 싶은 거예요. 그뿐이라고요."(2권 284쪽)

이 대목을 읽고 내가 웃음을 터뜨린 것은 너무도 당연했다. 그리 어려운 부탁이 아니라는 이야기를 하려고 내가 예로 든 것이 대소설가인 하루키와 찌찌뿡이라니, 기분이 유쾌해지기까지 했다. 야박한 사람들이 요충을 위해 엉덩이를 긁어주지 않는 것과는 달리 기사단장은 그 소녀가 있는 곳을 넌지시 가르쳐준다. 주인공은 죽을 고생을 해가며 기사단장이 알려준 곳에 간다. 스포일러지만 그곳에는 소녀가 있지도 않았으니, 주인공이 무엇하러 그런 모험을 했는지 이해가 안 간다.

다시 요충 이야기로 돌아가보자. 기생충이 대부분 멸종한 지금도 요충은 굳건히 버티고 있다. 요충의 헌신적인 모성애와 더불어 아이들의 협조가 있기 때문이다. 엉덩이를 긁을 때 남의 시선을 의식하는 어른들과 달리 아이들은 언제 어디서나 엉덩이를 긁고, 그 손으로 과자를 먹으며, 과자를 먹다가 다른 사람을 보면 "아빠도 먹어"라면서 과자를 내민다. 요충에게는 고마운 숙주가 아닐 수 없다. 그래서 요충은 어른보다 아이들에게 감염률이 높은데, 가끔씩 나오는 조사에 의하면 5~10세 아이들에게는 대략 4~5퍼센트의 높은 감염률을 보인다고 한다. 『기사단장 죽이기』에 나온 마리에도 13세라니, 요충이 있을지도 모르겠다. 리얼리티를 위해 하루키가 다음 소설에서는 꼭 요충을 등장시켜주길 빈다.

물론 지금까지 한 이야기는 어디까지나 기생충 관점에서

한 이야기일 뿐, 요충이 아이에게 감염되는 것은 그리 바람직한 일은 아니다. 밤마다 항문 주위를 기어 다니는 요충 때문에 잠을 설치게 되고, 짜증이 많아지며 집중력이 저하되는 등 부작용이 많다. 그러니 아이가 유난히 항문을 자주 긁는다면 요충에 걸린 것이 아닌지 의심해보자. 요충은 감염력이 높으니, 요충에 걸린 것이 맞는다면 같이 지내는 가족은 물론이고 유치원이나 학교의 같은 반 친구들도 같이 검사하는 것이 좋다. 아이들이 요충 걱정 없이 뛰놀 수 있도록.

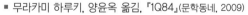

이 책이 마음에 들었다면 이 책도

■ 무라카미 하루키, 양윤옥 옮김, 『1Q84』(문학동네, 2009)
■ 스미노 요루, 양윤옥 옮김, 『너의 췌장을 먹고 싶어』(소미미디어, 2017)
■ 델리아 오언스, 김선현 옮김, 『가재가 노래하는 곳』(살림, 2019)

정신과의
건투를 비는
이유

"마음 한편에서
사라지지 않는 의문은
'무엇을 근거로 이 환자를 판단하는가'
였다."

우리나라 사람의 삶이 척박한
이유 중 하나는 정신과에 대한
편견이 심해서일지도 모른다.
감기 같은 가벼운 질환으로도
병원을 찾는 이들이 훨씬 심각한
정신적 충격에는 정신과를 찾으려
하지 않으니 말이다.
글 잘 쓰는 의사 하지현이 쓴
이 책은 그래서 반갑다.

간혹 깜짝 놀랄 만큼 잔인한 범죄가 벌어지곤 하는데, 2017년에는 17세 소녀가 8세 여자아이를 유괴해 살해한 사건이 있었다. 시신까지 심하게 훼손했다니, 그 엽기성에 전 국민이 충격을 받았다. 이럴 때 사람들이 흔히 하는 말이 있다. "혹시 미친 거 아냐?" 이 말은 그런 끔찍한 일을 저지른 이를 정신이상자라고 단정 지음으로써 심리적 안정을 찾으려는 일종의 방어기제다. 하지만 통계에 의하면 강력 범죄를 저지르는 비율은 일반인이 정신 질환자보다 2배가량 높단다.[•]

앞에 언급한 범죄의 범인도 정신 질환을 내세웠지만, 좀 수상쩍다. 범인이 과거 조현병으로 진료를 받은 것은 맞지만, 아이를 유괴한 뒤 집에 데려가 살해하고, 옥상으로 올라가 시신을 훼손하고 숨기는 과정에서 CCTV를 철저히 피하는 치밀함을 보였다. "기억이 나지 않는다"는 주장은 조현병을 빌미로 형을 낮게 받으려는 수작이 아닐까 싶다. 그녀는 조현병이기보

● 조건희 · 김호경, 「정신 질환자 강력 범죄율 일반인 10배?…일반인 절반도 안돼」, 『동아일보』, 2017년 4월 5일.

다는 사이코패스에 가까워 보인다.

그런데도 이 사건이 정신 질환자에게 미친 영향은 매우 클 것 같다. 사람들은 보고 싶은 것만 보기 마련인지라 일반인이 저지른 수많은 잔혹 사건보다, 정신 질환자가 저지른 사건을 크게 인식한다. 2016년 서울 강남역 화장실 살인 사건의 범인이 정신 질환자라는 것이 드러나면서 몇몇 정신 질환자가 일자리를 잃었다. 이 논리를 적용한다면 정신 멀쩡한 남자가 살인을 저지르면 남자 직원을 해고해야 형평성에 맞지만, 그런 일은 일어나지 않는다. 그러다 보니 우울증 등으로 치료가 필요한 젊은이들이 취업할 때 불이익을 받을까봐 병원에 가지 않는 사태가 벌어지기도 한다.[*]

한 정신과 의사는 강연에서 이런 말을 했다. "우리는 정신과 약을 한 번 먹으면 평생 먹어야 한다고 생각해요. 정신과 도움을 받으면 좋아질 환자가 정신과를 꺼리는 데는 그런 이유도 있어요. 그런데 생각해보세요. 한 번이라도 정신과를 간 사람은 평생 정신과 약을 먹어야 한다면, 정신과 의사들 떼돈 벌었게요?" 이 모든 것이 정신과에 대한 편견 때문에 생긴 일일 터, 이를 극복하려면 정신과와 정신 질환에 대해 제대로 알아야 한다. 정신과 의사 하지현이 『정신의학의 탄생』을 쓴 것은

● 김호경·조건희·신다은, 「취업난이 낳은 20대 우울증」, 『동아일보』, 2016년 8월 17일.

바로 그 때문이다.

　저자는 주먹구구식 진단을 내리던 시기부터 정신의학이 학문으로서 체계성을 갖추기까지 어떤 일들이 있었는지 이야기한다. 그 과정에서 지금 기준으로 봤을 때는 어처구니없는 사건이 일어나기도 했는데, 대표적인 것이 앞쪽 뇌의 일부를 제거하는, 소위 전두엽절제술이다. 안토니우 에가스 모니스 Antonio Egas Moniz라는 포르투갈 의사가 "정신 질환의 증상이 뇌의 한 부분에서 문제가 발생해서 나타난 것으로 보고 '암'처럼 병소를 제거하면 전체적으로 정신 기능이 회복될 것"(170쪽)이라는 가설을 세우고 실제로 이를 시행한 것이다.

　최초로 시행된 전두엽절제술은 "두개골에 구멍을 뚫고 전전두엽에 에탄올을 주사해 정신 질환과 연관된 것으로 추정되는 신경섬유를 파괴하는 것"(171쪽)이었다. 여기서 문제는 '추정'이다. 뇌의 특정 부위가 정신 질환을 일으킨다는 것이 증명되지도 않았는데, '추정'만으로 뇌를 파괴해도 괜찮은 것일까?

　물론 몸의 질환은 특정 부위에 병변이 관찰되는 반면 뇌의 질환은 그렇지 않은 경우가 많고, 이 수술이 시행된 1930년대에는 뇌 각 부위의 기능이 제대로 밝혀지지도 않았으며, CT나 MRI처럼 뇌를 들여다볼 장비도 없었다. 그렇다 해도 잘 알지도 못하면서 일단 자르고 보는 태도는 위험하기 짝이 없다.

게다가 모니스는 우울증, 조현병, 조증, 공황장애 등 다양한 증상의 환자를 대상으로 똑같은 요법을 시행했으니, 결과가 좋으면 그게 더 이상하다.

전두엽절제술의 결과 20명 중 35퍼센트는 상당히 호전되고, 35퍼센트는 약간 호전되었다. 즉 환자의 70퍼센트가 좋아졌다는 깃이다. 수술을 빋은 환자에게 여러 가지 부작용이 나타났지만, 모니스는 일시적인 현상으로 치부하며 무시했다. 더 황당한 것은 모니스가 이 공로를 인정받아 1949년 노벨 생리의학상을 받았다는 사실이다.

노벨상까지 받았으니 전두엽절제술이 빠르게 확산된 것은 당연한 일로, 미국에서만 4만 명이 이 수술을 받았다고 한다. 그런데 수술받은 환자들은 과연 행복해졌을까? "많은 환자가……여러 가지 부작용에 시달렸다. 수술 후 감염, 간질, 심지어는 사망에 이르는 경우도 있었다. 전두엽 기능의 영구적 손상으로 넋이 나간 듯 주변에 무관심할 뿐 아니라 언어 구사 능력을 잃은 환자들이 속출했다. 감정 표현이 줄어들고, 자발성과 판단 능력이 사라졌다."(174쪽) 비판의 목소리가 높아지자 전두엽절제술은 빈도가 점점 줄어들었지만 아직도 이따금 이루어지고 있단다.

전두엽절제술의 문제가 치료의 모호함이었다면, 현대 정신과에서는 증상의 모호함도 문제가 된다. 최순실을 등에 업고 자신이 만든 의료용 실을 해외에 팔아보려다 구속된 박채윤은 특검 조사를 받다가 갑자기 과호흡 증상을 보여 응급실에 갔다. 하지만 진단은 '이상 없음'이었고, 박채윤은 다시 특검에 끌려가는 신세가 되었다. 환자가 호소하는 증상과 무관하게 병을 객관적으로 입증할 진단 장비가 있기 때문인데, 이와는 달리 정신과는 환자의 말이 진단에 절대적으로 중요해 환자로 위장하는 것이 가능하다.

로런 슬레이터Lauren Slater는 9번이나 응급실을 방문해 쿵 소리가 난다고 호소했는데, 그 결과 "대부분 중증 우울증으로 진단되어 약을 처방받았다."(272쪽) 그러다 보니 정신병이 범죄에 악용되는 일이 종종 벌어진다. 정신병을 내세워 군 입대를 면제받으려던 '비보이 사건'도 그렇지만, 앞에서 예로 든 17세 소녀도 처벌을 덜 받으려 정신병 전력을 내세우고 있지 않은가?

진짜 정신병과 가짜 정신병의 구별법도 시급지만, 지금 우리나라에서는 더 급한 문제가 있다. 바로 선택적 기억상실증의 진위다. 조윤선 전 문체부 장관은 청와대 정무수석에게 블랙리스트 인수인계를 받는 등 수없이 문화계 블랙리스트 관련 보고를 받았는데도 끝까지 그 말을 처음 듣는 사람처럼 행동했다. 정황상 최순실을 모를 수 없는 김기춘 전 대통령 비서실장은 끝까지 최순실을 모른다고 박박 우겼다. 이들이 진짜로 모르는지, 모르는 척하는지 구별할 수 있다면 정신과의 위상이 지금보다 훨씬 높아지지 않을까 싶다. 정신과 선생님들의 건투를 빈다.

이 책이 마음에 들었다면 이 책도

- 바버라 립스카·일레인 맥아들, 정지인 옮김, 『나는 정신병에 걸린 뇌과학자입니다』(심심, 2019)
- 론 파워스, 정지인 옮김, 『내 아들은 조현병입니다』(심심, 2019)
- 네이딘 버크 해리스, 정지인 옮김, 『불행은 어떻게 질병으로 이어지는가』(심심, 2019)

김상욱·강양구 외, 『과학, 누구냐 넌?』

AI 의사를
아세요?

"훌륭한 답을 듣기 위해서는
정교한 질문이 필요하다."

사이언스북스에서 펴내는
『과학 수다』는 강양구와 천문학자
이명현이 각 분야의 과학 전문가와
나눈 대담을 정리한 것이다.
MC들이 과학에 대한 이해가
깊다 보니 전문가에게서 많은 것을
끌어내 독자를 즐겁게 해준다.
요즘 화두가 되는 AI가 의료계에서
어떻게 쓰일 것인지,
이것만 읽어도 본전은 뽑는다.

"AI 의사가 나오면 의료는 어떻게 바뀔까요?"

강의 후 나온 이 질문에 나는 다음과 같이 대답했다.

"아직은 AI가 의사에게 미치지 못합니다. 설령 AI가 더 진단을 잘하게 된다고 해도, 인간 의사를 온전히 대체할 수는 없다고 봅니다. 예컨대 암이라는 사실을 환자에게 전달할 때, AI의 무심함이 환자에게 상처가 되지 않을까요?"

내가 이런 말을 한 이유는 진료실에 로봇이 앉아 환자를 보는 것이 AI 의사라고 생각했기 때문이다. 하지만 이것은 다 헛소리였다. 로봇 수술이 의사 대신 로봇이 수술하는 것이 아니라 의사가 현미경을 보면서 로봇 팔을 조종하는 것이듯, AI 의사도 로봇이 환자를 보는 것이 전혀 아니었다. 이 사실을 나는 『과학, 누구냐 넌?』을 읽고서야 깨달았다.

이 책은 천문학자 이명현과 물리학자 김상욱, 과학 커뮤니케이터 강양구가 MC를 맡고, 분야별 전문가를 초청해 이야기한 뒤, 이를 '과학 수다'라는 책으로 묶는 시리즈의 일환이다. 1, 2권이 그냥 『과학 수다』였던 것과 달리 3권부터는 각각

다른 제목이 붙었다. 3권은 『대통령을 위한 뇌과학』이고 『과학, 누구냐 넌?』은 4권에 해당한다. 이 시리즈의 장점은 과학을 쉽게 설명해준다는 것도 있지만, 진행을 맡은 MC들이 날카로운 질문으로 전문가에게서 최대한 많은 이야기를 끌어낸다는 데 있다. 중력파를 발견한 조지프 웨버Joseph Weber에 관한 대목을 보자.

> 오정근: 웨버가 중력파를 발견했다고 발표하자 세계가 발칵 뒤집혔습니다.
>
> 강양구: 그런데 웨버는 과학계에서 잊힌 인물이 되었어요.
>
> 오정근: 잊혔습니다. 웨버의 삶만 놓고 보면 불운한 과학자였어요.
>
> 이명헌: 사실 웨버의 부인인 버지니아 트림블Virginia Trimble 또한 보통 인물이 아니에요. 웨버보다 훨씬 더 유명한 천문학자입니다. 그래서 나중에 웨버가 연구비를 받지 못할 때 천문학 펀드를 남편에게 주기도 했습니다.(34~35쪽)

중력파 전문가인 오정근은 이런 질문으로 머리 아픈 이야기에서 잠시 벗어나 웨버의 개인적인 삶에 관해 들을 수 있게 해주었다. 굉장히 어려운 주제를 다루는 데도 이 책이 재미있게 술술 읽히는 것은 과학에 정통한 MC들 덕이다.

　자, 이제 AI 의사에 대해 이야기해보자. 해당 분야 전문가로 나온 분은 김종엽 건양대병원 이비인후과 교수로, AI 의사의 선두 주자인 왓슨이 도입되는 데 큰 역할을 했다. 이 분야에서는 국내 최고의 전문가라 해도 과언이 아니다. 그의 말을 듣고 내가 왜 충격을 받았는지 알아보자.

　　김종엽: 건양대병원에 왓슨 본체가 있지는 않아요.
　　강양구: 그렇다면 병원에 AI실이 없나요? 왓슨을 도입하면 엄
　　　　　　청나게 큰 건물에 거대한 뭔가를 넣는 줄 알았는데
　　　　　　요.(278쪽)

　강양구의 질문이 바로 AI 의사에 대한 일반인의 편견을 대변해준다. 하지만 김종엽은 왓슨을 위한 공간이 필요 없다고 말한다. 왜? 왓슨은 사실 서브프로그램이며, 본체는 IBM 본사에 있다. 그 안에는 미국 암 환자에 대한 정보가 잔뜩 들어 있다. 그러니 건양대병원이 왓슨을 들여왔다는 것은 그 프로그램에 접속할 수 있는 계정을 얻었다는 뜻이다.

　네이버 아이디를 만들었다고 해서 따로 공간을 만들 필요가 없는 것처럼, 왓슨을 들여왔다고 공간을 만들 필요가 없는 것이다. '우리 병원은 AI 의사가 있다'고 자랑하려고 AI실을

마련했을 뿐이다. 의사 대신 로봇이 진료실에 앉아 환자를 보는 환상은 이제 접어두자.

그렇다면 왓슨은 어떤 역할을 할까? 의사들이 왓슨을 두려워할 것 같지만, 환자 정보를 넣으면 진단을 해주는 의료 검색 엔진은 의사들에게 든든한 존재다. "암을 치료하는 의사들에게는 늘 내가 덜 공부해서 혹시나 잘못된 결정을 하고 있지 않나 하는 불안감이 있어요."(285쪽) 자기가 내린 진단과 왓슨이 내린 진단이 같다면, 좀더 확신을 갖고 치료할 수 있다.

경험이 부족한 의사에게는 왓슨이 더더욱 도움이 된다. 특히 왓슨은 판단의 근거를 충분히 제시해준다. "왓슨과 의견이 다른 경우에는 내가 뭘 놓쳤는지 다시 한 번 되짚어보는 기회가 됩니다."(303쪽)

물론 왓슨이 늘 맞는 것은 아니다. 위암은 미국 내 환자가 그렇게 많지 않아, 우리나라 의사들이 내리는 진단이 훨씬 뛰어나다고 한다. 이런 특수한 경우를 제외하면 왓슨이 있는 것이 의사에게 도움이 될 터다. 그렇다면 모든 병원이 왓슨을 도입하는 것이 좋지 않을까?

그런데 왓슨을 도입한 병원은 소위 말하는 대형 병원이 아니다. 왜 그럴까? 대형 병원 의사들은 왓슨이 필요 없어서? 김종엽은 돈 문제 때문이라고 친절히 말해준다. 우리가 집을 계약할 때 보증금을 내고 월세를 내는 것처럼, 왓슨을 도입할 때도 라이선스 비용을 내고 개별 분석 비용을 따로 낸다. IBM 은 이윤을 추구하는 집단이며 당연히 대형 병원에는 더 많은 라이선스 비용을 요구한다. 이를 낮추면 분석 비용이 올라가는 데, 암 환자가 많은 대형 병원에는 부담이 될 수 있다. 왓슨을 쓴다고 해서 환자에게 추가로 비용을 받고 있지 못하는 터에, 환자 한 명당 비용을 비싸게 내면 그만큼 손해 아니겠는가?

왓슨은 작은 병원에 기회가 될 수 있다. 암 환자가 대형 병원을 가는 이유는 더 진단을 잘 하고 더 좋은 치료 방법을 선택해줄 것이라는 믿음이 있어서인데, 왓슨이 있다면 굳이 대형 병원을 갈 필요가 없어진다. 환자들에게도 이익이다. 요즘은 낮에 몇 시간 동안 항암 치료를 받고 귀가하기 때문에, 서울의 큰 병원 대신 집 근처 병원에서 치료를 받으면 삶의 질을 높일 수 있다.

이런 사실은 내가 이 책을 읽지 않았다면 몰랐을 터, 스마트폰만 하지 말고 틈나는 대로 책을 읽자. 기프티콘보다 값진 보물을 건질 수 있으니 말이다.

이 책이 마음에 들었다면 이 책도

- 이명현·김상욱·강양구·정재승·김범준·황정아·오현미·임항교·최정규, 『대통령을 위한 뇌과학』(사이언스북스, 2019)
- 호프 자런, 김희정 옮김, 『랩 걸』(알마, 2017)
- 김범준, 『관계의 과학』(동아시아, 2019)

°우리가
꼭 해야 할
질문

"선생님 어머니라면
어떻게 하시겠습니까?"

죽음에 대해 이야기할 것 같은
제목과 달리 이 책은 영국의
신경외과 의사가 환자를 치료하면
서 겪은 일을 적은 에세이집이다.
환자에 대한 사랑과 더불어
의사로서 자신의 한계를
안타까워하는 마음이 느껴져
읽고 나면 감동이 밀려온다.
병원을 이용한 적이 있거나
앞으로 이용할 사람이라면
한번쯤 읽어보길 권한다.

2015년 4월이었다. 5개월 만에 만난 친구는 상태가 그리 좋지 않아 보였다. 물어보니 등에 통증이 조금 있다고 했다. 그보다 안 좋은 것은 최근 몇 달간 체중이 10킬로그램 가까이 빠졌다는 사실이었다. 친구에게 말했다. "너 암 같아. 당장 병원에 가야 해. 예약해줄 테니 내일이라도 가."

상황은 내 예상보다 훨씬 나빴다. 친구는 암 중에서 가장 무섭다는 췌장암이었고, 게다가 말기였다. 췌장에 생긴 암이 등으로 퍼져 통증을 유발한 것이었다. 친구는 망연자실했다. 췌장암은 그의 인생 계획에 전혀 들어 있지 않았으니 말이다. 전날까지 멀쩡하게 회사에 다니던 친구가 환자복을 입고 침대에 누워 있는 신세가 되었다.

내가 그 상황이었다면, 치료를 받는 대신 남은 시간을 가족과 보냈을 터였다. 췌장암은 어차피 치료해보았자 6개월이 고작이니, 고통스러운 항암 치료를 선택하는 것에 별로 장점이 없었다. 하지만 막상 그 상황이 된 친구는 좋은 면만 보려고 했다. '췌장암을 이겨낸 사람들'에 관한 책을 읽기 시작했고, 췌장암에 좋은 음식을 먹었으며, 우리나라에서 제일 유명한 병원으로 옮기는 등 암과의 싸움을 시작했다.

의사는 친구에게 살아난 사람이 한둘이 아니니 절대 포기하지 말고, 자신만 믿으라고 말했다. 하지만 힘든 항암 치료를 몇 차례 받은 뒤에도 암의 크기는 전혀 줄어들지 않았다. 그래도 의사는 많이 좋아졌다고, 몇 번만 더 받으면 될 것 같다고 말했다. 친구가 그게 다 허황한 거짓말임을 안 것은 장이 꽉 막혀 더는 식사를 할 수 없게 된 8월 20일경이었다. 그로부터 보름이 채 안 되어서 친구는 세상을 떠났다.

그 의사는 왜 그랬을까? 왜 솔직하게 이야기해서 남은 생을 마무리하게 해주지 않았을까? 나쁜 마음으로 그런 것은 아닐 것이다. 아마도 그는, 환자가 살 수 있다는 마음을 가져야 예후에 도움이 된다고 생각했으리라. 그렇다 하더라도 항암제가 전혀 듣지 않았을 때는 이야기해주었어야 하지 않을까? 양갱을 먹었다는 이유로 의사한테 핀잔을 듣는 것보다는 먹고 싶은 것을 먹으면서 남은 나날을 보내는 것이 훨씬 낫지 않았을까?

하지만 의사의 선택은 "가능성은 없지만 끝까지 최선을 다하자"였다. 의사의 그런 태도에 환자와 가족은 희망을 갖고 치료에 임했지만, 뒤늦게 찾아온 배신감에 몸을 떨어야 했다.

10여 년 전 돌아가신 아버지도 마찬가지였다. 아버지는 혈액투석을 받으면서 심장 기능이 정상의 10퍼센트 정도로 떨어졌지만, 의사는 혈액투석에 필요한 혈관을 만들어야 한다면서 5시간에 걸친 수술을 했다. 아버지는 수술이 끝난 후 중환자실에 이틀을 계시다, 사흘째 돌아가셨다. 그 의사는 우리 가족에게 이렇게 말했다. "심장 기능이 너무 떨어져서 더는 사실 수 없었습니다." 그가 원망스러웠다. 어차피 돌아가실 건데, 왜 그렇게 고생하게 한 것일까? 왜 의사들은 죽기 전날까지 환사를 괴롭히려 들까?

지난 일들을 떠올린 것은 헨리 마시Henry Marsh의 『참 괜찮은 죽음』을 읽었기 때문이다. 뇌의 질병을 다루는 신경외과 의사가 겪는 번민이 잘 드러난 이 책은 꼭 의사가 아니더라도 한 번쯤 읽어볼 만하다. 살다 보면 자신이나 가족이 큰 병에 걸릴 수 있는데, 이 책은 치료 여부를 선택하는 데 도움이 된다.

"가족이 뭘 원하느냐는 전적으로 의사가 그들에게 하는 말에 의해 결정된다. 만일 그녀(의사)가 '수술로 손상된 뇌를 제거할 수 있는데, 그러면 최소한 목숨은 건질 수 있습니다'라고 말하면 환자 가족들은 어김없이 수술을 선택할 것이다. 반면 '수술을 해도 환자분이 정상적으로 사실 수 있는 가능성은 없습니다. 불구로 평생을 지내야 하는데 환자분께서 그걸 원하실까요?'라고 말하면 가족은 다른 답을 줄 것이다."(173쪽)

이 구절은 의사가 환자 가족에게 선택권을 주는 것 같지만, 사실은 의사가 마음먹기에 따라 환자 가족의 답변을 조종

할 수 있다는 것을 알려준다. 그리고 의사들은, 내 친구의 사례에서 보듯, 십중팔구 치료하기를 원한다. 경제적인 이유도 있지만, 치료를 안 하겠다는 것이 질병에 항복하는 것처럼 여겨지기 때문이기도 하다. 이 책에 나온, 저자가 언급한 여의사도 마찬가지였다. 그녀는 이렇게 말했다. "수술 여부는 우리가 결정하는 게 아니라 가족들의 선택입니다."(173쪽)

저자는 이 말을 이렇게 해석한다. "그녀처럼 수술 여부는 가족들 선택이라고 말하는 것은 사실상 이렇게 묻는 거나 마찬가지다. '환자분이 평생 불구가 된다고 해도 정성스레 보살필 만큼 사랑하시나요?'"(173쪽)

이런 상황에서 아니라고 할 가족이 과연 있을까? 결국 그 환자는 수술하기로 했는데, 저자는 이 결정에 회의적인 견해를 밝힌다. "온전하고 평범한 일상으로 돌아갈 확률이 거의 없다면 과연 수술로 목숨만 살려놓는 것이 그 환자를 위한 길인지 의문이 점점 커진다."(173쪽)

의사가 의도를 가지고 환자 가족의 답변을 조종한다면, 이에 맞설 방법은 없을까? 이 책에는 이에 대한 해결책이 나와 있다. 다음과 같이 묻는 것이다. "선생님 어머니라면 어떻게 하시겠습니까?"(132쪽) 이런 질문을 던지면 의사는 솔직히 답변해줄 확률이 높다. 췌장암에 걸린 친구의 주치의에게 이 질문을 했다면 그 친구는 어떻게 되었을까?

내가 주변 의사들에게 물어본 바로는 모두 자신이 그 상황이라면 항암 치료를 받지 않겠다고 했다. 치료해보았자 수명을 늘리지도 못할 텐데 항암 치료는 무의미한 선택이라는 것이다.『의사는 수술받지 않는다』라는 책도 있는 것으로 보아 내 주변만 그런 선택을 하는 것은 아닌 것 같다. 이런 솔직한 대답은 환자나 가족이 결정을 내리는 데 도움이 될 텐데, 안타깝게도 환자 가족이 이렇게 묻는 경우는 드물다고 한다. 왜일까? "의사가 환자에게 권유하는 것과 다른 선택을 할지도 모른다는 것을 암시하기 때문이다. 환자들은 그런 상황을 맞닥뜨리고 싶어 하지 않는다."(132쪽)

하지만 단지 이런 이유로 의미 없는 수술이나 항암 치료를 받는 것은 아무리 생각해도 바람직하지 않다. 큰 선택에 직면한다면 의사에게 질문하자. 당신 같으면 어떻게 하겠냐고. 뒤늦게 배신감에 사로잡혀 분노하는 것보다는 훨씬 낫다.

이 책이 마음에 들었다면 이 책도

■ 이국종, 『골든아워』(흐름출판, 2018)
■ 폴 칼라니티, 이종인 옮김, 『숨결이 바람 될 때』(흐름출판, 2016)
■ 아툴 가완디, 김희정 옮김, 『어떻게 죽을 것인가』(부키, 2015)

미야베 미유키, 『가상가족놀이』

가족,
그
징글징글함

"그런 아버지가
과연 있을까요?"

미야베 미유키의 오래된 팬이라
읽긴 했지만, 그의 전작들과
비교하면 이야기가 조금 시시하다.
하지만 소소한 재미가 있고,
또 현대 사회에서 가족의 의미를
다시금 되씹게 해주니 후회할
일은 없다. 최악의 경우라도
기본은 하는 미미 여사,
믿고 따르자.

식당에서 한 남녀를 보는 순간, 난 그들이 부부임을 알아볼 수 있었다. 그들은 서로를 보는 대신 스마트폰을 보고 있었다. 그들은 식사가 끝날 때까지 한마디도 하지 않고 밥만 먹었다. 남자가 말을 한 것은 전화가 걸려왔을 때가 유일했다. 그 옆 테이블도 상황은 다르지 않았다. 부부로 보이는 남녀와 앞에 앉은 두 자녀 모두 스마트폰에 매달려 있었다. 만일 남녀가 지나치게 다정하다면 그것은 연인이든 불륜이든, 아직 가족이 아닐 확률이 높다. 늘 보니 지겹고, 그래서 본 모습을 다 드러내게 되는 존재, 그것이 바로 가족이니까.

미야베 미유키의 『가상가족놀이』에서 한 고교생은 가즈미라는 가명으로 자신의 처지를 인터넷에 올린다. "아버지는 바빠서 거의 집에 안 계시고, 어머니도 자기 일이 아니면 안중에도 없어요."(156쪽) 그런데 인터넷은 달랐다. 그녀의 말을 다 들 귀 기울여 들어주고, 조언도 해준다! 신이 난 가즈미는 더 열심히 글을 올린다. 그때 누군가가 나타나 이렇게 말한다. "가즈미, 아버지란다. 글을 읽고 놀랐다. 아버지는 너에 대해 아무

것도 몰랐고, 그래서 너를 몹시 쓸쓸하게 만들었구나. 미안하다."(160쪽)

그 말을 들었을 때 가즈미는 너무 기뻐서 눈물이 날 뻔했다. 그가 진짜 아버지가 아니라는 것은 알았지만, 가즈미가 원한 것은 바로 그런 아버지였기 때문이다. 그래서 가즈미는 이해해주어서 기쁘다면서 앞으로 좋은 딸이 되겠다고 답한다. 여러 명이 드나드는 사이트에서 둘은 부녀 관계가 되었다. 거기에 한 명이 또 튀어나온다. "아버지, 제가 남동생 미노루예요"라고 하면서. 당연한 일이지만, 어머니도 나타난다.

이들의 대화를 지켜본 그 어머니는 그들이 가짜라는 것을 알았을까? 가짜인지 알았냐는 형사의 질문에 어머니는 장난인 줄 금방 알았다고 답했다. 이유는 '지나치게 완벽해서'였다. 무슨 말인지 모르겠다는 형사에게 어머니는 말한다. "가즈미가 성적이 떨어져서 실망했다는 글을 게시판에 쓰면 아버지가 바로 보듬어줘요. 관대하고 상냥하게 격려하는 거예요. 선생님이 교무실로 불렀다고 하니까 학교 진로 상담이라면 아버지가 가주마, 뭐 이런 식으로요. 그런 아버지가 과연 있을까요?"(197쪽)

그런 아버지는 세상에 없다는, 맨 마지막 문장에 마음이 아파온다. 실제로 이렇게 고민을 털어놓는 경우가 아버지와 자식 사이에 얼마나 있을까. 진짜 아버지라면 "학교에서 아버지

모시고 오래"라는 딸의 말에 "이놈의 자슥, 또 무슨 말썽을 부린 게냐?"라며 야단을 칠 테고, 그런 반응이 계속되다보면 결국 자식은 무슨 일이 있어도 부모에게 상의하지 않게 된다.

나는 아버지에게 그리 좋은 아들은 아니었다. 외모 콤플렉스로 매사 자신감이 없었고, 키도 작은데다 몸도 약해 여자애들한테도 맞고 나녔다. 게다가 중학교 때까지는 공부도 못했으니, 어려운 환경에서 자수성가한 아버지의 기대에 한참 미치지 못했으리라.

그 당시 아버지들이 다 그렇듯, 내 아버지 역시 체벌을 주 훈육 수단으로 사용했다. 내가 지금도 아버지를 긍정하지 못하는 것은, 비록 좋은 아들은 아니었을지라도 그 체벌의 정당성에 대한 불만이 남아 있기 때문이다. 억울한 체벌의 예를 들어보자. 어느 날 아버지가 내게 물으셨다. "민아, 너 마지막으로 맞은 게 언제지?" 난 대답했다. "지난주 목요일이요." 아버지가 말씀하셨다. "그럼 오늘 맞자." 아버지는 금방 까먹으셨겠지만, 이 대화는 그 후로도 오랫동안, 그리고 지금도 내 머릿속에 저장되어 있다.

제법 공부를 잘하게 된 고등학교 3학년 때 사건도 잊히지 않는다. 여느 때처럼 밤늦게 집에 온 나를 아버지가 불렀다. "너처럼 밤늦게까지 공부해서 1등하는 거, 누가 못하냐? 내일부터 집에 10시까지 와라." 그때 난 나보다 앞선 아이들을 따라

잡을 마음에 늘 초조하고 시간이 없었다. 게다가 내가 공부하던 독서실은 집에서 길 하나 건너였으니, 안전 문제 때문에 그러신 것도 아니었다. '그래도 고3인데 설마?'라는 마음으로 다음날 밤 11시에 온 나는 진짜로 맞았다. 내가 학교를 졸업할 때까지 돈 걱정을 하지 않게 해주신 것은 감사할 일이지만, 돌아가실 때까지 아버지와 서먹했던 것은 어쩔 수 없는 일이었다. 내가 좀 특수한 경우이긴 하지만, 다른 부자 관계도 크게 다르지 않을 것이다. 한 외국 영화에서 이런 장면을 보았다.

주인공1: 아버지와는 그리 좋지 못했습니다.
주인공2: 안 그런 사람이 어디 있어?

이 대사를 보며 혼자 웃었다. 그게 나만의 일은 아니구나 싶어서 말이다. 날 대하는 것과 달리 아버지는 다른 사람들에게는 잘하셨다. 옷 잘 입는 멋쟁이에 유머 감각도 있어 늘 좌중을 웃겼다. 생각해보면 아버지가 내게 잘해주신 적도 많다. 그런데도 내가 아버지를 늘 가혹하게 평가하는 것은, 가족이기 때문이 아니었을까.

남자들 중에는 다른 이성에게는 잘하면서 자신의 배우자에게 유난히 박한 사람이 있다(물론 여자 중에도 그런 분들이 있다). 내가 보기에는 "저 정도면 여자가 아까운데?"라는 생각이

드는데도 그렇다. 앞에서 한 말을 다시 반복하자면, 이게 다 가족이란 늘 볼 수 있는 존재이며, 그렇기 때문에 막 대해도 된다고 생각하기 때문이리라.

인터넷에 고민을 털어놓아 보라. 정말 따뜻하게 대해준다. 무관심한 가족과는 차원이 다르게 보인다. 가상 가족을 만드는 것도 이해가 안 되는 것은 아니다. 하지만 그 고민을 떠안고 끝까지 책임져주는 것은 진짜 가족이지, 가상 가족이 아니다. 또한 가상 가족은 클릭 한 번이면 금방 해체되지만 진짜 가족은 끝까지 남아서 서로에게 부담, 혹은 힘이 되어준다.

우리는 막장 드라마를 욕하면서 본다. 말이 안 되는 설정이 이어지지만, 그래도 다음 장면이 궁금해 계속 보게 된다. 가족도 비슷한 부분이 많다. 서로 욕하면서도 계속 만나게 되는 게 가족이니 말이다. 그러니 이왕이면 가족에게 잘하자. 이별하고 난 뒤 빈자리를 그리워하지 말고.

이 책이 마음에 들었다면 이 책도

■ 미야베 미유키, 이영미 옮김, 『솔로몬의 위증』(문학동네, 2013)
■ 김하나 · 황선우, 『여자 둘이 살고 있습니다』(위즈덤하우스, 2019)
■ 최광현, 『가족의 두 얼굴』(부키, 2012)

엘리너 캐턴, 『루미너리스』

°이름의
힘

"개에게 나쁜 이름을 지어주면
그 개는 평생 나쁜 삶을 산다."

한강이 맨 부커상을 타서
화제가 되기 3년 전, 엘리너 캐턴은
28세의 나이로 이 상을 수상했다.
그 작품이 바로 『루미너리스』다.
방대한 스케일에 조금은 지루한
이 책을 읽으면서
'역시 상을 탄 작품은 쓰기도
어렵지만, 읽는 것도 어렵다'는
것을 느껴보자.

술자리에서 일찍 도망가려다 외투를 벗어놓고 나온 적이 있다. 외투를 챙겨준 친구는 다음 날부터 일주일간 출장이라 자기 부인에게 전달을 부탁했다. 약속 장소에 나가보니 친구 부인은 다른 친구와 함께 있었는데, 그녀는 나를 뜨악한 표정으로 보았다. 내가 옷을 찾아간 뒤 그 친구는 이런 말을 했단다. "노숙자인 줄 알았어. 정말 교수 맞아?"

내 친구는, 굳이 그 말을 전해주지 않아도 되었지만, 그대로 내게 전했다. 이전에도 노숙자 소리를 들은 적이 몇 번 있어서 크게 기분 나쁘진 않았다.

또 다른 이야기다. 학교에 있는 실험실이 이사 가야 했다. 짐 중에는 나와 연구원이 마시던 생수통이 있었는데, 그것을 어깨에 멘 채 이사 갈 곳으로 가는 도중 다른 과 교수를 만났다. 별 생각 없이 인사한 뒤 가던 길을 갔는데, 그 교수가 갑자기 황급히 뛰어오더니 내 앞에 섰다. "죄송해요. 아까는 생수 배달원인 줄 알았어요."

생수 배달원이 대수는 아니지만, 그래도 이런 생각은 든다. 우리 형제자매는 모두 부모님을 닮아서 눈이 작은데, 이런 말을 듣는 사람은 나밖에 없다. 그런데 그건 어쩌면 내 이름 탓일 수도 있겠다.

어머니에 따르면 내 이름은 종로의 유명한 작명소에서 지었단다. 그런데 그분이 내 이름에 워낙 공을 들인 탓에 내 이름을 짓고 바로 돌아가셨고, 할 수 없이 남동생과 여동생 이름은 대충 지었다고 했다. 그래도 난 내 이름이 마음에 들지 않았다. 왜 하필 '넉넉지 못한 생활을 하는 사람'이라는 뜻의 서민인가. 게다가 '민'도 '백성 민民'이다. 내 외모가 두드러지지 않았다면 어린 시절 이름 때문에 굉장히 고생했을 것 같다. 오히려 대충 지었다는 '서영', '서희'가 훨씬 멋져 보인다. 종로의 작명가가 내 이름을 그렇게 지은 이유는 모르겠지만, 난 내가 '없어 보이는' 것을 다 이름 탓으로 돌렸다.

이것이 나만의 생각은 아닌 것이, 맨 부커상을 탄 엘리너 캐턴Eleanor Catton의 『루미너리스』에도 비슷한 내용이 나온다. "아버지가 하셨던 그 말이 그의 머릿속에 떠올랐다. 개에게 나쁜 이름을 지어주면 그 개는 평생 나쁜 삶을 산다는 말이었다."(244~245쪽)

그래서 주인공은 막 태어난 개에게 '크롬웰'이란 이름을 붙인다. 인터넷을 찾아보면 이름 효과Name-Letter Effect라는 게 나온다. "이름이 C나 D로 시작되는 미국 학생은 A나 B로 시작되는 학생보다 낮은 학점을 받을 확률이 높다. 이름이 K로 시작되거나 끝나는 메이저리그 야구 선수는 삼진 아웃Strikeout(약자 K로 표시)을 당할 확률이 월등히 높다."* 이게 다가 아니다. "톰Tom이란 이름을 가진 사람은 이름과 비슷한 도요타Toyota 차를 구매하고 토론토Toronto에 살 가능성이 높고, 데니스Dennis 나 데나Denna라는 이름을 가진 사람은 치과의사Dentist가 될 확률이 높다."

이런 연구가 진짜 있을까 싶어 확인했더니, 정말 있었다. 조지프 P. 시몬스Joseph P. Simmons가 『심리과학Psychological Science』이라는 학술지에 발표한 것인데, 이 학술지는 인용 지수가 7.45나 되는 좋은 학술지다. 그러니 내가 외모에 대해 이름 탓을 하는 것도 정당화될 수 있지 않을까. '이름'과 '성공'으로 검색해보니 아예 이런 주제를 다룬 책도 있었다. 『좋은 이름 성공하는 이름』, 『성공하는 이름 흥하는 상호』, 『성공하는 이름 짓기 사전』 등등. 책을 사보지는 않았지만 내 이름이 이런 책에 있을 것 같지는 않다.

실제로 이름을 바꾸고 나서 성공한 사람도 꽤 있는 모양이다. 특히 이름을 알려야 하는 연예인은 좋은 이름이 필수다. 몇 명만 예를 들어보자.

● 임성수, 「"이름이 행동 결정한다" 미 심리학자들 '이름효과' 뒷받침 연구결과 발표」, 『국민일보』, 2007년 11월 18일.

배우 심혜진: 원래 이름 심상군

배우 최지우: 원래 이름 최미향

가수 설운도: 원래 이름 이영춘

가수 태진아: 원래 이름 조방헌

　　앙드레 김이 '김봉남'이라는 이름을 사용했다면 그렇게 유명해지지 못했을지도 모르겠다. 하지만 안 좋은 이름이 꼭 부정적 영향만 주는 것은 아니다. '순실'이라는 이름은 요즘 기준으로 매우 촌스럽지만, 대통령 위에 군림할 수 있었다. 내 경우에도 이름은 도움이 되었다. 이전에 『서민적 글쓰기』라는 책을 쓴 적이 있다. 내가 글쓰기 책을 낼만큼 글을 잘 쓰는 건 아니고, 시중에 나와 있는 글쓰기책보다 월등히 뛰어난 것도 아니지만, 그 책이 제법 괜찮은 판매량을 올릴 수 있었던 건 내 이름 덕분이었다. 그 책에 올라온 리뷰 중 많은 수가 이런 한탄을 하고 있으니까. "서민을 위한 글쓰기 책인 줄 알았는데 저자 이름이 서민이라니, 낚였다."

　　『서민의 기생충 열전』이 잘 팔린 것도 마찬가지 이유가 아닐까. 부자가 아닌, 일반 서민이 조심해야 할 기생충에 대해 설명해주는 느낌이잖은가. 그 여세를 몰아 그다음으로 쓴 기생충 책의 제목도 『서민의 기생충콘서트』고, 다른 책도 '서민'으로 시작하는 것이 많다.

이쯤 되면 작명소에 지불한 이름값보다 몇 배는 더 뽑은 것 같다. 없어 보이면 어떤가. 이름 덕분에 잘나가면 그만인 것을. 뒤늦은 인사를 드린다. 돌아가신 작명가 어르신, 감사합니다. 제 이름을 멋지게 지어주셔서요.

이 책이 마음에 들었다면 이 책도

- 한강, 『채식주의자』(창비, 2007)
- 주제 에두아르두 아구아루사, 이지민 옮김, 『망각에 관한 일반론』(구민사, 2018) ●『채식주의자』와 함께 맨 부커상 최종 후보까지 올랐던 작품
- 아라빈드 아디가, 권기대 옮김, 『화이트 타이거』(베가북스, 2009) ●2008년 수상작

김경민, 『오로지 나를 위해서만』

°'혼고왕'
서민

"꼭 책을 읽고 글을 쓰지 않아도
사람에게는 지하실의 역할을 하는
공간이 필요하다.
오롯이 혼자가 될 수 있는 공간,
내면의 소리를 들을 수 있는
침묵의 공간."

이 책의 저자는 첫돌 아이가
잠에서 깰까봐 헤드 랜턴을 쓰고
책을 읽었고, 침실에 딸린 작은
화장대의 불빛에 의존하기도 했다.
독서는 삶의 기쁨이 되어주고
자신을 긍정적으로 변화시켜준다.
책을 읽고는 싶지만
여건이 안 된다는 분들에게
이 책을 권한다.

같이 밥 먹고 영화 보기. 과거에는 데이트의 정의를 그렇게 내렸다. 때문에 영화를 혼자 보는 것은 있을 수 없는 일이라 생각했다. 이성애자로서 남자끼리 데이트를 할 수 없으니, 영화는 반드시 여자랑 보아야만 하는 줄 알았다. 하지만 내 인생을 돌이켜보면 애인이나 기댈만한 여자가 없던 경우가 꽤 많다. 그 시기에는 보고 싶은 영화가 있어도 보지 못했다. 〈매트릭스〉나 〈공공의 적〉 같은 영화를 비디오로 빌려본 이유가 바로 그것이다.

아내가 생겨서 기뻤던 것 중 하나는, 이제 더는 같이 영화 볼 사람 걱정을 안 해도 된다는 것이었다. 하지만 그것은 착각이었다. 아내와 난 영화 취향이 달랐다. 나는 한국 영화나 〈곡성〉처럼 무서운 영화를 즐겨보는 반면, 아내는 로맨틱 코미디를 좋아했다. 게다가 아내는 싫어하는 영화를 나를 위해 보아줄 희생정신이 없었다. 나도 아내가 보고 싶다는 〈스노우화이트 앤 더 헌츠맨〉이라는 영화를 본 뒤, 싫어하는 영화를 억지로 보는 것은 둘 다에게 도움이 안 된다는 것을 깨달았다.

그때부터 나는 혼자 영화 보는 연습을 시작했다. 나중에 보니 혼자 영화 보는 사람은 의외로 많았다. 하지만 괜한 피해 의식이 걸림돌이 되었다. 멀쩡하게 생긴 사람이 혼자 영화를 보면 '영화를 정말 좋아하는구나'라고 생각할 수 있지만, 내가 혼자 극장에 있으면 '쟤는 여자가 없으니 혼자 보는구나'라고 여기지 않겠는가? 남들은 나를 신경도 안 썼지만, 자격지심에 빠진 나는 다음과 같이 행동했다. ①영화가 끝날 때쯤 미리 일어나 뒤쪽으로 가서 나머지 부분을 본다. ②영화가 끝나면 출입문을 열고 1등으로 뛰어나간다. 물론 이런 짓도 몇 년 정도 하니 이력이 붙어, 지금은 영화 끝나고 난 뒤 느긋하게 나간다.

그다음으로 도전한 것은 혼자 밥 먹기였다. 이것 역시 어쩔 수 없이 시작했다. 지방에 강연을 하러 가면 아는 사람이 없으니 혼자 밥을 먹어야 하지 않는가. 물론 강연을 요청한 쪽에서 식사를 같이하자고 제안하기도 한다. 고맙긴 하지만 좀 부담스럽다. 주최 측에서 식사비를 내면 메뉴 선택을 마음대로 못 하기 때문이다. 혼밥 전문가 서민은 이렇게 만들어졌다.

외부 강연을 갈 때 근처 맛집을 고른 뒤 강연 전 혹은 후에 그 집에 가서 밥을 먹었다. 내가 즐겨 찾는 메뉴는 고기다. 주로 삼겹살을 먹었다. 고기는 종업원의 손이 많이 가는 메뉴여서 고깃집에서는 혼자 오는 사람을 좋아하지 않는다. "우린 1인분은 안 판다"며 노골적으로 거절 의사를 표하는 경우도 많왔다. 이에 대한 반대급부로 나는 들어가자마자 고기를 2인분 시켰다. 그러면 금방 사장의 낯빛이 좋아졌다. 게다가 요즘 고기 1인분은 과거와 달리 150그램인 경우가 많다. 안 그래도 내가 고기에 있어서는 대식가인데다 혼자 왔다는 자격지심까지 더해져, 난 꼭 1인분을 추가로 주문한다.

고기를 혼자 먹으니 좋은 점이 많았다. 난 내가 먹을 고기를 남이 굽는 것이 불편하다. 괜한 고생을 시킨다는 느낌이랄까. 그렇다고 나만 일방적으로 고기를 굽는 것도 좋지는 않다. 내가 왜 저 인간이 먹는 고기까지 구워주어야 할까. 게다가 그중 일부는 덜 익었다느니, 태웠다느니 하면서 지적질을 한다!

이런 일도 있었다. 젊었던 시절, 선배들과 고기를 먹었다. 당연히 내가 고기를 굽는데, 그중 한 명이 무서운 속도로 고기를 먹는다. 나는 고기를 굽느라 바빴고, 눈치도 보아야 해서 고기를 거의 못 먹었다. 고기가 다 떨어져서 "저 선배님, 고기 더 시킬까요?"라고 물었다. 그가 손을 내저었다. "아냐, 나 배불러. 이제 냉면 먹자." 고깃값을 생각하면 더 시키는 것이 싫었을 수 있지만, 한창때인 20대 남자애를 불러놓고 그러면 되는가? 그때 일은 내 평생 잊히지 않는 악몽으로 남아 있다.

혼자 고기를 먹으면(혼고), 이런 고민을 할 필요가 없다. 내가 구운 고기를 나 혼자 먹고, 속도도 마음대로 조절하면 된다! 분위기 맞춘다고 이야기를 할 필요도 없고 말이다.

물론 혼자라서 서러웠던 순간도 있었다. 군산에서 제법 유명하다는 보쌈집에 갔을 때였다. 유명한 곳이라서 그런지 빈자리가 없다시피 했다. 종업원에게 자리가 있는지 물었다. 그녀가 몇 명이냐고 묻기에 혼자라고 했다. 그녀가 말했다. "저희는 1명은 안 받습니다." 나는 사정을 했다. "큰 거 시킬 테니 좀 봐주세요." 그녀가 짜증스러운 표정을 지으며 말했다. "지금 혼자 앉을 만한 자리가 없어요."

할 수 없이 식사를 거른 채 집으로 오는데, 기분이 좋지 않았다. 밥값을 깎아달란 것도 아닌데 내가 왜 이런 대접을 받아야 할까 싶었다. 화가 안 풀려 아내에게 전화를 했더니, 흥분한 아내가 그 집에 전화를 걸었다. 종업원은 이렇게 말했다. "아니, 너무 오래 기다리시니까 미안해서 그런 건데."

물론 그렇다고 혼밥 프로젝트가 중단된 것은 아니었다. 대신 그 후 식당에 갈 때마다 먼저 혼자인데 들어가도 되냐고 물어보게 되었다. 안 된다고 하면 미련 없이 나간다. 세상은 넓고 식당은 많은데, 굳이 혼자가 싫다는 곳에서 먹을 필요가 뭐가 있는가?

윤고은의 『1인용 식탁』에 관한 이런 구절이 있었다. 혼자 밥을 먹어야 하는 사람들을 위한 학원이 있는데, 그 학원의 수강 레벨이 다음과 같다.

1단계-커피숍, 빵집, 패스트푸드점, 분식집, 동네 중국집, 구내
　　식당

2단계-이탈리안 레스토랑, 큰 중국집, 한정식집, 패밀리 레스
　　토랑

3단계-결혼식, 돌잔치

4단계-고깃집, 횟집

5단계-돌발 상황(83쪽)

혼고가 거의 생활화되었으니 4단계는 마스터한 셈이지만, 그 아래 레벨 중에는 못 한 것이 많다. 예컨대 2단계인 이탈리안 레스토랑이 그렇다. 그런 곳은 파스타를 좋아하는 여성과 가야지, 나 혼자 무엇 하러 가겠는가? 물론 나도 파스타를 잘 먹지만, 혼자 앉아서까지 먹고 싶지는 않다. 한정식집도 그렇다. 그릇이 많다 보니 종업원의 일이 고된 한정식집은 최소 2인분은 시켜야 견적이 나온다. 게다가 고기와 달리 2인분을 시키는 것도 어렵다. 큰 중국집도 같은 이유로 어렵다. 3단계인 결혼식장에서는 여유 있게 혼밥을 하니, 내가 못해본 것은 2단계에 몰려 있다. 이건 숫기 문제를 떠나 구조적인 문제니, 앞으로도 어려울 듯하다.

　마지막으로 혼고의 단점을 이야기해보자. 위에서 말한 것처럼 혼고를 하면 자격지심 때문에 고기를 좀더 많이 시킨

다. 그 결과 살이 엄청 쪄버렸다. 자격지심만 버려도 살이 덜 찔 텐데!

이 책이 마음에 들었다면 이 책도

- 김소영, 『말하기 독서법』(다산에듀, 2019)
- 이창현 지음, 유희 그림, 『익명의 독서 중독자들』(사계절, 2018)
- 김진애, 『여자의 독서』(다산북스, 2017)

이소영, 『출근길 명화 한 점』

거절이
어려우세요?

"거절하는
법을 연습하고
있습니다."

그림을 통해 삶을 업그레이드해주는
분이 몇 있지만,
이소영 작가는 그중 내가 가장
좋아하는 분이다.
책 제목처럼 출근길에
한 꼭지씩 읽고 삶을 빛내보자.
스마트폰 백날 봐봤자
지문만 닳는다.

조금 뜨고 나니 여기저기서 부탁이 온다. 와서 강의 한번 해줘라, 글 좀 써달라 등등. 모든 부탁에 응하면 심신이 피로해지니 거절할 것은 거절해야 하건만, 나는 거절에 영 소질이 없다. 게다가 부탁하는 쪽도 필사적인지라 이런 식의 대화가 오간다.

> 나: 죄송합니다. 제가 그날은 다른 일정이 있어서 안 됩니다.
>
> 청탁인: 그럼 그다음 날도 괜찮습니다.
>
> 나: 죄송합니다. 그다음 날도 다른 일정이 있네요.
>
> 청탁인: 그럼 되는 날 아무 날이나 해주세요.
>
> 나: ⋯⋯7월 14일은 됩니다.

이러다보니 내 일정에 빈자리가 없을 수밖에. 나도 나지만 아내 역시 불만이다. 아무리 일 때문이라 해도 매일 밤 12시가 다 되어서 들어오는 남편이 좋을 리가 있겠는가?

이소영 작가가 쓴 『출근길 명화 한 점』에는 거절에 관한 이야기가 실려 있다. "그런데 어느 날 '내가 하지 못한 거절들 때문에 미워하는 마음이 쌓이면, 그 사람들에게 더 큰 상처가 되어 돌아가는 건 아닐까' 하는 생각이 들었어요. 살아가는 과정은 끊임없이 상처 주는 과정의 연속이겠지만, 거절을 제대로 하지 못해서 상처를 주고받는 어리석은 일을 더는 하고 싶지 않았어요."(176쪽)

과거의 기억들이 떠오른다. 원하지 않는 모임에 나가면서 "아, 내가 왜 거절을 못했지?"라며 머리를 쥐어뜯고, 무리한 부탁을 한 상대방을 미워한 기억들 말이다. 예컨대 우리나라 최남단에 위치한 고등학교에 가면서 "이렇게 먼 곳에서 부르다니!"라며 담당자를 미워했고, 산 넘고 물 건너 찾아간 어느 연구소의 담당자는 "강의가 오늘이냐?"며 까먹고 있었다고 놀라는 바람에 날 까무러치게 했다. 그럴 때마다 거절을 못하는 자신의 나약함을 원망했다.

내가 거절을 못하는 이유는 도대체 무엇일까? 가장 큰 이유는 좋은 사람으로 보이고 싶어서다. 내가 누군가의 부탁을 거절하면 그가 상처를 받고, 나를 미워할지도 모르잖은가. 실제 나는 그리 좋은 사람이 아니건만, 그것을 들키고 싶지 않아서 부탁에 응하고, 부탁한 사람을 미워하는 일이 반복된다. 좋은 사람인 척하느라 다른 이를 미워하다니, 이런 모순이 어디 있을까. 그래서 잘 거절하는 방법을 익혀야 한다. "그래서 서른에 들어서면서부터 세련되고 공손하게 거절하는 법을 연습하고 있습니다. 쉽진 않아요. 하지만 적어도 머뭇거리다 거절하지 못하고 나중에 후회하는 것보다 낫잖아요."(176쪽)

이 구절을 읽으니 50세가 넘어도 여전히 거절에 서툰 내가 부끄럽다. 거절이 너무 어려워서 매니저를 두면 어떨지 생각한 적이 있다. 매니저는 아무래도 제삼자이니, 인정에 이끌려 수락하는 일은 없을 테니 말이다. 실제 매니저를 하겠다는 사람도 있었는데, 바로 아내였다. 아내는 내가 아는 한 거절을 가장 잘하는 사람이다. 내가 무엇을 부탁해도 일단 안 된다고 하고 보는데, 다른 이에게는 더 추상같지 않겠는가? 내가 아내를 매니저로 두지 못하는 것은 바로 그 때문이다. 아내가 1년만 매니저를 해주면 내게 부탁하는 사람이 다 없어질 것 같다. 거절 문제는 역시 스스로 해결해야 하는 법, 언제 이소영 작가에게 세련되고 공손하게 거절하는 법을 배우고야 말겠다.

거절을 못하는 것이 착한 사람 콤플렉스 때문이고, 그 때문에 힘들다고 했지만, 별로 원하지 않는 일이 의외로 큰 행복을 준 적도 있다. 몇 년 전에 은평뉴타운 도서관에서 강의를 했다. 그 도서관 사서가 '인문 독서 아카데미'라고, 한국출판문화산업진흥원에서 추진하는 공모 사업에 '기생충 바로 알기'라는 강의를 신청하겠다고 해서 별 생각 없이 그러라고 했다. 설마 될 줄은 몰랐는데, 덜컥 뽑힌 것이다.

문제가 된 것은 그다음이었다. 첫째, 내가 사는 곳은 천안인데 여기서 그 도서관까지 가려면 기차를 타고 서울역에 간 뒤 지하철을 타고 구파발역까지 가고, 거기서 또 마을버스를 타야 한다. 둘째, 대부분의 강의는 일회성이지만, 이 사업은 무려 5번의 강의로 이루어져 있다. 나는 그렇게 쉽게 수락한 자신을 원망하며 머리를 쥐어뜯었다.

드디어 첫 강의 날, 그 도서관에 가는 내 마음은 울적하기만 했다. "아이고 멀다", "어디 있는지도 모른 채 수락을 하다니", "앞으로 4번을 더 와야 한다니 난 끝장이네" 같은 말들이 내 몸속을 빠르게 헤엄쳐다녔다.

이런 울적한 기분은 그리 오래가지 않았다. 강의를 듣는 분들의 태도 때문이었다. 강의실을 꽉 채운 그 청중은 내 말을 한 마디도 놓치지 않으려는 듯 내 일거수일투족을 지켜봐주었고, 조금만 재미있어도 마구 웃어주는 감동적인 리액션도 선사해주었다. 어린이들한테는 다소 어려웠을 텐데 그들마저 반짝반짝 빛나는 눈으로 강의를 들었다. 좋은 강의는 청중의 가슴속에서 완성되는 법, 그날 온 청중은 그리 훌륭하지 않은 내 강의를 명강의로 만들어주었다.

시리즈로 하는 강의는 두 번째가 제일 중요하다. 처음 들어보고 아니다 싶으면 두 번째부터 오지 않는다. 하지만 첫 강의에 온 분들은 어김없이 두 번째 강의에도 자리를 지켜주었다. 강의의 희열이 무엇인지 새삼 깨달았고, 긴 여정으로 인한 피곤은 온데간데없었다. 그들에게 말했다. "처음에는 제가 여러분께 무엇인가를 드린다는 입장이었는데, 제가 너무도 많은 것을 얻어갑니다. 감사합니다."

마지막 강의를 가면서 서운한 마음까지 들었으니, 내가 받은 감동이 제법 컸었나 보다. 날 바라보던 그분들의 눈동자는 내 가슴에 새겨져, 힘들 때마다 나를 위로해준다. 거리가 멀다고 그 요청을 거절했다면 이런 호사는 누리지 못했으리라.

이런 생각을 하다 보니 어쩔 수 없이 수락한 모임에 나가는 것이 그렇게 나쁘지는 않은 것 같다. 거절을 하지 않겠다는 것이 아니라, 이왕 수락한 것이라면 누군가를 미워하기보다는 즐거운 마음으로 나가는 것이 낫다는 것이다. 실제로 그렇게 끌려간 곳에서 값진 선물을 받은 적도 여러 번이다. 앞에서 말한, 우리나라 최남단 고등학교도 그중 하나였다. 예전에 읽은 『아르미안의 네 딸들』의 명대사가 떠오른다. "삶은 언제나 예측불허 그리하여 생은 그 의미를 얻는다."

이 책이 마음에 들었다면 이 책도 ⸻⸻⸻⸻

- 이소영, 『미술에게 말을 걸다』(카시오페아, 2019)
- 최혜진, 『북유럽 그림이 건네는 말』(은행나무, 2019)
- 문하연, 『다락방 미술관』(평단, 2019)

샤를로테 루카스, 『당신의 완벽한 1년』

무엇을
선택할
것인가

"연휴에
회사 일을
생각하다뇨."

작가의 상상력이 독자에게 줄 수
있는 재미의 끝은 어디일까?
『빅 픽처』라는 소설을 읽고 이게
끝이 아닐까 생각했는데,
이 책은 거기서 한 발 더 내딛는다.
그럼으로써 이 책은
'소설이 다 거기서 거기지'라는
생각에 경종을 울린다.
딩, 딩. 책 읽으세요!

야마사키 도요코山崎豊子의『불모지대』라는 소설을 읽고 있는데 평소 잘난 체하던 친구가 이렇게 말했다. "이런 통속소설을 읽고 있다니!" 갑자기 부끄러움이 몰려왔고, 더는 밖에서 이 책을 읽지 말자고 생각했다. 포털사이트에서 통속소설을 검색해보면 다음과 같이 나온다. "주제나 성격묘사보다는 독자의 호기심을 만족시켜주기 위해 줄거리 위주로 엮어 나가는 데 그 특색이 있다. 문체에 까다로운 점이 없고, 인물이 유형적이며 줄거리나 플롯에도 안이한 점이 드러난다."

『불모지대』는 제2차 세계대전 전범인 군인이 전후 기업가로 변신해 대기업을 일구는 소설이다. 이것을 가지고 통속소설이라 비판하는 것은 번지수가 틀린 것 같다. 차라리 전범을 옹호하는 소설이 아니냐고 했다면 그런대로 수긍할 수 있지 않았을까?

갑자기 통속소설에 대한 오래전 이야기가 떠오른 것은 샤를로테 루카스Charlotte Lucas의 장편소설『당신의 완벽한 1년』을 읽고 나서였다. 재벌에 잘생기고 시간도 많은 남성과 절세

미녀가 어렵사리 만나서 결국 사랑을 나누는 이야기 구도가 옛날에 몇 번 읽었던, 통속소설의 '끝판왕' 하이틴 로맨스 소설을 떠올리게 했기 때문이다. 물론 이 책을 하이틴 로맨스 소설에 비유하는 것은 죄악에 가깝다. 독자의 호기심보다 '주제나 성격묘사'에 치중하는 것도 통속소설과 맞지 않지만, 읽는 동안 나를 행복하게 해주고, 심지어 나를 변화시키기까지 한 이 소설이 통속소설이라면 남은 평생 통속소설과 더불어 살고 싶어진다.

신기한 일은 이 책에서도 통속소설 대 본격소설 논쟁이 벌어진다는 사실이다. 소설의 주인공인 요나단은 독일에서 가장 큰 출판사(그리프손&북스)를 아버지에게서 물려받아 대표직을 수행하고 있다. 그는 출판사 운영에 관심이 없어 고용 사장인 보데에게 출판사 운영의 전권을 맡긴 상태다. 한 가지 절대 타협하지 않는 부분은, '우수한 작가의 우수한 작품만 책으로 낸다'는 점이다.

그런데 문제가 생겼다. 출판사의 매출이 갈수록 떨어졌다. 보데는 새로운 전략을 짜야 한다고 말한다. "하지만 독자들은 더 에로틱한 것들을 원하고 존 그리샴의 소설들을 좋아하죠."(74쪽) 요나단은 출판사의 전통을 깨는 것이 영 내키지 않아 대답을 미룬다.

둘은 유명 스릴러 작가 피체크의 낭독회가 끝난 뒤에도

논쟁을 벌인다. 보데가 말한다. "그리프손&북스도 저런 작가와 계약해야 한다는 제 말을 이제 이해하시겠어요? 피체크 같은 작가 한 명이면 저희는 도서 수상작 열 권은 더 만들 수 있어요."(379쪽) 요나단은 그리 성급하게 결정할 사안이 아니라며 답을 미루고, 치매에 걸려 정신이 오락가락하는 아버지를 찾아간다. 아버지는 피체크라는 말만 듣고도 화를 낸다. "너 설마 그리프손&북스가 천박한 대중문학을 내는 출판사로 격이 떨어지게 만들려는 게냐? 말도 안 된다."(405쪽)

아버지와 대화하는 와중에 요나단은 이제 이성에만 호소하기보다는, 감성에 호소하는 책도 내야 한다는 사실을 깨닫는다. 갑자기 이 책이 저자가 자신을 변명하려는 수단은 아닐까 하는 생각도 들었다. 그러거나 말거나 이 책을 읽음으로써 그 잘난 체하던 친구의 망령에서 벗어날 수 있었다. 지금 그 친구가 눈앞에 있다면 이렇게 쏘아붙여줄 생각이다. "그런 거나 따지는 걸 보니, 너는 지금까지 책을 헛읽었구나."

책을 읽다 느낀 점 2가지만 이야기하고 글을 끝내자. 첫 번째는 긴 연말 연휴를 마치고 새해 첫 출근을 한 요나단이 보데와 나누는 대화였다. 출판사 매출과 관련된 대화가 오가는데, 내가 감명받은 것은 다음 구절이었다.

보데: 연휴 동안 이번 분기 잠정 매출을 계산해 다음 분기를 위

한 구체적인 계획들을 세워봤습니다.

요나단: 왜 그랬습니까?(71쪽)

나는 이해가 가지 않았다. 사장이 회사의 앞날을 계획하고 대표에게 보고하는 것은 새해 첫날 당연히 해야 하는 일이 아닌가? 보데가 놀라서 반문하자 요나단이 부연 설명을 한다. "연휴에 회사 일을 생각하다뇨. 연휴는 쉬라고 있는 것이고 가족과 함께 좋은 시간을 보내야죠." 보데는 그래도 명색이 사장인 만큼 일반 직원처럼 일해서는 안 되는 것이 아니냐고 말한다. 요나단은 이렇게 대답한다. "물론 그렇지요. 하지만 건강도 생각해야 합니다. 사장이라도 쉴 때는 쉬어야죠."(71쪽)

심지어 요나단은 매출이 30퍼센트나 감소했다는 말을 듣고도 사장을 질책하지 않는다. "아, 그러셨군요"와 "안됐네요"가 요나단이 한 말이었다. 물론 소설이기는 하지만, 이런 고용주 밑에서 일한다면 정말 행복할 것 같다. 이런 고용주라면 퇴근이 임박해 일을 시키거나, 회사 MT를 주말에 잡는다든지 하는 일은 없을 테니 말이다.

두 번째는 '마지못해서 하는 재미없는 일과 즐거움을 줄 수 있는 일을 적고, 후자를 실천하라'는 계시를 받은 요나단이 자신의 삶을 떠올리는 광경이었다. 출판사 대표가 된 뒤 그는 원하지도 않는 골프를 시시때때로 쳐야 했다. "아버지는……

골프장에서 최고의 사업을 성사시킬 수 있었다고 강조했다." 하지만 요나단은 골프를 치면서 큰 거래를 성사시킨 적이 한 번도 없다. 게다가 요나단에게 골프는 '정말 지루하기 짝이 없는' 취미였다. 결국 그는 어린 시절 중단했던 테니스를 치며 즐거움을 깨닫는다.

나 또한 비슷한 경험을 했다. 테니스를 정말 사랑하는 내게 사람들은 골프를 권했다. "골프를 안 하면 사교가 어려워." 어머니는 이렇게 말씀하셨다. "넌 골프를 쳐야 해. 교수니까." 나는 그래도 골프를 안 치고 버텼는데, 내 인생에서 잘한 몇 안 되는 일 중 하나다. 이렇듯 내 삶을 긍정하게 해주고, 휴일에는 쉬어야 한다는 점도 가르쳐줄 뿐 아니라 재미까지 있는 책이니, 이보다 좋은 책이 어디 있겠는가?

이 책이 마음에 들었다면 이 책도

- 이언 매큐언, 한정아 옮김, 『속죄』(문학동네, 2003)
- 오타 아이, 김은모 옮김, 『범죄자』(엘릭시르, 2018)
- 정유정, 『7년의 밤』(은행나무, 2011)

글쓰기
연습이 필요한
이유

"쓸데없는
수식어는
왜 이리 많아."

작가 이름을 착각하는 바람에
알게 된 책으로,
이 작가의 책이 다 재미있었기에
이 실수는 행운이었다고 할 수 있다.
단편집인 이 책을 읽다보면
장편작가와 단편작가가 따로
있는 것이 아니라 '장편 잘 쓰는
작가가 단편도 잘 쓰는 구나'라고
생각하게 된다.

중고 서점에 갔다가 내가 읽지 않은 김연수 작가의 책을 보았다. "이런 책을 언제 내셨지?" 하면서 사왔다. 집에 와서 책을 읽는데, 문체가 김연수와 좀 다른 것 같아 책날개를 보았더니 저자 이름이 '김언수'였다. 그래도 책이 재미있어 다행이었는데, 거기 실린 소설을 읽다가 영감까지 얻었으니 이것이야말로 일석이조다.

「참 쉽게 배우는 글짓기 교실」의 주인공 송정오는 퇴근 후 집에 차를 세우다 납치를 당한다. 정신을 차려보니 치과 의자 비슷한 것에 묶여 있고, 주위에는 양복을 입은 사람 2명이 서 있다. 송정오는 자신이 김석산을 암살했다는 진술서를 쓰라고 강요받는다. 평범한 회사원인 그로서는 이 상황이 그저 황당하다. 송정오는 자신은 김석산을 알지도 못하며, 뭔가 큰 착오가 있다고 구구절절 설명한다. 그러자 카키색 양복이 말한다. "어이, 김 과장. 장비 준비해."(127쪽)

'장비'가 주는 불길한 느낌처럼, 송정오는 10시간 가까이 전기 고문을 받는다. 갈기갈기 찢어놓은 신경을 염산에 담그는 느낌이었다니 얼마나 괴로웠을지 짐작이 간다. 그러고 나자 그 깟 진술서, 써버리자는 결심이 생긴다. 그가 진술서를 쓰겠다고 하자 카키색 양복은 종이와 펜을 가져다주며 "사건이 일어나게 된 경위를 최대한 사실적으로 쓰라"(133쪽)고 말한다.

　　양복 둘이 나가자 송정오는 글을 쓰려고 자리에 앉는다. 양복이 건네준 자료집에는 사건 발생 추정 시간과 장소, 암살 사건에 대한 신문 기사 모음, 수사 당국이 추정하는 범인과 그 동기 등이 일목요연하게 정리되어 있다. 그렇다면 그 자료에 근거해 진술서를 쓰기만 하면 될 텐데, 유감스럽게도 송정오는 글을 한 번도 써본 적이 없다. 한참을 고민하던 그는 "죄송합니다. 제가 김석산을 암살했습니다"라고 썼다가 종이를 찢어버린다. 나중에는 "유가족분들께 정말 죄송합니다"라고 쓰기도 하는 등 몇 장의 종이를 더 찢어버린다. 양복들이 준 시간은 12시간이었지만, 시간은 점점 지나간다. 결국 그는 자신이 암살 전문 공작원이라고 세뇌해가면서 진술서를 쓰기 시작한다.

　　"이 개새끼야. 이게 도대체 무슨 말이야. 무슨 말인지조차 알 수가 없잖아.……쓸데없는 수식어는 왜 이리 많아. 뭐? 참으로 광택이 나고 보기에도 무시무시해 보이는 검은색 소음기를 장착한 토카레프 권총?"(137쪽)

　　한참 뒤 돌아온 카키색 양복은 진술서가 영 못마땅했다. 하기야, 암살범이 자신이 손에 쥔 권총을 무시무시하다고 하는 것은 너무하다. 카키색 양복은 검은색 양복에게 다시 12시간 전기 고문을 하라고 지시한다. 공포에 질린 송정오는 한 번만 기회를 더 주면 잘 쓰겠다고 사정한다.

이 소설은 글을 잘 써야 하는 이유를 아주 잘 설명해준다. 요즘 세상은 불안하다. 언제 어떤 일이 일어날지 모른다. 경우에 따라서는 송정오처럼 갑자기 끌려가 진술서를 써야 할 수도 있다. 이런 극단적인 일이 없다 해도, 글을 잘 쓰는 것은 반드시 필요하다. 하지만 우리나라는 글쓰기 교육에 별 관심이 없고, 유일하게 하는 글쓰기 교육은 일기 쓰기가 고작이다.

물론 일기는 글을 잘 쓰는 좋은 방법이다. '매일, 조금씩'이 글쓰기 연습의 원칙인데, 그 원칙에 딱 맞는 것이 바로 일기 아닌가? 분자생물학과를 나와 유명 소설가가 된 심윤경 작가는 "일기 쓰기 이외에 특별히 글쓰기 연습을 해본 적이 없다"라고 한 바 있으니, 일기만 열심히 쓰면 웬만큼은 글쓰기를 할 수 있다. 안타깝게도 사람들은 일기를 숙제로만 인식한다는 것이 문제다. "한 달 치를 하루에 몰아서 썼다"는 무용담이 생기는 것도, "일기 대신 써주면 내공 100 줍니다" 같은 글이 포털 사이트에 올라오는 것도 다 그 때문이다.

우리가 몰라서 그렇지, 글을 써야 하는 순간은 생각보다 자주 온다. 취업 때 써야 하는 자기소개서가 대표적인데, 평소 글을 써보지 않은 이들은 어떻게 써야할지 몰라서 머리에 쥐가

난다. 결국 다른 이의 것을 참고해서 특징 없는 자기소개서를 쓰거나, 아니면 돈을 주고 생판 본 적 없는 이에게 대필을 시킨다. 이 밖에도 대학원을 다니면 논문을 써야하고, 회사에서는 보고서를 수시로 써내야 하니, 글을 못 쓰면 평생 고생한다는 것이 과언은 아니다.

처음 쓴 신술서로 보아 송정오도 글을 써본 경험이 별로 없는 듯하다. 글을 안 써본 이는 문장을 길게 써서 자신의 부족함을 메우려 한다. 그럼 어떤 글이 좋은 글일까? 진술서라는 것은 어차피 자신의 범죄 사실을 타인에게 납득시키려는 것이니, 지나친 수식이 필요 없다. 자신이 한 일만 건조하게 기술하면 된다. 친절하게도 김언수는 자신이 생각하는 글쓰기 방법을 카키색 양복의 입을 통해 이야기해준다.

- 문장을 짧게 써라. 그래야 명료해보이고 읽는 사람이 이해도 잘 된다.
- 쓸데없는 수식어는 붙이지 마라. '광택이 나고 무시무시해 보이는 권총'이라고 쓰지 말고 그냥 간단하게 권총이라고 써라.
- 닥치는 대로 묘사하지 마라. 워커힐 호텔 주차장에 어떤 차들이 있었는지, 쓰레기통은 무슨 색깔이었는지 하는 것들은 전혀 필요 없는 것이다. 그 대신 김석산이 어떤 자세로 죽어갔

이 원칙만 잘 기억한다면 글쓰기의 기본은 익힌 셈이다. 이 소설의 결말은 다음과 같다. 송정오는 몇 달인지도 모르는 기간 동안 매일 진술서를 쓰고, 결국 자신이 납치되었던 주차장에 다시 내동댕이쳐진다. 그다음 수순으로 경찰에 붙잡히긴 했지만, 한 가지는 확실하다. 그전의 송정오와는 달리 이후의 송정오는 글 잘 쓰는 사람이 되었을 것이다.

이 책이 마음에 들었다면 이 책도

- 김영하, 『오직 두 사람』(문학동네, 2017)
- 김초엽, 『우리가 빛의 속도로 갈 수 없다면』(허블, 2019)
- 테드 창, 김상훈 옮김, 『당신 인생의 이야기』(엘리, 2016)

박근혜와
노무현

"책을 읽지 않으면
생각할 수 없고,
생각하지 않으면
글을 쓸 수 없다."

글쓰기 책 중 가장 많이 팔린
책은 무엇일까?
내가 쓴 글쓰기 책이면 참 좋겠지만
답은 바로 이 책이다.
노무현 전 대통령의 연설비서관이던
강원국이 쓴 이 책은 박근혜 전 대통령
탄핵 정국에 인기를 끌더니
'업계 1위' 유시민의 책을 제쳤다.
좋은 책이 암울한 시대와 만나
시너지를 낸 대표적 사례다.

"아시다시피 선거 때는 다양한 사람의 의견을 많이 듣습니다. 최순실 씨는 과거 제가 어려움을 겪을 때 도와준 인연으로 지난 대선 때 주로 연설이나 홍보 등의 분야에서……개인적인 의견이나 소감을 전달해주는 역할을 했습니다. 일부 연설문이나 홍보물도 같은 맥락에서 표현 등에서 도움을 받은 적이 있습니다."

2016년 10월 25일, 박근혜 대통령은 최순실이 연설문을 고쳐주었다는 의혹에 대해 사과했다. 물론 진심으로 뉘우친 것은 아니었다. 하루 전만 해도 개헌을 하겠다며 국민의 시선을 다른 곳으로 돌리려고 했지만, 최순실이 연설문을 미리 받아보았다는 명백한 증거를 내놓자 궁여지책으로 한 사과였다. 하지만 이 담화는 사과문이 담고 있어야 할 최소한의 요건도 갖추지 못했다. 의혹의 핵심은 연설문이 아니라 최순실이 저지른 국정농단에 대통령이 동참한 것이었지만, 이 사과에는 연설문 이야기만 있다. 게다가 다음 구절은 최악 그 자체다.

"저로서는 좀더 꼼꼼하게 챙겨보고자 하는 순수한 마음

으로 한 일인데 이유 여하를 막론하고 국민 여러분께 심려를 끼치고 놀라고 마음 아프게 해드린 점에 대해 송구스럽게 생각합니다."

순수한 마음에서 했지만 국민이 놀랐으니 미안하다? 대통령의 뜻을 몰라주는 국민이 잘못한 것 같다. 이로 인해 박근혜 대통령은 두 번째 사과를 해야 했지만, 사정은 크게 달라지지 않았다.

"국가 경제와 국민의 삶에 도움이 될 것이라는 바람에서 추진된 일이었는데 그 과정에서 특정 개인이 이권을 챙기고 여러 위법행위까지 저질렀다고 하니 너무나 안타깝고 참담한 심정입니다."

자신은 재단 관련 비리에 대해 아무것도 몰랐고, 오직 최순실 개인이 나빴다는 뜻이다. "이 모든 사태는 모두 저의 잘못이고 저의 불찰로 일어난 일입니다"라는 말이 이어지지만, 그냥 해보는 말에 불과하다. 박근혜 정부가 일관되게 유지된 정책이 '개인적 일탈'이었으니, 최순실 게이트도 그런 식으로 빠져나갈 속셈인 듯싶다. 여기서 대통령은 세월호 때 한 번 해보았던 눈물 연기까지 동원하는데, 그다지 성공한 것 같지는 않다. 대통령 하야를 요구하며 모인 인파가 훨씬 늘어나고, 대통령 지지율은 5퍼센트까지 떨어졌다니까.

"이게 나라냐?"는 탄식이 여기저기서 들렸지만, 최순실 게이트가 불러온 긍정적인 효과도 있다. 고故 노무현 대통령이 얼마나 괜찮은 대통령이었는지 사람들이 새삼 깨닫게 되었다는 것이다. 노무현 대통령 집권 당시 보수는 물론 진보 진영에서도 대통령을 욕하기 바빴지만, 지금 우리가 겪는 대통령을 보면 그때가 봄날이었다.

그래서일까. 노무현 대통령의 연설비서관이던 강원국이 몇 년 전에 쓴 『대통령의 글쓰기』가 날개 돋친 듯 팔렸다. 이 책이 시중에 나온 여타 글쓰기 책과 다른 점은 노무현 대통령의 글쓰기 철학을 저자가 정리했다는 점이다. 글쓰기는 쓰는 사람 자신을 드러낸다. 그래서 이 책을 읽다 보면 노무현 대통령의 진면목을 엿볼 수 있다.

예를 들어보자. 2005년 11월, 농민 시위에서 경찰의 과잉 진압으로 사망자가 발생했다. 2015년 11월 백남기 농민이 경찰이 쏜 물대포에 맞아 사망했을 때 박근혜 대통령은 아무런 사과도 하지 않았지만, 노무현 대통령은 유가족에게 사과했다. 여기서 인상적이었던 것은 다음 말이었다. "저의 이 사과에 대해서는……힘들게 직무를 수행하는 경찰의 사기와 안전을 걱정하는 분들의 불만과 우려가 있을 수 있을 것입니다."(34쪽)

유가족뿐 아니라 자식을 전경으로 보낸 부모의 입장도 고려했다니, 대단하지 않은가? 노무현 대통령이 더 돋보이는 점은 측근이던 최도술 비서관의 비자금 사건이 불거졌을 때다.

"그의 행위에 대해 제가 모른다 할 수가 없습니다.……국민 여러분께 깊이 사죄드립니다. 아울러 책임을 지려고 합니다. 수사가 끝나면 그 결과가 무엇이든 간에……국민에게 재신임을 묻겠습니다."(194쪽)

안희정 전 충남도지사의 대선 자금 비리에 대해서는 이렇게 사과했다. "이들이 조달하고 사용한 대선 자금은 저의 손발로서 한 것입니다. 법적인 처벌은 그들이 받되 정치적 비난은 저에게 하기 바랍니다."(195쪽)

자신이 주범이면서 피해자인 것처럼 구는 박근혜 대통령과는 차원이 다르다. 이 사과문이 진솔한 이유는 노무현 대통령이 직접 쓴 덕도 있으리라. 갑자기 궁금해진다. 박근혜 대통령의 사과문을 써준 이는 도대체 누구일까? 박근혜 대통령의 연설문을 쓰는 자리는 엄청나게 편한 자리일 것 같다. 연설비서관보다 글을 잘 쓰는 대통령 밑에서 일하는 것보다는 아무렇게나 써도 그냥 읽어주는 대통령이 훨씬 편하지 않겠는가? 글쓰기 책이 다 그렇듯이 저자 역시 글을 잘 쓰는 방법으로 독서를 추천한다.

"노무현 대통령도 책 읽기를 좋아했다. 좋아한 정도가 아니라 열정적으로 책을 읽었다."(47쪽) "노무현 대통령 주위에는 늘 책이 있었다. 하루에 한 쪽이라도 읽었다. 책 읽는 게 일상 그 자체였다."(48쪽)

책을 읽으면 글을 잘 쓰게 되는 이유가 무엇일까? "책을 읽지 않으면 생각할 수 없고, 생각하지 않으면 글을 쓸 수 없"기 때문이다.(46쪽) 아마 박근혜 대통령에게 자기 생각이 없는 것도 책을 거의 읽지 않는 순수한 생활 습관에서 비롯된 것 같다. 또다시 궁금하다. 아버지가 죽고 난 뒤 다시 정치판에 나가기까지 17년의 세월 동안 박근혜 대통령은 도대체 무엇을 하고 있었을까? 최순실과 함께 "좋다! 정말 좋아!Good! Good!"를 외치며 지낸 것일까?

2016년 박근혜 대통령의 여름휴가가 떠오른다. 왜 박근혜 대통령은 책을 읽지 않느냐는 여론이 비등하자 청와대 비서관이 이렇게 말했다. 박근혜 대통령은 원래 책을 좋아하며, 여름휴가 때는 『한국인만 모르는 다른 대한민국』을 읽었다고. 왜 하필이면 그 책일까 싶었는데, 알고 보니 미래에 대한 예언서였다. 그 책의 제목대로 우리는 사실상의 대통령이 최순실이었다는 사실을 몰랐으니 말이다.

이 책이 마음에 들었다면 이 책도 _____

- 고미숙, 『읽고 쓴다는 것, 그 거룩함과 통쾌함에 대하여』(북드라망, 2019)
- 이다혜, 『처음부터 잘 쓰는 사람은 없습니다』(위즈덤하우스, 2018)
- 윌리엄 진서, 이한중 옮김, 『글쓰기 생각쓰기』(돌베개, 2007)

조정래, 『풀꽃도 꽃이다』

웹툰 작가와
독서의
관계

"우리 학교는

왜

이 모양이냐."

교육에 관한 대작가의 사자후.
등장인물이 너무 평면적이고
스토리도 지나치게 단선적인 편이
있지만, 책에 담긴 메시지들은
지금 이 시대에 꼭 필요한 것이다.
읽는 내내 마음이 아팠다는 한
학부모의 리뷰를 보라.
우리 사회에는 아직도 이 대작가가
필요하다.

웹툰* 작가가 인기가 많다. 그들이 억대 연봉을 받는다는 소식이 전해지면서 인기가 더 높아졌다. 학생들에게 장래 희망을 물었을 때 "웹툰작가요"라고 답하는 경우도 과거에 비해 크게 늘었다. 그런데 웹툰 작가가 되려면 어떻게 해야 할까? 흔히 그림만 잘 그리면 될 것 같다고 생각한다. 물론 웹툰 작가들은 그림을 잘 그리며, 웹툰을 보다 보면 그림에 감탄할 때가 많다. 하지만 그것뿐일까. 윤태호 작가의 이야기를 잠깐 살펴보자.

영화로 만들어진 〈내부자들〉과 드라마로 만들어져 인기를 모은 〈미생〉으로 스타덤에 오른 윤태호 작가는 어린 시절 그림을 워낙 잘 그려, 미술 대회에서 받은 상으로 방 안이 가득 찰 지경이었단다. 여기까지만 읽으면 '과연 그림 실력이 중요하구나'라고 생각하겠지만, 꼭 그런 것은 아니다. 그 당시에는 웹툰이 없었고, 대신 잡지에 만화를 연재하곤 했다.

어려서부터 만화가를 꿈꾸었던 윤태호는 '25세 이전에

● 이 글에서는 만화와 웹툰을 같은 의미로 사용했다.

잡지에 만화를 연재하겠다'는 목표를 세웠고, 정확히 25세던 1993년 그 목표를 달성한다. 하지만 중요한 문제가 있었다. 그림은 기가 막히게 잘 그렸지만, 스토리가 따라주지 못했던 것이다. 그림만 잘 그리면 되는 줄 알았던 작가에게 작품을 연재하는 4개월은 지옥 같았다. 그 후 윤태호는 어떻게 하면 스토리를 잘 짤 수 있을지를 연구하려고 다시금 문하생 생활을 자처한다. 그가 쓴 방법은 최인호 작가의 전집 등 유명한 작품의 필사였다.

조정래의 『풀꽃도 꽃이다』에도 스토리의 중요성에 대한 언급이 나온다. 학교교육의 현실을 그린 이 책에 등장하는 한동유는 만화가를 꿈꾸는 고등학생으로, 하루 빨리 학교를 때려치운 뒤 명성 높은 만화가 '이 선생님'의 문하생으로 들어가고 싶어 한다. 하지만 이 선생님은 해외에 있거나 다른 일로 바빠서 그를 만나 줄 여유가 없다. 한동유는 이 선생님의 문하생인 키 큰 아저씨에게 만화가가 되고 싶다고 하소연한다. 이에 대한 아저씨의 대답을 보자.

"말했잖아. 적당 적당하게 공부하면서 고등학교, 대학 나오고, 그 담에 이 길을 본격적으로 시작하라고. 있잖냐, 고등학교, 대학 괜히 다니는 거 아니야. 그 기간 동안 만화에 대해서 계속 많이 생각하고, 세상 경험도 많이 쌓고, 책도 고루고루 읽어 지식도 넓히고 상상력도 자꾸 키우고, 이 세상 온갖 것 못 그리는 게 없게 매일 연습하고, 그게 다 좋은 만화가가 되기 위한 준비 과정이야. 그 과정이 없이 지금 네가 원하는 것처럼 한 사람의 문하생이 되면 자기만의 개성 있고 독특한 만화가가 되지 못하고 그저 손재주만 좀 있는 그림 기술자로 끝나고 말아. 그건 끔찍한 비극이지. 내 말 이해가 되니?"(2권 109쪽)

만화가와 그림 기술자의 차이는 스토리의 유무에서 비롯된다는 이야기다. 실제로 웹툰에 "그림이 마음에 안 든다"면서 평점을 낮게 매기는 경우는 드물다. 스토리가 얼마나 재미있느냐, 개연성이 있느냐가 훨씬 중요하다. 〈이말년 서유기〉는 그림만 보면 그다지 강한 인상을 못 받지만, 기상천외한 스토리 덕분에 늘 10점 만점에 9.9를 넘는 평점을 받았다. 반면 같은 포털사이트에 연재한 〈ㄷㅇㅇㄹㅋㅉ〉은 탁월한 그림에도 불구하고 2점대라는 기록적인 평점에 시달렸다. 별다른 스토리 없이 주먹다짐만 난무하는 것이 이유인 듯하다. 그러니까 자기만의 스토리는 만화가 혹은 웹툰 작가가 되기 위한 필수 조건이며, 그러려면 다양한 경험을 쌓고 책을 고루 읽는 것이 중요하다.

스토리의 중요성을 뒷받침하기 위해 한 명만 더 예를 든다. 국내 1세대 웹툰 작가로 꼽히는 강풀 작가다. 다른 만화가들과 달리 강풀은 만화가가 되고 싶은 마음이 없었다고 한다. 그가 좋아했던 것은 소설책 읽기로, 어릴 적부터 도서관에 가서 살다시피 했을 정도였다.

"세상에 이런 좋은 곳이 없었어요. 하루 종일 책을 공짜로 읽고 심지어 책을 대여할 수 도 있고."

그의 책 사랑은 정도가 심해서, 고등학생 때 수업 시간에도 소설책을 읽었단다. 특히 황석영과 조정래 작가의 책을 좋아했는데, 국문과를 선택한 것도 소설책을 마음껏 읽을 수 있을 것 같아서였다.

그랬던 그가 만화를 그리게 된 것은 총학생회에서 홍보를 담당하게 되면서부터였다. 학생회 행사 참여가 저조했던 시절, 강풀은 학생을 모으려고 난생 처음 만화를 그리기 시작했다. 그의 만화 덕분에 학생회 행사에는 사람이 많이 왔고, 강풀은 만화가로 사는 것을 진지하게 고민한다. 문하생으로 들어가려 이력서를 냈지만, 그를 받아준 곳은 없었다. 그림 실력이 그다지 뛰어나지 못했기 때문이다. 결국 그는 인터넷에 자기만의 공간을 만들어 만화를 올리기 시작한다.

"저한테 오랫동안 따라다닌 말이 '만화 못 그리는 만화가'였어요. 만화가에게 그림을 못 그린다는 것이 얼마나 마이너스인지 이 바닥에 들어오니 뼈저리게 느껴요."

실제로 강풀의 만화들은 비슷비슷해 보인다. 특히 주인공은 다 비슷하게 생겨서 누가 누구인지 구별이 안 될 때도 있다. 그런데도 그의 만화는 재미 면에서 최고다. 스토리가 워낙 출중하기 때문이다. 그는 어떻게 이런 훌륭한 스토리를 짤 수 있었을까? 강풀은 어릴 적부터 책에 빠져 산 것이 스토리 구성에 큰 도움이 되었다고 말한다. 웹툰 작가가 되고 싶은가? 그렇다면 책을 읽어라. 책을 통한 간접 경험은 웹툰 작가에게 필수적인 스토리 짜는 능력을 길러줄 테니 말이다.

이 책이 마음에 들었다면 이 책도

- 목수정, 『칼리의 프랑스 학교 이야기』(생각정원, 2018)
- 앤절린 밀러, 이미애 옮김, 『나는 내가 좋은 엄마인 줄 알았습니다』(윌북, 2020)
- 타라 웨스트오버, 김희정 옮김, 『배움의 발견』(열린책들, 2020)

김훈, 『공터에서』

좋은 묘사는
어디서
나올까?

"음식 냄새가 코를 스치면
배고픔은 창끝처럼
뾰족해져서 창자를 찔렀다."

1948년생으로, 대한민국의 굵직한
역사를 온몸으로 체험한
김훈의 자전적인 이야기다.
과거를 알아야 현재를 알고
미래를 대비할 수 있다면,
탁월한 문장력을 가진 대작가가
그 시대를 이야기해주는
이 책이야말로 가장 큰 선물이
아니겠는가?

내가 생각하는 좋은 작가는 표현력이 좋은 작가다. 아름다운 여인을 표현한다고 생각해보자. 영상으로는 훨씬 쉽다. 미모의 여인이 천천히 걸어가고, 다들 넋이 나가는 모습만 보여주어도 된다. 한 남자가 그녀를 보다가 발이 걸려 넘어지거나 다른 사람과 부딪히는 장면을 넣으면 100퍼센트다. 그런 장치가 없어도 배우의 얼굴만 보아도 예쁘다고 감탄할 것이다. 반면 이를 글로 표현하는 것은 쉽지 않다. 반면교사를 위해 내가 한번 시도해본다.

① 그녀를 보았을 때 난 이런 생각을 했다. 인간의 한계를 넘는 아름다움이구나.
② 큰 눈과 오뚝한 콧날, 앵두 같은 입술까지 그녀의 미모는 어느 한군데 빛나지 않는 곳이 없었다.

글이 영상과 다른 점은, 글은 읽는 이로 하여금 상상을 하게 한다는 점이다. 미녀 이야기가 나오면 독자는 자신이 텔레비전이나 영화, 사진 혹은 실물로 본 미녀를 떠올리며 자신의 감정을 이입한다.

하지만 예문 ①은 그냥 예쁘다고 우길 뿐, 독자가 상상하게 하지 못한다. ②는 묘사가 있긴 하지만, 너무 평범하다. '앵두 같은 입술'은 지나치게 상투적이라, 안 하느니만 못하다. 이래서야 무슨 감정이입을 할 수 있겠는가? 내가 좋은 작가는커녕 그냥 작가도 못 되는 이유가 여기에 있다.

내가 아는 작가 중 가장 묘사가 뛰어난 이는 뭐니 뭐니 해도 김훈이다. 『칼의 노래』에는 임진왜란 당시 아이들이 굶는 이야기가 묘사되어 있다. 정답을 알기 전에 한번 도전해보자. 어떻게 하면 아이들의 비참한 실상을 설득력 있게 전달할 수 있을까? 쉽게 생각할 수 있는 표현은 "아이들이 먹은 게 없어서 얼굴이 노랗게 떴고, 배가 허리에 붙을 지경이었다"일 것이다. "아이들의 배에서 꼬르륵 소리가 교대로 나서 마을이 조용할 날이 없었다"는 내가 방금 생각한 건데, 안 하느니 못하다. 이런 것들을 과연 묘사라고 할 수 있을까? 좋은 글은 읽기만 해도 그 장면이 떠오르게 하는 글일텐데, 이것은 "지금 아이들이 배가 굉장히 고프다고. 그냥 믿어, 알았지?"라며 우기는 것밖에 안 된다. 이래서야 독자가 제대로 상상하기 힘들다.

김훈은 어떻게 표현했을지, 정답을 공개한다. "적들이 지나간 마을에서, 살아남은 아이들은 적의 말똥에 섞여 나온 곡식 낟알을 꼬챙이로 찍어 먹었다. 아이들이 말똥에 몰려들었는데, 힘없는 아이들은 뒤로 밀쳐져서 울었다."(143쪽)

아이들이 못 먹어서 어지럽다든지 하는 표현은 전혀 나오지 않지만, 이 구절은 그 어떤 묘사보다 굶주림이 무엇인지 잘 보여준다. 이 대목을 읽기만 해도 장면이 상상되고, 그래서 마음이 아파진다. 김훈은 어떻게 이런 글을 쓸 수 있었을까? 타임머신을 타고 그 시대로 가서 굶주림의 여러 풍경을 보고 그중 가장 그럴듯한 것을 골라냈다는 느낌까지 든다.

『공터에서』에도 굶주림에 대한 묘사가 나온다. 주인공 중 한 명인 마장세는 한국전쟁을 겪었던 아홉 살 당시 피난지에서 구두닦이를 하면서 하루하루를 버틴다. 물론 구두닦이를 해서 번 돈으로 제대로 요기를 하는 것은 쉽지 않았기에 그는 늘 배고팠다. 김훈은 그의 배고픔을 이렇게 묘사한다.

"창자에서 찬바람이 일었고 몸속이 비어 투명했다. 배가 고프면 눈을 가늘게 뜨게 되는데, 눈꺼풀이 떨려서 세상이 흔들렸고 가까운 것들이 멀어 보였다. 배가 고프면 후각이 민감해져서 거리의 사람 냄새나 물이 오르는 가로수의 풋내가 코끝에 어른거렸다. 배가 고프면 배고픔이 몸속에 가득 차면서도 몸이 비어 있는 느낌이었는데, 음식 냄새가 코를 스치면 배고픔은 창끝처럼 뾰족해져서 창자를 찔렀다. 배가 고프면 마음이 비어서 휑했고, 그 빈 마음속에 배고픔이 스며 있었다.······배

가 고프면 기억으로만 남아 있는 맛의 헛것이 빈 마음에 번져 있었다.(156~157쪽)

음식 냄새에 뾰족해진 배고픔이 창자를 찌른다는 대목은 배고픔을 겪지 않았던 내게도 생생하게 그 아픔을 전달해준다. 배고픔을 이런 식으로 묘사할 수 있는 사람이 또 누가 있을까?

김훈이 이런 표현력을 갖기까지 굉장히 많은 노력을 한 것은 확실하다. 좋은 표현의 한 축은 치열한 연습이다. 하지만 그것만으로는 안 된다. 그 일에 대한 경험이 있어야 한다. 자기가 직접 겪은 일이라면 남보다 잘 설명할 수 있으니 말이다.

김훈이 굶주림을 생생하게 묘사할 수 있었던 것도 자신이 굶주려보았기 때문이리라. 꼭 모든 것을 직접 겪을 필요는 없다. 다른 이의 경험을 목격하는 것도 좋은 묘사를 위한 재료다. 그래서 김훈은 말한다. "나는 소설을 쓰기 위해 많은 데를 다녀요. 그러다 보면 몇 개의 이미지가 걸려 들어와요. 그러면 그것이 글을 쓰는 데 많은 도움이 되죠. 책보다도 오히려 세상을 직접 보는 게 훨씬 더 도움이 돼요."•

"글은 육체가 아니지만, 글쓰기는 온전한 육체노동인 것"이라는 그의 또 다른 말도 이런 의미에서 이해가 된다. 그렇게 본다면 김훈의 비결은 그가 30여 년 가까이 기자 생활을 한

• 「김훈: 눈이 아프도록 들여다보며 세상을 이해하는 소설가」, 『인생스토리』(http://terms.naver.com/entry.nhn?docId=3574373&cid=59013&categoryId=59013)

것일 수도 있겠다. 기자야말로 우리 사회의 모습을 전달하려고 발품을 파는 존재이지 않은가?

그러고 보니 내가 좋아하는 소설가 중에는 기자 출신이 꽤 많다. 고故 김소진을 비롯해서 김연수, 김중혁, 박민규 등이 기자 출신이다. 『댓글부대』, 『우리의 소원은 전쟁』 등을 펴내며 맹활약하고 있는 장강명이 『동아일보』에서 10여 년간 기자 생활을 한 것도 우연은 아니다. 그러니 글을 쓰고 싶다면, 좋은 묘사를 하고 싶다면, 컴퓨터 앞에만 앉아 있지 말고 밖으로 나가자. 애써 밖에 나가도 스마트폰만 붙들고 있으면 아무 소용이 없다. 맨눈으로 우리 사회에서 벌어지는 일들을 응시하자. 좋은 표현력은 그렇게 하는 와중에 길러지는 것이니까.

이 책이 마음에 들었다면 이 책도

- 김성칠, 『역사 앞에서』(창비, 2009)
- 조정래, 『오 하느님』(문학동네, 2007)
- 유시민, 『나의 한국현대사』(돌베개, 2014)

인생은
왜 고달픈
것일까?

"별로 훌륭하지 않은 게
훌륭하게 살려니까
인생이 이리 고달픈 거다."

작가 김언수의 책들은 최소한의
재미는 보장해주며,
다 읽고 나면 왠지 좀 쓸쓸해지고,
'내가 어른이 된 건가' 하는 느낌도
선사해준다.
건달의 세계를 다룬 이 책도
전형적인 '김언수표' 소설이니,
이렇게 선동해보련다.
『뜨거운 피』 읽고 어른 됩시다.

김언수의 『뜨거운 피』는 구암 바다를 배경으로 펼쳐지는 조폭들의 이야기다. 그가 그리는 조폭의 세계가 워낙 리얼해, 작가가 최소 몇 달은 조폭들과 더불어 살았을 것 같다. 하지만 작가의 말을 들어보면 그것은 아니다. "나는 이 소설을 쓰기 위해 조직폭력배와 면담을 하거나 취재를 위해 돌아다닌 적이 없다. 왜냐하면 내가 살았던 동네가 소설 속의 구암과 대단히 흡사했기 때문이다."(591쪽)

그럼 어떻게 조폭에 관한 소설을 썼을까? 작가가 어릴 적 자란 곳이 조폭이 주름잡는 곳이었단다. 작가는 그 시절을 이렇게 회상한다. "어깨에……조잡한 문신을 새긴 삼류 건달들조차 너무나 멋있었다.……포주 칼잡이의 눈빛은 철학자처럼 깊어 보였고……."(592쪽)

작가는 작품 속 인물의 입을 빌어 자신이 하고픈 말을 하는 존재다. 그렇다면 김언수가 조폭을 등장시켜 전하고픈 메시지는 무엇이었을까? '양동'이라는 건달은 성인 오락실이 돈이 된다면서 주인공 '희수'에게 지금 몸담은 조직을 떠나 자신과 함께하자고 이야기한다. 이 작품의 시대적 배경은 1990년대다. 양동의 말대로 슬롯머신(일명 파친코)은 지는 사업이고 성인 오락실의 전망은 밝아 보인다. 하지만 희수는 "없이 살아도 지금처럼 그냥 심심하게 살렵니다"(304쪽)라고 답한다. 보다 못한 양동은 일장 연설을 한다.

"니는 너무 멋있으려고 한다. 건달은 멋으로 사는 거 아니다. 영감님에 대한 의리? 동생들에 대한 걱정? 좆까지 마라. 인간이란 게 그렇게 훌륭하지 않다. 별로 훌륭하지 않은 게 훌륭하게 살려니까 인생이 이리 고달픈 거다."(305쪽)

인생이 왜 힘든지를 이렇게 명쾌하게 정리해주는 글을 난 본 적이 없다. 그렇다. 삶의 고통은 모두 자신을 배반하는 데서 나온다. 얽매이는 것을 싫어하고, 게으르기 짝이 없는 사람이 오직 먹고살려고 매일같이 회사에 출근을 한다? 힘들다. 아내와의 사랑은 진작 식었고, 내가 좋아하는 사람은 회사 직원이다. 그런데 집에 가면 그 직원 대신 아내가 있다면? 힘들다. 학문에 크게 뜻이 없는 이가 기생충처럼 희귀한 전공을 택하는 바람에 운 좋게 교수가 되었다면? 그래서 평생 연구하며 살아가야 한다면? 힘들다. 국민을 위하는 마음이 쥐꼬리만큼도 없는 분이 대통령이 되어서 "존경하는 국민 여러분!"을 매일같이 읊조려야 한다면? 너무 힘들다.

〈무한도전〉에서 〈유재석처럼 살기 vs. 박명수처럼 살기〉

라는 방송을 한 적이 있다. 다들 알다시피 유재석은 늘 주위의
기대를 충족시키며, 어려운 부탁도 거절하지 못하는 예스맨이
다. 반면 박명수는 호통의 달인으로, 하고 싶은 말이 있으면 앞
뒤 가리지 않고 해버린다. 유재석과 박명수는 초보 운전자에게
운전 교습을 했다. 운전자는 당연히 운전을 제대로 하지 못한
다. 깜빡이를 켜라니까 와이퍼를 작동시키고 브레이크를 밟으
라고 하니 액셀러레이터를 밟는다. 지인에게 운전을 가르친 경
험이 있다면 얼마나 엄청난 인내를 요구하는 일인지 잘 알 것
이다. 그런데도 유재석은 시종일관 웃고, 잘 하고 있다면서 운
전자를 격려한다. 반면 박명수는 교습하는 내내 "이것도 못하
냐?"고 호통을 친다. 시청자들은 이들 중 누구처럼 살기를 원
할까? 놀랍게도 박명수가 55퍼센트로, 유재석의 45퍼센트보다
높았다. 내가 놀랍다고 한 것은 유재석의 비율이 생각보다 높
게 나와서다.

　　사람은 다 비슷하다. 특정 상황이 되면 화를 내고 싶어 한
다. 화가 나는 상황에서 화를 내느냐 아니면 속으로 삭이느냐
의 차이일 뿐이다. 그렇게 쌓아둔 화는 언제 어디서든 표출해
야지, 안 그러면 화가 자신을 망가뜨린다. 자신을 생각해보라.
원치 않는 일을 하면서, 부당한 대우를 받으면서도, 말단에 불
과한 자신의 위치 때문에 화를 속으로 삭이고 있지 않은가? 우
리 사회에 유난히 갑질이 횡행하는 것도 이 때문일 듯하다. 속

으로 삭이던 화가 다 해소가 안 되니 아파트 경비원, 대리운전 기사, 편의점 아르바이트 등 만만하게 보이는 사람에게 갑질을 하는 것이 아닐까.

"한 방에 훅 간다"는 말이 있다. 겉으로는 자상하고 화 한 번 내지 않는 줄 알았던 사람이 남들 안 보는 데서 나이든 할머니에게 험한 말을 내뱉는 것을 보면 배신감을 느끼지 않겠는가. "겉으로 보이는 게 다가 아니다"라는 말은 그래서 나온다.

하지만 사람에게는 누구나 남이 모르는 면이 있고, 보는 사람이 없으면 과감하게 그런 면을 표출한다. 그렇게 하지 않으면, 늘 좋은 면만 보이고 살아가려면, 사는 것이 너무 힘들지 않겠는가. 유재석처럼 살면서 행복한 것은, 아주 고매한 인격을 가진 극소수를 제외하면 불가능하다. 혹시 아는가. 유재석도 자기만의 방법으로 화를 풀고 있을지.

이 책이 마음에 들었다면 이 책도

- 김언수, 『설계자들』(문학동네, 2019)
- 장강명, 『댓글부대』(은행나무, 2015)

박은진, 『백만불짜리 글쓰기 습관』

아이들에게
글쓰기를

"세상을 살아가는
 힘은
 '글력'에서 나온다."

글을 좀 쓰게 된 뒤 깨달았다.
글을 잘 쓰는 것은
백만 불 이상의 가치가 있다고.
시중에 나온 대부분의 글쓰기 책이
성인을 대상으로 한 것인데 비해
이 책은 아이에게 어떻게 글쓰기를
익히게 할지 알려준다.
자신의 경험을 바탕으로
한 것이라 더 와닿는데,
아이한테 백만 불을 물려주고
싶은 분들은 읽어보시길 바란다.

글을 잘 쓰고 싶었던 시절, 내 주위에는 도움이 될 만한 것이 별로 없었다. 온갖 시행착오 끝에 깨달은 것은 '매일 글을 쓰고 책을 읽어라'였다. 그 깨달음을 실천해 이따금 책을 내는 사람이 되었지만, 많은 방황을 해야 했다.

그런 나를 안타깝게 여겼던 친구가 미국에 다녀오며 책 한 권을 선물했다. 윌리엄 진서William Zinsser가 쓴『On Writing Well』이라는 책이었다. 친구에 따르면 글쓰기 분야에서 제일 괜찮은 책이라는데, 문제는 영어 원서였다는 점이다. 내가 영어를 조금만 잘 했다면 어찌어찌 읽어볼 수도 있었겠지만, 내 영어 독해력은 그 책을 읽을 정도가 되지 못했다. 사전을 찾아가며 읽는 것도 정도가 있지, 한 페이지에 수십 번 사전을 뒤지는 것은 정말 못할 짓이었다. 단어의 뜻을 알았다 해도 문장의 의미를 파악하는 것은 더 어려웠다. 결국 그 책을 10페이지도 채 못 읽었다.

이 책은 나중에『글쓰기 생각쓰기』라는 제목으로 우리나라에서도 번역되었다. 뒤늦게 그 책을 읽었는데, 맨 앞부분조차 생소했던 것을 보면 내가 영어를 못 하긴 못 하는 모양이다. 어쨌든 이 책은 글을 잘 쓰고 싶은 이들에게 많은 찬사를 받고 있으니, 내게 이 책을 선물한 친구의 안목은 틀리지 않았다.

내가 처음 읽은 글쓰기 책은 스티븐 킹Stephen King이 쓴 『유혹하는 글쓰기』였다. 내가 좋아하던 심윤경 작가가 추천해 준 책이다. 하지만 글쓰기 기법 대신, 킹의 자전적 이야기가 주를 이루었다. 베스트셀러를 내며 작가 생활을 평탄하게 시작한 줄 알았던 그가 의외로 많은 좌절을 겪었다는 것이 놀라웠다. 글로 인정받고 싶었던 내게 킹의 이야기는 큰 위안을 주었다.

그 뒤 갑자기 글쓰기 책이 쏟아져 나오기 시작했다. 모든 글쓰기 책은 "매일 조금씩 쓰고, 책을 많이 읽으면 글을 잘 쓸 수 있다"고 했다. 한탄이 나왔다. "진작 이런 책이 나왔으면 좋았잖아? 그랬다면 내가 몇 년간 방황하지 않아도 되었잖아?" 한편으로는 신기했다. 이렇게 친절하게 알려주는 책이 한가득한데, 사람들은 왜 글을 안 쓰는 것일까?

그게 안타까워 내가 직접 글쓰기 책을 썼다. 나는 내가 처음 썼던 책이 "중학생도 쓸 수 있는 수준"이라는 말을 들었다는 이야기까지 하며 누구나 글을 잘 쓸 수 있다고 역설했다. 그래도 사람들은 글을 쓰지 않았다. 이유는 2가지였다. 첫째, 내 책을 읽은 이가 그리 많지 않다. 둘째, 이게 더 중요한 이유인데, 글을 쓰는 습관이 몸에 익지 않았다.

첫 번째 문제의 해결은 요원하지만, 두 번째는 가능하다. 어릴 적부터 글을 쓰게 하면 된다. 하지만 이것 역시 만만한 일은 아니다. 스마트폰만 만지작거리는 아이에게 글을 쓰라고 하는 것이 과연 먹힐까?

그래서『백만불짜리 글쓰기 습관』을 읽어야 한다. 대부분의 글쓰기 책이 성인을 대상으로 하는 반면, 이 책은 자신의 아이에게 글쓰기를 지도한 경험을 바탕으로 쓴 것이기 때문이다. 저자는 먼저 동기부여를 해주는데, 바로 '글쓰기는 돈이 된다'다. "강의를 할 때 책을 쓰면 얼마를 버는지 궁금하지 않으냐고 질문을 하면서 대략적인 금액을 이야기한다. 인세, 강연료, 원고 집필료, 출연료 등을 말한다."(45쪽) 저자에 따르면 이 이야기를 하면 청중의 태도가 확 달라진단다. 책을 냈다고 다 돈을 버는 것은 아니지 않으냐는 합리적인 의문에도 저자는 답을 해준다. "인생 역전을 꿈꾸며 매주 로또를 사는 것보다는 독서와 글쓰기를 하는 것이 부자가 될 확률을 높게 만든다."(49쪽)

게다가 글쓰기는 노트북만 있으면 시작할 수 있어서, 자본금도 거의 안 든다. 이런 말은 어른들에게도 통하지만, 아이들에게 특히 잘 먹힌다. 2018년 초등학생이 원하는 희망 직업 1위는 운동선수, 3위는 의사, 5위는 유튜버, 6위는 법조인, 8위는 가수다. 모두 돈을 잘 버는 직업이다. 같은 이치라면 돈을 많이 번 작가들의 성공담이 아이들에게 글을 쓰게 할 수도 있지 않을까? 글쓰기는 돈이 된다는 저자의 호소는 시대를 반영한, 탁월한 전략이다.

　글쓰기에 마음을 열었다 해도 아이들이 글을 쓰게 하기 까지는 어려운 관문이 기다리고 있다. 미래에 아무리 많은 돈을 벌어다 줄지언정, 당장 하는 게임을 멀리할 아이는 드무니 말이다. 여기서 필요한 것이 타협이다. 저자는 송숙희의 『1000일 간의 블로그』에서 받은 영감을 바탕으로 아이와 협상에 들어간다.

> 저자: 너, 원래 1시간 공부하고 25분 아이패드로 게임을 하니까. 공부 시간을 40분으로 줄여줄게. 어때?
> 아이: 왜? 그 시간에 뭐해?
> 저자: 글쓰기를 할 거야. 생각하는 힘을 기르기 위해서. 매일 20분씩 어때?(96쪽)

　아이는 만만치 않았다. 게임 시간 35분에 용돈 인상을 요구했다. 그래도 글쓰기를 시키는 것이 중요했기에 저자는 수락하고, 그때부터 아이의 글쓰기가 시작되었다.

　곧 두 번째 난관이 닥쳤다. 아이가 매일 똑같은 일상에서 더는 글을 쓸 소재를 찾지 못하겠단다. 그래서 찾아낸 것이 민상기의 『초등학생이 좋아하는 글쓰기 소재 365』라는 책이었다. 아이는 이 책을 뒤적거리더니 모기에게 협박 편지를 쓰겠다고 했다.

　여기서 주목해야 할 대목은 아이가 이 글을 쓰려고 『어린이 과학동아』에 실린 모기 관련 기사를 찾아 인용했다는 점이다. 이렇게 특정 주제에 대해 글을 쓰려면 관련 자료를 찾아보게 된다. 전문가가 된 뒤에야 책을 쓸 수 있는 것이 아니라, 책을 쓰면 전문가가 되는 이유는 여기에 있다.

　책을 읽다 보니 저자의 아이가 부러워졌다. 그 아이는 지금 최고 수준의 글쓰기 지도를 받는 중이니까 말이다. 내 주위에 그런 사람이 한 명만 있었으면 내가 좀더 일찍 떴을 수도 있지 않겠는가! 지금은 귀찮을지 몰라도, 그 아이는 나중에 훌륭한 사람이 된 뒤 이렇게 말할 것이다. "제가 이 자리에 있을 수 있는 이유는 다 어머니 덕분입니다. 여러분도 글 쓰세요." 이 책을 읽고 아이에게 글쓰기를 권하시라. 꼭 그런 것은 아니지만, 글을 잘 쓰면 대개 훌륭한 사람이 된다.

이 책이 마음에 들었다면 이 책도

- 스티븐 킹, 김진준 옮김, 『유혹하는 글쓰기』(김영사, 2002)
- 김성효, 『초등공부, 독서로 시작해 글쓰기로 끝내라』(해냄, 2019)

환상에도
현실감이
필요하다

"눈이 펑펑 돌아갈 만큼
그녀의 외모가
완벽하니까."

문화에 약한 사람은
명화 이야기가 나오면 일단
주눅이 들기 마련이다.
이 책은 바로 그런 심리를 이용해
이야기를 전개한다.
곳곳에 도사린 허점이 눈에
거슬릴 수 있지만, 렘브란트의
그림 덕에 이런 허점을 타박하지
않게 된다. 명화가 괜히 명화가
아니구나 싶어지는 소설이다.

내가 세상에 태어났을 때, 우리 집에는 아버지와 어머니와 누나가 있었다. 1년 뒤 남동생이 태어났고, 2년 뒤에는 여동생이 태어났다. 내 기억의 시작은 여동생이 태어날 무렵이었던 것 같다. 아버지가 수고했다며 어머니 손을 잡아주었던 것이 지금도 기억 속에 있으니 말이다.

그 시절 나는 단 한 번도 내가 못생겼다고 생각한 적이 없었고, 오히려 사람들은 나처럼 생긴 줄 알았다. 다른 세계를 만났을 때 자신을 알게 된다고, 내가 못생긴 것을 알게 된 것은 초등학교에 들어가면서부터였다. "눈이 와이셔츠 단춧구멍만하다", "이상하게 생겼다" 같은 말은 하도 들어서 귀에 인이 박일 지경이었다. 신기한 것은 그렇다고 해서 잘생긴 아이들을 증오하게 되지는 않았다는 점이다. 같은 반 남학생이 좋아하던 예쁜 여학생을 나도 짝사랑했고, 어린 나이에도 마귀할멈처럼 생긴 여학생은 멀리했다. 비슷한 부류끼리 모여 세상을 바꾸어 나갈 생각을 하기보다는, 주류의 시각에 갇혀 그 눈으로 세상을 보게 되었다고나 할까?

지금 아내를 만났을 때, '이 여자를 놓치면 안 되겠다'는 생각을 한 것도 아내가 미녀여서였다. 어떤 친구들은 "결혼하면 얼굴 뜯어먹고 사는 거 아냐"라고 하지만, 그런 말을 하는 친구 중에 아내가 미녀인 경우는 없었던 것 같다. 미녀와 결혼했기 때문에 나는 아내에게 부당한 대접, 예를 들면 벽에 기댄 채 발로 차인다든지 하는 일도 즐거운 마음으로 겪어냈다. 결혼 생활을 하면 할수록 아내가 점점 더 좋아지는 것도 아내의 미모가 시간이 지나도 퇴색하지 않기 때문이 아닐까 싶다. 잘생긴 남자는 당연히 예쁜 여자를 좋아하겠지만, 못생겼다고 놀림받던 아이마저 지독한 외모지상주의자로 성장한 현실이 조금 안타깝다.

　　외모지상주의는 심지어 영화를 볼 때도 작동해서, 여자 주인공이 예쁘지 않으면 영화가 재미없게 느껴졌다. 예컨대 키아누 리브스가 주연했던 영화 〈스피드〉를 나는 별로 감명 깊게 보지 못했다. 여자 주인공을 맡은 샌드라 불럭이 마음에 들지 않아서였다. 경찰인 잭(키아누 리브스 분)이 폭탄이 설치된 버스에 탑승한 지 얼마 지나지 않아 운전기사가 총에 맞고 숨진다. 누군가 운전해야 할 위기에 애니(샌드라 불럭 분)가 운전을 하게 된다. 폭탄은 버스 속도가 시속 100킬로미터 이하로 떨어지면 폭발하니, 과속으로 면허정지가 된 애니가 운전하는 것이 적합했겠지만, 영화를 볼 때 이렇게 외쳤던 기억이 난다. "제발 저 여자가 주인공이 아니었으면!"

이 원칙은 남자에게도 공평하게 적용되어 드라마 〈응답하라 1988〉에서 주인공 덕선(이혜리 분)의 남편이 누구인지에 관심이 쏠릴 때, 나는 당연히 택이(박보검 분)를 응원했다. 덕선이를 두고 택이와 경쟁했던 정환(류준열 분)이 내가 보기엔 눈이 작고 못생겼기 때문이다.

영화뿐 아니라 책을 읽을 때도 그렇다. 소설을 읽을 때도 여주인공이 예뻐야 책장이 잘 넘어가는 것은 내 외모지상주의가 심각한 수준임을 말해준다. 무라카미 하루키는『1Q84』에서 주인공 아오마메를 묘사할 때 얼굴이 비대칭이라고 했는데, 그래서 이 책을 계속 읽을지 망설였다. 책장을 계속 넘길 수 있었던 것은 그다음 말, "저마다 취향이 다르다 할지라도, 일단 미인이라고 해도 무방할 것이다"(25쪽)라는 묘사 때문이었다.

이런 나지만, 지나치게 미모를 강조하면 읽기 싫어진다. 폴 크리스토퍼의『렘브란트의 유령』이 딱 그랬다. 여자 주인공 '핀'은 거장의 그림을 주로 취급하는 경매 회사에서 일하는데, 책에 나오는 설명은 다음과 같다. "모델 같은 몸매와 길고 붉은 머리카락, 거기에 반짝이는 녹색 눈동자를 가진 아일랜드인의 얼굴-이것이 로널드가 핀을 평가하는 잣대의 전부였다."(12쪽)

이 구절이 별로 인상적이지 않았던 이유는 현실적인 느낌이 없어서다.『1Q84』의 아오마메는 양쪽 귀의 크기가 다르다든지, 얼굴을 찡그리면 무서운 얼굴이 된다든지 하는 식의 단점도 있었는데, '모델 같은 몸매에 반짝이는 눈동자'라니, 동화책에 나오는 공주도 아니고 표현이 너무 진부하다보니 상상도 안 간다.

　더 어이없는 장면은 9페이지 뒤에 나왔다. 핀이 일하는 회사에 한 남자가 찾아온다. 후줄근한 티셔츠를 입고 온 남자는 수십만, 아니 수백만 달러를 호가하는 그림을 살 능력은 없어 보였다. 그런데 이 남자가 잘생긴 거다. 책은 핀의 시각으로 본 남자의 모습을 다음과 같이 그려놓았다. "그러나 남자는 눈이 아찔할 정도로 잘생겼다.……덥수룩하지만 옅은 금발과 햇볕에 탄 갸름한 얼굴, 몸매는 마치 올림픽 수영 선수 같았다.……철 테 안경 너머로 커다랗고 푸른 눈동자가 밝게 빛나고 있었다."(21쪽) 이 대목을 읽는데 짜증이 확 났다. 대충 잘생겨도 괜찮은데 '아찔할 정도'라니. 게다가 몸매는 수영 선수를 닮았고, 거기에 커다랗고 푸른 눈동자?

　『하얀 전쟁』을 쓴 소설가 안정효가 말한 바 있다. 소설은 픽션이지만, 결정적인 픽션을 믿게 하려면 다른 조건이 다 사실이어야 한다고. 예를 들어 『하얀 전쟁』에서 결정적 사건이 일어나는 곳은 사직공원인데, 안정효는 그 장면을 묘사하려고 사건 발생 시각쯤에 사직공원에 가서 한참 주변을 관찰했다.

　그런데 『렘브란트의 유령』에서는 비현실적인 여자 주인

공과 역시 비현실적인 남자 주인공이 경매 회사에서 만나 사랑에 빠진다. 더 웃긴 것은 허름하게 입은 남자가 알고 보니 영국 여왕의 친척이자 공작이고, 핀 역시 알고 보니 진짜 아버지가 귀족이다. 사건을 전개하기 위한 전제 조건이 이와 같으니 도무지 감정이입이 되지 않았다.

당연하게도 그 뒤의 내용 역시 현실적이지 않다. 모델 같은 몸매의 핀은 쇠 파이프를 주워 자신을 뒤쫓던 악당들을 물리치고, 공작은 악당이 보트를 폭발시키자 몸을 날려 핀을 구한다. 긴박감을 주려고 했겠지만, 시종 하품이 났다. 예쁜 여자 주인공을 좋아한다면서 왜 이렇게 시니컬하냐고? 예쁜 것은 좋지만, 좀 현실성 있게 예뻤으면 좋겠다는 이야기다. 마치 내 아내처럼.

이 책이 마음에 들었다면 이 책도

- 필립 풀먼, 이창식 옮김, 『황금나침반』(김영사, 2007)
- 더글러스 케네디, 조동섭 옮김, 『빅 픽처』(밝은세상, 2010)
- 제드 러벤펠드, 박현주 옮김, 『살인의 해석』(비채, 2007)

에이모 토울스, 「모스크바의 신사」

어떤 상황에서도
품격을 잃지 않는
비결

"경험을
대신할 수 있는 것은
없다."

공산혁명이 일어나고 난 뒤의
러시아에서 반동분자로 몰린
백작의 이야기를 그린 소설이다.
두께에 눌려서 읽기 꺼려졌지만,
다 읽고 나니 이 책을 경배하게
되었다.
내가 소설을 통해 얻고자 했던
모든 것이 완벽하게 구현되어
있었으니 말이다.

"알렉산드르 일리치 로스토프, 만약 당신이 한 걸음이라도 메트로폴 호텔 바깥으로 나간다면 당신은 총살될 테니까."(17쪽)

러시아혁명이 끝난 뒤 로스토프 백작은 '자기 계급의 부패에 굴복'했다는 이유로 죽을 때까지 자신이 머물던 호텔에 연금당하는 처벌을 받는다. 부패라고 하면 투기나 특활비 유용, 취업 청탁 등을 떠올리겠지만, 백작은 그런 것과는 아무런 관계가 없다.

그런데도 평생 연금이라는 무서운 처벌을 받은 것은 러시아혁명 이후였기 때문이다. 권력을 잡은 공산주의자들이 볼 때 전제군주 치하에서 백작으로 호의호식했다면, 그 자체로 적폐였으니 말이다.

그래도 호텔에 연금당하면 괜찮지 않나 싶을 것이다. 하지만 백작에게 호텔 연금이 형벌인 것은, 원래 머물던 스위트룸 대신 호텔 맨 위층의 다락방이 그의 새로운 숙소가 되었기 때문이다. 추가로 벌어들이는 수입도 없어진 탓에, 그는 자신이 즐겨가던 식당에서 웨이터로 일하는 신세가 되기도 한다.

『모스크바의 신사』는 연금당한 호텔에서 백작이 겪는 일을 그린 소설이다. 호텔에서 겪는 일이라고 해보았자 뭐 그리 대단한 것이 있겠는가? 여배우를 만나 사랑에 빠지기도 하지만, 그것까지 포함해도 백작의 호텔 생활은 그리 특별할 것이 없다. 그런데도 분량이 717쪽이나 되다 보니 이 책은 호불호가 갈린다. 버락 오바마 전 대통령은 '2017년 가장 감명 깊게 읽은 책 11권'에 이 책을 언급했지만, 너무 지루해서 읽다가 때려치웠다는 분도 있다. 나도 처음에는 조금 얼떨떨했지만, 이내 이 소설의 매력에 빠져들었다.

백작에게 배울 점은 아무리 척박한 환경에 처했다고 해도 품격을 잃지 않았다는 것이다. 내가 백작과 같은 신세가 된다면 '그냥 파리에 있을 걸, 왜 귀국해서 이 꼴을 당해야 하나'며 한숨만 푹푹 쉬었을 것이다. 하지만 백작은 그 안에서도 나름의 즐거움을 찾으려 했고, 딸이 다쳤을 때를 제외하면 어떠한 순간에도 교양을 잃지 않았다. 백작이 만난 이들이 그를 기꺼이 따르고 존경했던 것도, 안나라는 미녀 배우가 백작을 사랑했던 것도 이 때문이다.

물론 교양이 늘 이득이 되지는 않았다. 교양이 없는 이에게 백작의 행동은 반발심을 불러일으킬 수도 있기 때문이다. 양식집에 처음 갔을 때 숟가락과 포크가 여러 개가 있어서 당황했던 경험은 다들 있을 것이다. 이럴 때 옆에 앉은 이가 "수프는 마시는 게 아니라 숟가락으로 떠먹어야 해요"라고 한다면 어떻겠는가? 고마워하는 이도 있겠지만, '잘난 체하기는'이라며 반발심이 드는 사람도 있지 않을까?

악역을 담당하는 비숍이 전형적인 후자였다. 백작이 혼자 식사를 하던 날, 옆 테이블에는 막 사랑에 빠진 젊은이가 앉아 있었다. 둘은 스튜가 포함된 식사를 주문한다. 웨이터인 비숍은 젊은이에게 와인을 주문할 것인지 묻는다. 잘 보이고 싶은 여자 앞에서, 한 번도 시켜본 적이 없는 와인을 주문하는 일은 곤혹스럽다. 행여 그 와인이 비싸기라도 하면? 그때 비숍이 나선다. "리오하가 좋을 것 같습니다."(158쪽)

와인에 문외한인 나는 포털사이트에 검색을 해보았다. 리오하는 와인을 생산하는 스페인의 지역 이름이었고, 거기서 굉장히 유명한, 하지만 전혀 모르는 와인들이 생산되고 있었다. 하지만 포털사이트의 설명을 읽어도 이 와인을 어느 때 마시는지 알 수가 없다. "우아하고 토속적이며……걸작이라고 평가받는다."(네이버 지식백과)

그런데 리오하라는 말을 들은 백작은 고개를 젓는다. 리오하는 스튜와 충돌하는 와인이며, 가격도 비싸다는 이유였다. 백작은 어떻게 이 사실을 알았을까? "백작은……경험을 대신할 수 있는 것은 없다는 생각을 되새겨보았다."(158쪽)

그렇다. 와인을 마셔본 경험이 있어야 와인을 제대로 고를 수 있다! 손님이 경험이 없으면 웨이터가 알맞은 와인을 골라주어야 하지만, 비숍이 그 반대로 하고 있으니 백작이 나설 수밖에. 그래서 백작은 젊은이에게 무크자니 와인을 권해준다. 이 와인의 생산지에서는 스튜와 어울리는 와인을 꿈꾸며 포도를 재배한다는 멋진 말과 더불어서. 젊은이는 백작에게 고마워하며 그 와인을 시키지만, 비숍은 마음에 칼을 품었음이 분명하다. 몇 년 뒤 식당의 지배인이 된 비숍은 내내 백작을 엄청나게 괴롭혔고, 백작이 세운 일생일대의 계획까지 훼방을 놓으려 했으니 말이다.

백작이 젊은이에게 상황에 맞는 와인을 추천해준 것이 잘못은 아니다. 오히려 이를 마음에 담아둔 비숍이 지질한 인간이지만, 세상에는 비숍 같은 이가 굉장히 많다. 예컨대 대통령 후보 시절 다른 후보에게 모욕적인 말을 들었다는 이유로 대통령이 된 뒤 그 후보가 속한 정당을 해산시켜 버린 이도 있다. 이런 지질한 이가 권력을 잡지 못하면 좋을 텐데, 세상이란 꼭 그렇지가 않으니, 바른말을 할 때는 물론이고 교양을 드러낼 때도 조심할 필요가 있다.

와인 이야기가 나왔으니 조금만 더 해보자. 백작이 웨이터가 되기 전 어느 날, 식당에서 와인을 주문하려던 백작은 비숍의 말을 듣고 당황한다. "오늘 저녁에 선택할 수 있는 와인은 두 가지뿐입니다. 화이트 와인과 레드 와인 중에서 골라야 합니다."(228쪽) 어리둥절하던 백작은 다른 직원에게 놀라운 이야기를 듣는다. 식당의 와인 저장고에 있는, 1만 병 가까운 와인의 라벨이 다 떼어져 있었다. 도대체 왜 이런 짓을 했을까? "와인 목록이 존재하는 것은 혁명의 이상에 어긋난다고 주장하며 이의를 제기한 이가 있었습니다.……앞으로는 모든 와인을 레드 와인, 화이트 와인으로만 구분하여 단일한 가격으로 판매할 것입니다."(231쪽)

책을 읽으면서 생각했다. 이것이야말로 공산주의의 실체이며, 소련이 망한 이유다. 무조건 공산당이 나쁘다고 가르치는 대신, 이 책을 읽게 하는 것이 훨씬 더 좋지 않을까?

다소 느릿느릿 이어지던 이야기는 막판에 갑자기 독자를 흥분의 도가니로 몰아넣는다. 그때 느끼는 스릴은 끝까지 책을 읽은 이에게 주는 일종의 선물 같은 것일진대, 이 선물이 없다 해도 나는 이 책에 기꺼이 A⁺를 드린다. 삶이란 어떤 것인지, 어떻게 살아야 하는지에 대해 이만큼 많이 생각하게 한 책은 만나기 힘들 테니까.

이 책이 마음에 들었다면 이 책도

■ 하퍼 리, 김욱동 옮김, 『앵무새 죽이기』(열린책들, 2015)
■ 할레드 호세이니, 왕은철 옮김, 『천 개의 찬란한 태양』(현대문학, 2007)
■ 할레드 호세이니, 왕은철 옮김, 『연을 쫓는 아이』(현대문학, 2010)

프레드릭 배크만, 『오베라는 남자』

여성의
호감을
얻는 법

"마치 그녀가
세상에서
단 하나밖에 없는
소녀인 양."

아무리 망한 영화도 잘 팔린
책보다 많은 사람이 보기 마련이다.
하지만 이 책의 동명 영화는
관객수를 10만 명도 못 넘기는
저조한 흥행을 기록했다.
다행이다.
원작의 10분의 1에도 못 미치는
영화를 보고 이 책의 가치를
평가절하하는 사람이 얼마
안 된다는 것이.

초등학교 때, 좋아하는 여학생이 있었지만 짝사랑에 그쳤다. 내가 좋아한다는 사실을 그녀가 아는 게 두려워서였는데, 그건 내 외모가 좋게 봐서 평균 이하, 적나라하게 말하면 하위 5퍼센트에 속한다는 자각 때문이었다. 남자들만 득시글대던 중·고등학교 시절을 거쳐 대학에 갔지만, 없던 자신감이 갑자기 생기는 것은 아니었다. 더 아쉬웠던 것은 여성들의 태도였다. 여성들은 나를 보면 일단 놀랐고, 제대로 말할 기회도 주지 않은 채 자리를 떴다. 안녕히 가시라고 인사한 뒤 홀로 남겨진 심경은 비참했다. 그래서 대학 시절 연애는 기본적인 대화 기회가 보장된 같은 과 여학생이나 동아리 후배로 한정되었다.

MBC 〈라디오스타〉의 '꽃미남 종합 선물 세트' 재방송을 보았을 때다. 꽃미남 5명이 나와 자신들의 에피소드를 들려주었는데, 내가 속한 세계와는 너무 다른 세계라 놀라움을 금하지 못했다. 고등학교 시절 비타민으로 불렸다던 서강준의 경우를 보자.

"여학생들이 수업 듣다 좀 피곤하면 저를 보러 우리 반에 몰려오곤 했어요."

안동의 꽃미남 박기웅은 어떨까.

"우리 학교에 좀 잘생긴 4대 천황이 있었는데, 저는 거기 속하지 못했어요."

박기웅이 왜? 의아해진 MC가 묻자 박기웅은 이렇게 대답했다.

"저는 그냥 박기웅이었어요."

'4대 천황'은 비슷비슷한 라이벌에게 붙이는 말이지, 독보적인 존재는 그냥 고유명사로 불린다는 말이다. 잘생긴 이들도 연애가 마냥 쉬운 것은 아니겠지만, 아무리 그래도 못생긴 이들에 비할 바는 아닌 것 같다. 여자보다 예쁘다는 말에 고개가 끄덕여지는 노민우는 여자에게 대시할 때 이렇게 말했다고 한다.

"너 마음에 든다, 우리 사귀어보지 않을래?"

세상은 잘생긴 이들에게 관대하지만, 못생기고 가진 것이 없는 남자에게는 힘들다. '여성 혐오'는 자신의 처지를 비관해 여자 사귀기를 포기한 남자들이 여자를 증오하게 된 안타까운 현상을 일컫는 말이다. 여성을 혐오하는 이들에게 말한다. 『오베라는 남자』를 읽으라고. 이 책에는 여자를 사귀는 비법이 나와 있다.

주인공인 오베는 젊은 시절 기차 청소를 했다. 동료들과도 어울리지 않았던 고독한 남자 오베는 어느 날 소냐가 "쾌활한 웃음을 터뜨리며 승강장에 앉아 있는 것을 보았다."(178쪽) 퇴근해서 집에 가려던 그가 기차에서 내린 뒤 한 일은 기차 청소부처럼 보이지 않는 일이었다. 차장에게 바지와 셔츠를 빌린 그는 소냐 옆에 가서 앉았다. 그 뒤의 일은 마법처럼 진행되었다. 그녀가 먼저 말을 붙였다.

"그는 그녀의 목소리처럼 굉장한 것을 들은 적이 없었다."(179쪽)

누군가를 좋아하면 거짓말을 하게 된다. 오베는 군 복무 중이라고 거짓말을 했다. 그리고 자신의 목적지가 그녀 집과 같은 방향이라고 둘러댄 뒤 다음과 같이 했다.

"그녀와 함께 기차를 잡아타고 그녀가 내리는 역까지 한 시간 반 걸려 돌아갔다. 그런 다음 다시 30분 동안 기차를 타고 자기가 내릴 역까지 갔다."(181쪽)

이렇게 3개월을 보냈지만, 자신감 없는 오베는 소냐에게 데이트 신청을 하지 못한다. 결국 기다리다 지친 소냐가 먼저 오베를 저녁 식사에 초대한다.

세속적인 기준으로 보면 그 둘은 어울리지 않았다. "사람들은 오베와 오베의 아내가 밤과 낮 같다고 늘 말했다. 오베는 당연하게도 자기가 밤 쪽이라는 것을 잘 알았다."(152쪽)

그런데 왜 소냐는 오베를 선택한 걸까? "(그녀에게는) 별

의별 구혼자들이 접근했다"(205쪽)는 데서 보듯, 소냐는 인기 있는 여성이었다. 하지만 소냐에 따르면 "그들 중 누구도 기차에서 그 소년이 옆에 앉았을 때 그녀를 보는 방식으로, 마치 그녀가 세상에서 단 하나밖에 없는 소녀인 양 소냐를 보지 않았다."(206쪽)

그래서 소냐는 군 복무 중이라는 오베의 말이 거짓이라는 것을 알고도 오베를 사랑한 것이었다. 문제는 시선이다. 『스페인 야간비행』을 쓴 정혜윤도 시선의 중요성을 강조한다. 여행 중 만난 마리오가 멋있게 보였던 이유는 그의 시선 때문이었다. "나는 그때 내가 본 것을 평생 잊지 못할 거야. 그게 뭐였냐고? 바로 시선이었어. 그래, 난 그렇게 먼 곳을 응시하는 시선을 맹세코 처음 봤단다. 뭔가 다른 세상을 보는 것 같았어."(33쪽)

그래서 나는 자기만의 시선을 갖자고 주장한다. 세상에 하나뿐인 여자를 보는 것처럼 바라보든지, 아니면 아예 먼 곳을 보자. 카페에 앉아 천장에 달린 샹들리에를 한없이 바라보는 것은 어떨까? 샹들리에를 보는 남자라니, 정말 멋지지 않은가? 내가 여자라면 그 남자 옆에 가서 앉아 같이 샹들리에를 볼 것이다.

하지만 보통 남자들은 '어디 여자 없나?'라는 시선으로 눈을 희번덕거린다. 여자가 나타나기만 하면 느끼한 시선으로 위아래를 훑는다. 그런 시선에 여자들이 호감을 느낄 리 없다. 자기 처지를 비관한 채 여성 혐오에 빠진 분들이여, 인터넷에서 여자 욕하는 것은 그만하고 샹들리에를 보는 연습을 하자. 그 시선이 당신을 매력적인 남자로 만들어줄 것이다.

물론 시선이 다는 아니다. 사랑은 시작하는 것보다 유지하는 것이 훨씬 중요하니 말이다. 사랑을 오래 유지하려면 인내심을 길러야 한다. 사귈수록 드러나는 상대의 단점을, 더 좋은 사람이 되길 바라는 마음에서 하는 잔소리를 극복하려면 인내심이 있어야 한다. 소냐가 오베를 높이 평가한 것도 사실은 인내심이었다. "그녀는 자기가 오베의 여러 특징 중 기다릴 줄 안다는 점을 가장 높이 평가한다고 말했다. 그녀는 오베를 제외한 누구도 자기가 뭘 기다리는지, 혹은 그 일이 얼마나 걸릴지 묻지도 않은 채 차 안에 한 시간씩 앉아 기다릴 수 없다는 걸 알았다."(233쪽) 시선 연습이 끝나면 2단계로 인내심을 기르자. 이 훈련이 끝나는 순간 당신의 연애 생활이 시작될 것이다.

이 책이 마음에 들었다면 이 책도

- 프레드릭 배크만, 이은선 옮김, 『할머니가 미안하다고 전해달랬어요』(다산책방, 2016)
- 프레드릭 배크만, 이은선 옮김, 『브릿마리 여기 있다』(다산책방, 2016)
- 프레드릭 배크만, 이은선 옮김, 『일생일대의 거래』(다산책방, 2019)

남녀는
친구가 될 수
있을까?

"직장 동료와
하룻밤을
보낸 적이
있거든요."

우리가 접하지 못해서 그렇지,
북유럽에는 엄청난 스릴러를 쓰는
작가가 제법 있다.
『스토커』는 북유럽의 가치를
외면해온 우리나라 독자들에게
라르스 케플레르가 던지는
선전포고다.
"이래도 안 볼 거냐?"

라르스 케플레르Lars Kepler가 쓴 『스토커』는 꽤 재미있는 책이다. 제목만 보면 스토킹에 대한 소설처럼 보이나, 이야기의 전개는 우리의 상상을 가볍게 뛰어넘는다. 570쪽에 달하는 두꺼운 책이라 겁이 날 수 있지만, 범인의 윤곽이 점점 밝혀지는 후반부는 궁금해서 책장을 쉴 새 없이 넘기게 된다. 미스터리 소설인 만큼 사건에 관한 이야기는 하지 않겠다. 책을 읽으면서 내내 생각한 것은 '남자와 여자가 친구가 될 수 있을까?'였다.

여자 사람 친구, 줄여서 여사친이라는 말이 있다. 여사친이 있으면 좋은 점이 많다. 애인을 전제하지 않은 사이라 해도, 어쨌든 여성이니 남자인 친구를 만나는 것보다 즐겁다. 어려울 때 고민도 털어놓을 수 있고, 같이 술도 마실 수 있는, 그러면서도 아무 일도 없는 이성 친구라니, 생각만 해도 멋지지 않은가?

물론 여기에 대해서는 반론이 존재한다. 그래도 이성인데 어떻게 친구가 될 수 있느냐는 의견 말이다. 같이 오랜 시간을 보내다보면 어느 순간 눈이 맞을 수도 있지 않겠는가? 더구나 한 명이라도 애인이나 배우자가 있다면, 그가 둘 사이를 의심하느라 스트레스를 받을 수가 있다.

나 역시 여사친은 현실에서 매우 어렵다고 생각하며, 여사친이 유지되려면 단 둘이 만나는 일은 피하는 등 나름의 원칙이 있어야 한다고 생각한다. 1990년대 안방 극장을 사로잡았던 〈엑스파일〉을 보라. 멀더와 스컬리는 분명 직장 동료지만, 오랜 시간 둘이 짝을 지어 사건을 해결하고, 위기에 빠졌을 때 구해주다 보니 애정이 싹튼다. 당시 시청자 중에는 "저러다 한 번 사고친다"는 기대감에 〈엑스파일〉을 본 분들도 있었으리라.

『스토커』에 나오는 정신과 의사 에릭은 20여 년간 결혼 생활을 했던 아내와 이혼한 뒤 혼자가 되었다. 그에게는 넬리라는 여사친이 있어, 고민 상담도 하고 술도 같이 마신다. "넬리는 키가 무척 크고 호리호리했다. 밝은 색으로 염색한 머리는 항상 완벽하게 손질되어 있었고 화장한 얼굴은 우아했다."(35쪽) 그래서 에릭은 넬리를 볼 때마다, 그녀가 유부녀인데도 불구하고, "왠지 미소가 나왔다."(35쪽)

이 둘이 좀 위험하지 않을까 하는 추측을 하는 것은 당연지사다. 물론 에릭은 의사라는 직업에 외모도 뛰어나 이혼 후 여러 여자와 사귀었고, 새롭게 만나는 여자도 있었다. 피아노 교사이자 시각장애인인 아키다. 아키의 미모에 대한 묘사를 보

자. "에릭은 그녀의 아름다운 얼굴을 빤히 들여다봤다. 콧날은 오뚝했고 입술은 살짝 벌어져 있었다."(60쪽) 첫눈에 아키에게 반한 에릭은 그녀에게 자신의 과거에 대해 이야기한다. 아내가 다른 남자와 눈이 맞아서 헤어졌으며, 자신은 전처를 탓하지 않을 뿐만 아니라 그녀의 행복을 진심으로 빌어주고, 이혼 후 몇몇 여성을 만난 적이 있지만 자기와 맞지 않아 헤어졌다는 등등. 이 와중에 에릭은 넬리와 있었던 일도 고백한다.

> 에릭: 비슷한 경험은 있어요. 직장 동료와 하룻밤을 보낸 적이
>   있거든요.
> 아키: 어머나.
> 에릭: 별일 아니었어요. 둘 다 고주망태가 되는 바람에. 저는 아
>   내에게 버림받아 이혼했고, 그 친구는 남편과 잠시 별거
>   하던 중이었고, 그걸로 끝이었죠. 넬리는 멋진 전문직 여
>   성이지만 같이 살고 싶은 사람은 아니에요.(144쪽)

이런 솔직함 덕분인지 에릭은 아키의 마음을 사로잡았다. 피아노를 치는 척하면서 아키의 손을 잡았고, "손이 참 부드러우시네요"라는 아키의 말에 고무되어 키스까지 한다! 하필이면 그때 아키의 딸이 오는 바람에 "화들짝 놀라 동작을 멈"춰야 했지만 말이다.

어쨌든 에릭은 넬리와의 하룻밤을 우연한 사고로 치부하고 더 깊은 관계가 되기를 거부하지만, 문제는 넬리의 마음은 좀 다르다는 점이었다. 차로 넬리를 데려다주던 에릭은 용의자에게 맞은 가슴이 욱신거린다고 말하는데, 그러자 넬리가 다친 곳을 보자고 에릭의 셔츠를 막무가내로 걷어 올린다.

에릭은 이러면 큰일 난다고 말하면서 깔깔 웃는데, 그 틈을 타서 넬리는 일을 벌인다. "넬리는 몸을 기울여 에릭의 가슴과 목에 입을 맞추더니 에릭이 미처 얼굴을 돌리기 전에 그의 입술에 재빨리 키스했다."(264쪽) 넬리는 미안하다고 하고, 에릭은 이러지 말라고 한다.

> 넬리: 알아. 나도 모르게 그만. 가끔씩 당신과 동침한 그날이 생각날 뿐이야.
>
> 에릭: 그때 말도 못하게 취했었잖아.
>
> 넬리: 그렇다고 후회하는 건 아냐.
>
> 에릭: 나도 마찬가지야.
>
> 넬리: 서로 원하면 또 할 수도 있잖아.(264쪽)

마지막 대사를 보라. 여사친 또는 남사친은 이렇듯 위험한 존재가 될 수 있다. 그래서 이렇게 주장하련다. 믿지 말자, 여사친, 다시 보자 남사친.

마지막으로 책의 제목인 스토커에 대해 조금만 언급해보자. 스토커는 관심 있는 상대를 당사자의 의사와 무관하게 병적으로 쫓아다니는 사람을 말한다. 당해본 사람은 알겠지만 스토킹은 당하는 이에게 엄청난 짜증과 공포를 불러일으킨다. 경찰에 신고해도 뾰족한 수가 없는 것이, 스토킹은 대부분 이성 간에 일어나므로 가벼운 치정 문제로 치부되기 십상이다. 문제는 스토킹의 일부가 살인 등 강력 범죄로 이어진다는 점이다. 이 소설에서 일어나는 연쇄살인도 스토커의 소행이었다.

　　스토킹에 대한 명확한 처벌 규정을 만들자는 목소리가 높지만, 이에 대한 법률은 아직 만들어지지 않았다. 스토커를 신고해보았자 경범죄 처벌이 고작인 것도 다 그 때문이다. 이 책이 널리 읽힌다면 스토커에 대해 사람들이 경각심을 가질 수도 있을 것 같다. 『스토커』를 읽고 스토커가 얼마나 무서운 짓인지 깨닫기 바란다. 강력한 처벌 규정 좀 만들어보자.

이 책이 마음에 들었다면 이 책도

■ 요 네스뵈, 노진선 옮김, 『스노우맨』(비채, 2012)
■ 폴라 호킨스, 이영아 옮김, 『걸 온 더 트레인』(북폴리오, 2015)
■ 마이클 로보텀, 김지선 옮김, 『내 것이었던 소녀』(북로드, 2016)

괜한
자신감의
말로

"서번트 증후군 환자만의
신비한 능력 같은
것일까요?"

『용의자 X의 헌신』을 읽고
히가시노 게이고의 팬이 되었다.
그의 단점은 작품에 따라 기복이
심하다는 것인데, 가끔 재미있는
책을 내니 끊을 수가 없었다.
그러다 이 책 덕분에 그와
결별했으니 읽은 보람이 있다.
결별을 망설이는 분이라면
읽어볼 가치가 충분하다.
이 글 말미의 추천작을 읽어도
결별할 수 있다.

추리작가 히가시노 게이고東野圭吾가 쓴 『위험한 비너스』는 서번트 증후군을 소재로 삼았다. 주인공 하쿠로는 미녀에게 정신이 팔려 원래 직업인 수의사는 때려치우고 그녀가 의뢰한 사건을 추적한다. 여기까지만 보면 하쿠로가 한심하게 느껴지겠지만, 그는 의외로 바른 청년이다. 5세 때 아버지가 돌아가시고 어머니가 집안을 부양했다. 어머니가 엄청난 부잣집인 야가미가의 아들이자 의사와 결혼을 한다고 했을 때 "이제 고생 끝이야!"라고 좋아할 수도 있을 텐데 하쿠로는 그 집안과 거리를 두고, 심지어 아버지의 성姓으로 바꾸는 것도 거부한다. 의사 대신 수의사를 택한 것도 자신의 길을 가겠다는 의지의 표현이었다.

결국 하쿠로는 대학에 합격한 뒤 집을 나왔고, 그 뒤 자신의 삶을 살아간다. 꼭 그렇게까지 할 필요가 있을까 싶지만, 어머니가 결혼 석 달만에 야가미가의 혈통을 이어받은 아들을 낳았고, 그 아들은 모든 방면에 탁월한 천재였으니 그가 그런 것도 이해가 간다. 그의 정신이 바르다는 것은 다음에서도 증명된다. "대학 2학년 때는 연인도 생겼다. 아르바이트하던 이자카야에서 알게 된 한 살 연하의 여대생으로 애교가 있고 웃는 얼굴이 귀여웠다. 섹스를 갓 배운 참이었기 때문에 주말에는 둘 중 한 사람의 집에서 온종일 부둥켜안고 뒹굴었다. 여름방학 때는 일주일 만에 열두 개짜리 콘돔 한 상자가 바닥이 났다."(69쪽)

이 대목에서 감동한 것은 7일에 12회라는 횟수보다 20대 청년이 콘돔을 이렇게 애용한다는 점이었다. 우리나라에서는 느낌이 안 좋다며 콘돔 쓰기를 거부하는 남성이 많은데, 남성들이 하쿠로처럼 행동한다면 낙태가 죄냐 아니냐를 놓고 격한 논쟁을 벌일 필요도 없을 것 같다.

아닌 척 했지만 물론 횟수에도 감동했다. 아내와 결혼했을 때, 난 집 근처 마트에 가서 콘돔 30상자를 샀다. 그때만 해도 일본 콘돔이 최고라고 생각해서 일제를 샀는데, 좀 더 살까 하는 나를 아내가 말렸다. "이 나이에 뭐 그렇게 많이 한다고"라는 것이 아내의 주장이었다. 내가 결혼한 것이 40세 때였으니, 아내의 말도 일리가 있었다. "혹시 다 쓰면 다음에 또 사지"라면서 마트를 나왔다.

대학교 2학년의 하쿠로였다면 1년이 못 되어서 다시 마트에 갔겠지만, 10년이 지난 지금 결산해보니 그때 내가 지나치게 자신을 과대평가했다. 그래도 결혼 초기에는 괜찮았다.

연구실에서 기생충과 씨름하기만 하면 되었으니까. 그때는 못 해도 밤 9시면 집에 왔으니, 그 이후에는 부부간의 시간을 보낼 수 있었다. 물론 나이에 비해서 괜찮았다는 것일 뿐, 어떤 일주 일도 하쿠로의 빛나는 일주일에 비길 수는 없었다.

그나마도 괜찮은 시간은 그리 길지 않았다. 신문에 칼럼 을 쓰고, 방송에 나가고, 외부 강의가 들어오기 시작한 것이다. 학교에서 기생충과 씨름하다 또 어딘가로 달려가 다른 일을 하 는, 투 잡을 뛰는 삶이 시작되었다. 밤 11시 넘어 피곤한 몸으 로 귀가하거나 차가 끊겨 외박을 하다 보니, 콘돔을 쓸 일은 거 의 없어졌다.

콘돔 상자는 곧 애물단지가 되었다. 서랍장 맨 아래 칸에 처박아놓은 콘돔은 이사 갈 때마다 나를 쑥스럽게 했다. 결혼 후 이사를 총 3번 갔다. 포장 이사를 하다 보니 내 물건을 일하 는 분들이 다 보게 되는데, 그분들이 서랍장 맨 아래 칸을 보고 다음과 같은 대화를 나누지 않았을까 싶다.

일하는 분1: 아유, 콘돔을 이렇게나 많이?

일하는 분2: 보기보단 왕성한가봐. 하하하.

일하는 분3: 욕심부려서 많이 사놓고 안 쓰는 걸 수도 있지 뭐.

결혼한 지 10년째가 되던 해, 서랍장을 열다가 콘돔 상자를 발견했다. 세어보니 22박스나 되었다. 갑자기 10년 전 마트에 갔던 생각이 나서 혼자 웃었다. 그때는 정말 내가 자신감이 충만했었구나 하는 생각 말이다.

어차피 쓰지도 않을 건데 더는 서랍에 넣어두고 싶지 않았다. 어떻게 처분할까 잠시 고민했다. 곧 결혼할 다른 부부에게 주면 어떨까도 생각했지만 이내 접었다. 내가 결혼할 때 동료 교수가 콘돔 사지 말라고, 자기가 남은 것을 주겠다고 했을 때 왠지 찜찜해서 안 받았던 것이 기억나서였다. 차라리 집 근처 모텔에 갖다주면 어떨지 싶었다. 그런 곳에는 싸구려 콘돔을 비치하고 있을 테니, 괜찮은 콘돔을 받으면 좋아하지 않을까? 이런저런 생각을 하다 내린 선택은 '버린다'였다. 콘돔에 유효기간이 있는지 모르겠지만 10년이나 지난 콘돔을 주는 것도 그렇고, 안면도 없는 모텔에 가서 "이거 제가 쓰다 남은 건데 가지세요"라고 하는 것은 더 이상할 것 같았다. 오랜 기간 내 곁을 지켰던 콘돔 상자들은 그렇게 사라졌다.

하지만 그 콘돔들이 전혀 의미가 없었던 것은 아니다. 덕분에 우리나라가 콘돔을 아주 잘 만든다는 것을 알 수 있었으니까. 자료에 따르면 우리나라는 콘돔 수출 상위권 국가고, 세계시장 점유율 1위를 기록한 적도 있단다. 또한 두께가 0.02밀리미터밖에 안 되는 초박형 콘돔이 나왔으니, '느낌이 안 좋다'는 것은 핑계다. 그런데도 우리나라의 콘돔 사용률은 11.5퍼센트로 OECD 최하위란다. 콘돔을 쓰자. 일주일에 12개를 쓴 하쿠로에게 부끄럽지 않게.

이 책이 마음에 들었다면 이 책도 〰〰〰〰〰〰〰〰〰

- 히가시노 게이고, 양윤옥 옮김, 『라플라스의 마녀』(현대문학, 2016)
- 히가시노 게이고, 김난주 옮김, 『살인 현장은 구름 위』(재인, 2019)

도서 목록

강원국,『대통령의 글쓰기』(메디치미디어, 2014)

강준만,『개천에서 용 나면 안 된다』(인물과사상사, 2015)

강준만,『오빠가 허락한 페미니즘』(인물과사상사, 2018)

개빈 뉴섬, 홍경탁 옮김,『투명정부』(항해, 2017)

김경민,『오로지 나를 위해서만』(예담, 2016)

김상욱 · 강양구 외,『과학, 누구냐 넌?』(사이언스북스, 2019)

김승섭,『아픔이 길이 되려면』(동아시아, 2017)

김언수,『뜨거운 피』(문학동네, 2016)

김언수,『잽』(문학동네, 2013)

김욱,『아주 낯선 선택』(개마고원, 2016)

김훈,『공터에서』(해냄, 2017)

데이비드 발다치, 황소연 옮김,『모든 것을 기억하는 남자』(북로드, 2016)

라르스 케플레르, 김효정 옮김,『스토커』(북플라자, 2017)

러네이 엥겔른, 김문주 옮김,『거울 앞에서 너무 많은 시간을 보냈다』(웅진지
    식하우스, 2017)

리베카 솔닛, 김명남 옮김,『여자들은 자꾸 같은 질문을 받는다』(창비,
    2017)

마리 루터, 김명주 옮김,『나는 과학이 말하는 성차별이 불편합니다』(동녘사
    이언스, 2017)

목수정,『아무도 무릎 꿇지 않은 밤』(생각정원, 2016)

무라카미 하루키, 홍은주 옮김,『기사단장 죽이기』(문학동네, 2017)

무라타 사야카, 김석희 옮김,『편의점 인간』(살림, 2016)

미야베 미유키, 김선영 옮김,『가상가족놀이』(북로드, 2017)

미야베 미유키, 김은모 옮김,『비둘기피리 꽃』(북스피어, 2016)

박은진,『백만불짜리 글쓰기 습관』(인물과사상사, 2019)

백민석,『장원의 심부름꾼 소년』(한겨레출판, 2015)

309동1201호,『나는 지방대 시간강사다』(은행나무, 2015)

샤를로테 루카스, 서유리 옮김,『당신의 완벽한 1년』(북펌, 2017)

서명숙,『영초언니』(문학동네, 2017)

송해나,『나는 아기 캐리어가 아닙니다』(문예출판사, 2019)

수신지,『며느라기』(귤프레스, 2018)

스베틀라나 알렉시예비치, 박은정 옮김,『전쟁은 여자의 얼굴을 하지 않았
　　　다』(문학동네, 2015)

스테퍼니 스탈, 고빛샘 옮김,『빨래하는 페미니즘』(민음사, 2014)

앤디 위어, 박아람 옮김,『마션』(알에이치코리아, 2015)

앤디 자이슬러, 안진이 옮김,『페미니즘을 팝니다』(세종서적, 2018)

에드윈 L. 바티스텔라, 김상현 옮김,『공개 사과의 기술』(문예출판사, 2016)

에이모 토울스, 서창렬 옮김,『모스크바의 신사』(현대문학, 2018)

엘리너 캐턴, 김지원 옮김,『루미너리스』(다산책방, 2016)

영주,『며느리 사표』(사이행성, 2018)

오세라비,『그 페미니즘은 틀렸다』(좁쌀한알, 2018)

오찬호,『그 남자는 왜 이상해졌을까?』(동양북스, 2016)

오쿠다 히데오, 김난주 옮김,『무코다 이발소』(북로드, 2017)

오쿠다 히데오, 김해용 옮김,『나오미와 가나코』(예담, 2015)

유진,『아빠의 페미니즘』(책구경, 2018)

유현준,『도시는 무엇으로 사는가』(을유문화사, 2015)

율라 비스, 김명남 옮김,『면역에 관하여』(열린책들, 2016)

이소영,『출근길 명화 한 점』(슬로래빗, 2017)

이정모,『저도 과학은 어렵습니다만 2』(바틀비, 2019)

정희진,『혼자서 본 영화』(교양인, 2018)

정희진·권김현영·루인·한채윤,『미투의 정치학』(교양인, 2019)

조디 래피얼, 최다인 옮김,『강간은 강간이다』(글항아리, 2016)

조정래,『풀꽃도 꽃이다』(해냄, 2016)

찰스 모리스, 엄성수 옮김, 『테슬라 모터스』(을유문화사, 2015)

천명관, 『이것이 남자의 세상이다』(예담, 2016)

최승범, 『저는 남자고, 페미니스트입니다』(생각의힘, 2018)

최태섭, 『한국, 남자』(은행나무, 2018)

폴 크리스토퍼, 하현길 옮김, 『렘브란트의 유령』(중앙북스, 2008)

표창원·이진우·정여울·서민·김정후·로버트 루트번스타인·정관용, 『상실
  의 시대』(마이크임팩트북스, 2016)

프레드릭 배크만, 최민우 옮김, 『오베라는 남자』(다산책방, 2015)

피터 스완슨, 노진선 옮김, 『죽여 마땅한 사람들』(푸른숲, 2016)

하지현, 『정신의학의 탄생』(해냄, 2016)

헨리 마시, 김미선 옮김, 『참 괜찮은 죽음』(더퀘스트, 2016)

히가시노 게이고, 양윤옥 옮김, 『위험한 비너스』(현대문학, 2017)

유쾌하게 떠나
명랑하게 돌아오는
독서 여행
ⓒ 서민, 2020

초판 1쇄 2020년 2월 24일 찍음
초판 1쇄 2020년 2월 28일 펴냄

지은이 l 서민
펴낸이 l 강준우
기획·편집 l 박상문, 김소현, 박효주, 김환표
디자인 l 최진영, 홍성권
마케팅 l 이태준
관리 l 최수향
인쇄·제본 l (주)삼신문화

펴낸곳 l 인물과사상사
출판등록 l 제17-204호 1998년 3월 11일

주소 l 04037 서울시 마포구 양화로7길 4(서교동) 2층
전화 l 02-325-6364
팩스 l 02-474-1413

www.inmul.co.kr l insa@inmul.co.kr

ISBN 978-89-5906-561-5 03800

값 16,000원

이 도서의 국립중앙도서관 출판예정도서목록(CIP)은 서지정보유통지원시스템 홈페이지
(http://seoji.nl.go.kr)와 국가자료공동목록시스템(http://www.nl.go.kr/kolisnet)에서
이용하실 수 있습니다. (CIP제어번호: CIP2020006403)